人只是宇宙中会思考的虫子

虫 | 科幻中国
WORMS

END OF DAYS

末世浩劫

刘慈欣 等 著

北京理工大学出版社
BEIJING INSTITUTE OF TECHNOLOGY PRESS

未来卷 |

科学只对客观负责

Science is answerable for objectiveness.

目录

刘慈欣

微纪元

纳米人主宰地球

一 回归

先行者知道，他现在是全宇宙中唯一的一个人了。

他是在飞船越过冥王星时知道的。从这里看去，太阳是一个黯淡的星星，同三十年前他飞出太阳系时没有两样，但飞船计算机刚刚进行的视行差测量告诉他，冥王星的轨道外移了许多，由此可以计算出太阳比他启程时损失了 4.74% 的质量，由此又可推论出另外一个使他的心先是颤抖然后冰冻的结论。

那事已经发生过了。

其实，在他启程时人类已经知道那事要发生了，通过发射上万个穿过太阳的探测器，天体物理学家们确定太阳将要发生一次短暂的能量闪烁，并损失大约 5% 的质量。

如果太阳有记忆，它不会对此感到不安，在那几十亿年的漫长生涯中，它曾经历过比这大得多的剧变。当它从星云的旋涡中诞生时，它的生命的剧变是以"毫秒"为单位的。在那辉煌的一刻，引力的坍缩使核聚变的火焰照亮星云混沌的黑暗……它知道自己的生命是一个过程，尽管现在处于这个过程中最稳定的时期，偶然的、小小的突变总是免不了的，就像平静的水面上不时有一个小气泡浮起并破裂。能量和质量的损失算不了什么，它还是它，一颗中等大小，视星等为 - 26.8 的恒星。甚至太阳系的其他部分也不会受到太大的影响，水星可能被熔化，金星稠密的大气将被剥离，再往外围的行星所受的影响就更小了，火星颜色可能由于表面的熔化而由红变黑，地球嘛，只不过表面温度升高至 4000℃，这可能会持续 100 小时左右，海洋肯定会被蒸发，各大陆表面岩石也会熔化一层，但仅此而已。以后，太阳又将很快恢复原状，但由于质量的损失，各行星的轨道会稍微后移，这影响就更小了，比如地球，气温可能稍稍下降，平均降到零下 110℃ 左右，这有助于熔化的表面重新凝结，并使水和大气多少保留一些。

那时人们常谈起一个笑话，说的是一个人同上帝的对话：上帝啊，一万年对你是多么短啊？上帝说：就一秒钟。上帝啊，一亿元对你是多么少啊？上帝说：就一分钱。上帝啊，给我一分钱吧！上帝说：请等一秒钟。

现在，太阳让人类等了"一秒钟"：预测能量闪烁的时间是在一万八千年之后。这对太阳来说确实只是一秒钟，但却可以使目前活在地球上的人类对"一秒钟"后发生的事采取一种超然的态度，甚至当作一种哲学理念。影响不是没有的，人类文化一天天变得玩世不恭起来，但人类至少还有四五百代的时间可以从容地想想逃生的办法。

两个世纪以后，人类采取了第一个行动：发射了一艘恒星际飞船，在周围 100 光年以内寻找带有可移民行星的恒星，飞船被命名为"方舟号"，这批宇航员都被称为"先行者"。

方舟号掠过了六十颗恒星，也就掠过了六十个炼狱。其中只有一颗恒星有一颗行星，那是一滴直径八千千米的处于白炽状态的铁水，因其为液态，在运行中不断地改变着形状……方舟号此行唯一的成果，就是进一步证明了人类的孤独。

方舟号航行了二十三年时间，但这是"方舟时间"，由于飞船以接近光速行驶，地球时间已过了两万五千年。

本来方舟号是可以按预定时间返回的。

由于在接近光速时无法同地球通讯，必须把速度降至光速的一半以下，这需要消耗大量的能量和时间。所以，方舟号一般每月减速一次，接收地球发来的信息，而当它下一次减速时，收到的已是地球一百多年后发出的信息了。方舟号和地球的时间，就像从高倍瞄准镜中看目标一样，瞄准镜稍微移动一下，镜中的目标就跨越了巨大的距离。方舟号收到的最后一条信息是在"方舟时间"自启航十三年，地球时间自启航一万七千年时从地球发出的，方舟号一个月后再次减速，发现地球方向已寂静无声了。一万多年前对太阳的计算可能稍有误差，在方舟号这一个月，地球这一百多年间，那事发生了。

方舟号真成了一艘方舟，但已是一艘只有诺亚一人的方舟。其他的七名先行者，有四名死于一颗在飞船四光年处突然爆发的新星的辐射，二人死于疾病，一人（是男人）在最后一次减速通讯时，听着地球方向的寂静……开枪自杀了。

以后，这唯一的先行者曾使方舟号保持在可通讯速度很长时间，后来他把飞船加速到光速，心中那微弱的希望之火又使他很快把速度降下来聆听，由于减速越来越频繁，回归的行程拖长了。

寂静仍持续着。

方舟号在地球时间启程二万五千年后回到太阳系，比预定的时间晚了九千年。

二　纪念碑

穿过冥王星轨道后，方舟号继续飞向太阳系深处。对于一艘恒星际飞船来说，在太阳系中的航行如同海轮行驶在港湾中。太阳很快大了、亮了。先行者曾从望远镜中看了一眼木星，发现这颗大行星的表面已面目全非：大红斑不见了，风暴纹似乎更加混乱。他没再关注别的行星，径直飞向地球。

先行者用颤抖的手按动了一个按钮，高大舷窗的不透明金属窗帘正在缓缓打开。啊，我的蓝色水晶球，宇宙的蓝眼珠，蓝色的天使……先行者闭起双眼默默祈祷着，过了很长时间，才强迫自己睁开双眼。

他看到了一个黑白相间的地球。

黑色的是熔化后又凝结的岩石，那是墓碑的黑色；白色的是蒸发后又冻结的海洋，那是殓布的白色。

方舟号进入低轨道，从黑色的大陆和白色的海洋上空缓缓越过，先行者没有看到任何遗迹，一切都被熔化了，文明已成过眼烟云。但总该留个纪念碑的，一座能耐4000℃高温的纪念碑。

先行者正这么想着，纪念碑就出现了。飞船收到了从地面发上来的一束视频信号，计算机把这信号显示在屏幕上，先行者首先看到了用耐高温摄像机拍下的九千多年前的大灾难景象。能量闪烁时，太阳并没有像他想象的那样亮度突然增强，太阳迸发出的能量主要以可见光之外的辐射传出。他看到，蓝色的天空突然变成地狱般的红色，接着又变成噩梦般的紫色；他看到，纪元城市中他熟悉的高楼群在几千度的高温中先是冒出浓烟，然后像火炭一样发出暗红色的光，最后像蜡一样熔化了；灼热的岩浆从高山上流下，形成了一道道巨大的瀑布，无数个这样的瀑布又汇成一条条发着红光的岩浆的大河，大地上火流的洪水在泛滥；原来是大海的地方，只有蒸气形成的高大的蘑菇云，这形状狰狞的云山下部映射着岩浆的红色，上部透出天空的紫色，在急剧扩大，很快一切都消失在这蒸气中……

当蒸气散去，又能看到景物时，已是几年以后了。这时，大地已从烧熔状态初步冷却，黑色的波纹状岩石覆盖了一切。还能看到岩浆河流，它们在大地上形成了错综复杂的火网。人类的痕迹已完全消失，文明如梦一样无影无踪了。又过了几年，水在高温状态下离解成的氢氧又重新化合成水，大暴雨从天而降，灼热的大地上再次蒸汽弥漫。这时的世界就像在一个大蒸锅中一样阴暗闷热和潮湿。暴雨连下几十年，大地被进一步冷却，海洋渐渐恢复了。又过了上百年，因海水蒸发形成的阴云终于散去，天空现出蓝色，太阳再次出现了。再后来，由于地球轨道外移，气温急剧下降，大海完全冻结，天空万里无云，已死去的世界在严寒中变得很宁静了。

先行者接着看到了一个城市的图像：先看到如林的细长的高楼群，镜头从高楼群上方降下去，出现了一个广场，广场上一片人海。镜头再下降，先行者看到所有的人都在仰望着天空。镜头最后停在广场正中的一个平台上，平台上站着一个漂亮的姑娘，好像只有十几岁，她在屏幕上冲着先行者挥挥手，娇滴滴地喊："喂，我们看到你了，像一个飞得很快的星星！你是方舟一号？"

　　在旅途的最后几年，先行者的大部分时间是在虚现实游戏中度过的。在那个游戏中，计算机接收玩者的大脑信号，根据玩者思维构筑一个三维画面，这画面中的人和物还可根据玩者的思想做出有限的活动。先行者曾在寂寞中构筑过从家庭到王国的无数个虚拟世界，所以现在他一眼就看出这是一幅这样的画面。但这个画面创造得很拙劣，由于大脑中思维的飘忽性，这种由想象构筑的画面总有些不对的地方，但眼前这个画面中的错误太多了：首先，当镜头移过那些摩天大楼时，先行者看到有很多人从楼顶的窗子中钻出，径直从几百米高处跳下来，经过让人头晕目眩的下坠，这些人平安无事地落到地上；同时，地上有许多人一跃而起，像会轻功一样一下就跃起几层楼的高度，然后他们的脚踏在了楼壁上伸出的一小块踏板上（这样的踏板每隔几层就有一个，好像专门为此而设），再一跃，又飞上几层，就这样一直跳到楼顶，从某个窗子中钻进去。仿佛这些摩天大楼都没有门和电梯，人们就是用这种方式进出的。当镜头移到那个广场平台上时，先行者看到人海中有用线吊着的几个水晶球，那球直径可能有一米多。有人把手伸进水晶球，很轻易地抓出水晶球的一部分，在他们的手移出后，晶莹的球体立刻恢复原状，而人们抓到手中的那部分立刻变成了一个小水晶球，那些人就把那个透明的小球扔进嘴里……除了这些明显的谬误外，有一点最能反映出创造这幅计算机画面的人思维的变态和混乱：在这城市的所有空间，都飘浮着一些奇形怪状的物体，它们大的直径有两三米，小的也有半米，有的像一块破碎的海绵，有的像一根弯曲的大树枝。那些东西缓慢地飘浮着，有一根大树枝飘向平台上的那个姑娘，她轻轻推开了它，那大树枝又打着转儿向远处飘去……先行者理解这些，在一个濒临毁灭的世界中，人们是不会有清晰和正常的思维的。

这可能是某种自动装置，在这大灾难前被人们深埋地下，躲过了高温和辐射，后来又自动升到这个已经毁灭的世界的地面上。这装置不停地监视着太空，监测到零星回到地球的飞船时就自动发射那个画面，给那些幸存者以这样糟糕透顶又滑稽可笑的安慰。

"这么说后来又发射过方舟飞船？"先行者问。

"当然，又发射了十二艘呢！"那姑娘说。不说这个荒诞变态的画面的其他部分，这个姑娘设计得倒是真不错。她那融合东西方精华的姣好的面容露出一副天真的样子，仿佛她仰望的整个宇宙是一个大玩具。那双大眼睛好像会唱歌。还有她的长发，好像失重似的永远飘在半空不落下，使得她看上去像身处海水中的美人鱼。

"那么，现在还有人活着吗？"先行者问，他最后的希望像野火一样燃烧起来。

"是您这样的人吗？"姑娘天真地问。

"当然是我这样的真人，不是你这样用计算机造出来的虚拟人。"

"前一艘方舟号是在七百三十年前回来的，您是最后一艘回归的方舟号了。请问你船上还有女人吗？"

"只有我一个人。"

"您是说没有女人了？"姑娘吃惊地瞪大了双眼。

"我说过只有我一人。在太空中还有没回来的其他飞船吗？"

姑娘把两只白嫩的小手儿在胸前绞着，"没有了！我好难过好难过啊！您是最后一个这样的人了，如果，呜呜……如果不克隆的话……呜呜……"这姑娘捂着脸哭起来，广场上的人群也是一片哭声。

先行者的心沉到谷底，人类的毁灭最后得到了证实。

"您怎么不问我是谁呢？"姑娘又抬起头来仰望着他说。她又恢复了那副天真的神色，好像转眼忘了刚才的悲伤。

"我没兴趣。"

姑娘娇滴滴地大喊："我是地球领袖啊！"

"对，她是地球联合政府的最高执政官！"下面的人也都一齐闪电般地由悲伤转为兴奋。这真是个拙劣到家的制品。

先行者不想再玩这种无聊的游戏了，他起身要走。

"您怎么这样？首都的全体公民都在这儿迎接您，前辈，您不要不理我们啊！"姑娘带着哭腔喊。

先行者想起了什么，转过身来问："人类还留下了什么？"

"照我们的指引着陆，您就会知道！"

三　首都

先行者进入了着陆舱，把方舟号留在轨道上，在那束信息波的指引下开始着陆。他戴着一副视频眼镜，可以从其中的一个镜片上看到信息波传来的那个画面。

"前辈，您马上就要到达地球首都了，这虽然不是这个星球上最大的城市，但肯定是最美丽的城市，您会喜欢的！不过您的落点要离城市远些，我们不希望受到伤害……"画面上那个自称地球领袖的女孩还在喋喋不休。

先行者在视频眼镜中换了一个画面，显示出着陆舱正下方的区域，现在高度只有一万多米了，下面是一片黑色的荒原。

后来，画面上的逻辑更加混乱起来，也许是几千年前那个画面的构造者情绪沮丧到了极点，也许是发射画面的计算机的内存在这几千年的漫长岁月中老化了。画面上，那姑娘开始唱起歌来：

啊，尊敬的使者，你来自宏纪元！

辉煌的宏纪元，

伟大的宏纪元，

美丽的宏纪元，

你是烈火中消逝的梦……

这个漂亮的姑娘唱着唱着就开始跳起来，她一下从平台跳上几十米的半空，落到平台上后又一跳，居然飞越了大半个广场，落到广场边上的一座高楼顶上，又一跳，飞过整个广场，落到另一边，看上去像一只迷人的小跳蚤。她有一次在空中抓住一根几米长的奇形怪状的大树干，那根大树干载着她在人海上空盘旋，她在上面优美地扭动着苗条的身躯。

下面的人海沸腾起来，所有人都大声合唱："宏纪元，宏纪元……"每个人轻轻一跳就能升到半空，以至整个人群看起来如同撒到振动鼓面上的一片沙子。

先行者实在受不了了，他把声音和图像一齐关掉。他现在知道，大灾难前的人们嫉妒他们这些跨越时空的幸存者，所以做了这些变态的东西来折磨他们。但过了一会儿，当那画面带来的烦恼消失一些后，当感觉到着陆舱接触地面的震动时，他产生了一个幻觉：也许他真的降落在一个高空看不清楚的城市中？当他走出着陆舱，站在那一望无际的黑色荒原上时，幻觉消失，失望使他浑身冰冷。

先行者小心地打开宇宙服的面罩，一股寒气扑面而来，空气很稀薄，但能维持人的呼吸。气温在零下 40℃ 左右。天空呈一种大灾难前黎明和黄昏时的深蓝色，但现在太阳正在正空照耀着。先行者摘下手套，没有感到它的热力。由于空气稀薄，阳光散射较弱，天空中能看到几颗较亮的星星。脚下是刚凝结了两千年左右的大地，到处可见岩浆流动的波纹形状，地面虽已开始风化，仍然很硬，土壤很难见到。这带波纹的大地伸向天边，其间有一些小小的丘陵。在另一个方向，可以看到冰封的大海在地平线处闪着白光。

先行者仔细打量四周，看到了信息波的发射源，那儿有一个镶在地面岩石中的透明半球护面，直径大约有一米，半球护面下似乎扣着一片很复杂的结构。他还注意到远处的地面上还有几个这样的透明半球，相互之间相隔二三十米，像地面上的几个大水泡，反射着阳光。

先行者又在他的左镜片中打开了画面。在计算机的虚拟世界中，那个恬不知耻的小骗子仍在那根飘浮在半空中的大树枝上忘情地唱着扭着，并不时向他送飞吻，下面广场上所有的人都在向他欢呼。

……

宏伟的宏纪元！

浪漫的宏纪元！

忧郁的宏纪元！

脆弱的宏纪元！

……

先行者木然地站着，深蓝色的苍穹中，明亮的太阳和晶莹的星星在闪耀，整个宇宙围绕着他——最后一个人类。

孤独像雪崩一样埋住了他，他蹲下来捂住脸抽泣起来。

歌声戛然而止，视频画面中的所有人都关切地看着他。那姑娘骑在半空中的大树枝上，突然嫣然一笑：

"您对人类就这么没信心吗？"

这话中有一种东西使先行者浑身一震，他真的感觉到了什么，站起身来。他突然注意到，左镜片画面中的城市暗了下来，仿佛阴云在一秒钟内遮住了天空。他移动脚步，城市立即亮了起来。他走到那个透明半球旁，伏身向里面看，他看不清里面那些密密麻麻的细微结构，但看到左镜片中的画面上，城市的天空立刻被一个巨大的东西占据了。

那是他的脸。

"我们看到您了！您能看清我们吗？去拿个放大镜吧！"姑娘大叫起来，广场上人海再次沸腾起来。

先行者明白了一切。他想起了那些跳下高楼的人们，在微小环境下重力是不会造成伤害的，同样，在那样的尺度下，人也可以轻易地跃上（几百微米）的高楼。那些大水晶球实际上就是水，在微小的尺度下水的表面张力处于统治地位，那是一些小水珠，人们从这些水珠中抓出来喝的水珠就更小了。城市空间中飘浮的那些看上去有几米长的奇怪东西，包括载着姑娘飘浮的大树枝，只不过是空气中细微的灰尘。

那个城市不是虚拟的，它就像两万五千年前人类的所有城市一样真实，它就在这个一米直径的半球形透明玻璃罩中。

人类还在，文明还在。

在微型城市中，飘浮在树枝上的姑娘——地球联合政府最高执政官，向几乎占满整个天空的先行者自信地伸出手来。

"前辈，微纪元欢迎您。"

四　微人类

"在大灾难到来前的一万七千年中，人类想尽了逃生的办法，其中最容易想到的是恒星际移民，但包括您这艘在内的所有方舟飞船都没有找到带有可居住行星的恒星。即使找到了，以大灾难前一个世纪人类的宇航技术，连移民千分之一的人类都做不到。另一个设想是移居到地层深处，躲过太阳能量闪烁后再出来。这不过是拖长死亡的过程而已，大灾难后地球的生态系统将被完全摧毁，养活不了人类的。"

"有一段时期，人们几乎绝望了。但那时一位基因工程师的脑海中闪现了一个这样火花：如果把人类的体积缩小十亿倍会怎么样？这样人类社会的尺度也缩小了十亿倍，只要有很微小的生态系统，消耗很微小的资源就可生存下来。很快全人类都意识到这是拯救人类文明唯一可行的办法。这个设想是以两项技术为基础的。其一是基因工程，在修改人类基因后，人类将缩小至 10 微米左右，只相当于一个细胞大小，但其身体的结构完全不变。做到这点是完全可能的，人和细菌的基因本来就没有太大的差别。另一项是纳米技术，这是一项在 20 世纪就发展起来的技术，那时人们已经能造出细菌大小的发电机了，后来人们可以在纳米尺度下造出从火箭到微波炉的一切设备，只是那些纳米工程师做梦都不会想到他们的产品的最后用途。"

"培育第一批微人类近似于克隆：从一个人类细胞中抽取全部遗传信息，然后培育出同主体一模一样的微人，但其体积只是主体的十亿分之一。以后他们就同宏人（微人对你们的称呼，他们还把你们的时代叫宏纪元）一样生育后代了。"

"第一批微人的亮相极富戏剧性。有一天，大约是您的飞船启航后一万二千年吧，全球的电视上都出现了一个教室，教室中有三十个孩子在上课，画面极其普通，孩子是普通的孩子，教室是普通的教室，看不出任何特别之处。但镜头拉开，人们发现这个教室是放在显微镜下拍摄的……"

"我想问，"先行者打断最高执政官的话，"以微人这样微小的大脑，能达到宏人的智力吗？"

"那么您认为我是个傻瓜了？鲸鱼也并不比您聪明！智力不是由大脑的大小决定的。以微人大脑中在原子数目和它们的量子状态的数目来说，其信息处理能力是像宏人大脑一样绰绰有余的……嗯，您能请我们到那艘大飞船去转转吗？"

"当然，很高兴，可……怎么去呢？"

"请等我们一会儿！"

于是，最高执政官跳上了半空中一个奇怪的飞行器，那飞行器就像一片带螺旋桨的大羽毛。接着，广场上的其他人也都争着向那片"羽毛"上跳。这个社会好像完全没有等级观念，那些从人海中随机跳上来的人肯定是普通平民，他们有老有少，但都像那个最高执政官姑娘一样一身孩子气，兴奋地吵吵闹闹。这片"羽毛"上很快挤满了微人，空中不断出现新的"羽毛"。每片刚出现，就立刻挤满了跳上来的微人。最后，城市的天空中漂浮着几百片载满微人的"羽毛"，他们在最高执政官所在那片"羽毛"的带领下，浩浩荡荡向一个方向飞去。

先行者再次伏在那个透明半球上方，仔细地观察着里面的微城市。这一次，他能分辨出那些摩天大楼了，它们看上去像一片密密麻麻的直立的火柴棍。先行者穷极自己的目力，终于分辨出那些像羽毛的交通工具，它们像一杯清水中漂浮的细小的白色微粒，如果不是几百片一群，根本无法分辨出来。凭肉眼看到人是不可能的。

在先行者视频眼镜的左镜片中，那由一个微人摄像师用小得无法想象的摄像机实况拍摄的画面仍很清晰，现在那摄像师也在一片"羽毛"上。先行者发现，在微城市的交通中，碰撞是一件随时都在发生的事。那群快速飞行的"羽毛"不时互相撞在一起，撞在空中飘浮的巨大尘粒上，甚至不时迎面撞到高耸的摩天大楼上！但飞行器和它的乘员都安然无恙，似乎没有人去注意这种碰撞。其实这是个初中生都能理解的物理现象：物体的尺寸越小，整体强度就越高。两辆自行车碰撞与两艘万吨轮船碰撞的后果是完全不一样的。如果两粒尘埃相撞，它们会毫无损伤。微世界的人们似乎都有金刚之躯，毫不担心自己会受伤。当"羽毛"群飞过时，旁边的摩天大楼上不时有人从窗中跃出，想跳上其中的一片。这并不总是能成功的，于是那人就从"几百米"处开始了令先行者头晕目眩的下坠，而那些下坠中的微人，还在神情自若地同经过大楼窗子中的熟人打招呼！

"呀，您的眼睛像黑色的大海，好深好深，带着深深的忧郁呢！您的忧郁罩住了我们的城市，您把它变成一个博物馆了！呜呜呜……"最高执政官又伤心地哭了起来,别的人也都同她一起哭,任他们乘坐的"羽毛"在摩天大楼间撞来撞去。

先行者也从左镜片中看到了城市的天空中自己那双巨大的眼睛,那放大了上亿倍的忧郁深深震撼了他自己。"为什么是博物馆呢?"先行者问。

"因为只有在博物馆中才有忧郁,微纪元是无忧无虑的纪元!"最高执政官高声欢呼,尽管泪滴还挂在她那娇嫩的脸上,但她已完全没有悲伤的痕迹了。

"我们是无忧无虑的纪元!"其他人也都忘情地欢呼起来。

先行者发现,微纪元人类的情绪变化比宏纪元快上百倍,这变化主要表现在悲伤和忧郁这类负面情绪上,他们能在一瞬间从这种情绪中跃出。还有一个发现让他更惊奇:由于这类负面情绪在这个时代十分少见,以至于微人们把它当成了稀罕物,一有机会就迫不及待地去体验。

"您不要像孩子那样忧郁,您很快就会发现,微纪元没有什么可忧虑的!"

这话使先行者万分惊奇,他早看到微人的精神状态很像宏时代的孩子,但比孩子的精神状态还要夸张许多倍才真正像他们。"你是说,在这个时代,人们越长越……越幼稚?"

"我们越长越快乐!"最高执政官说。

"对,微纪元是越长越快乐的纪元!"众人大声应和着。

"但忧郁也是很美的,像月光下的湖水,它代表着宏时代的田园爱情,呜呜呜……"最高执政官又大放悲声。

"对，那是一个多美的时代啊！"其他微人也眼泪汪汪地附和着。

先行者笑起来："你们根本不知道什么是忧郁，小人儿，真正的忧郁是哭不出来的。"

"您会让我们体验到的！"最高执政官又恢复到兴高采烈的状态。

"但愿不会。"先行者轻轻地叹息说。

"看，这就是宏纪元的纪念碑！"当"羽毛"群飞过另一个城市广场时，最高执政官介绍说。先行者看到那个纪念碑是一根粗大的黑色柱子，有过去的巨型电视塔那么粗，表面覆盖着无数片车轮大小的黑色巨瓦，叠合成鱼鳞状，高耸入云。他看了好长时间才明白，那是一根宏人的头发。

五 宴会

"羽毛"群从半球形透明罩上的一个看不见的出口飞了出来。这时，最高执政官在视频画面中对先行者说："我们距您那个飞行器有一百多千米呢！我们还是落到您的手指上，您把我们带过去会快些。"

先行者回头看看身后不远处的着陆舱，心想他们可能把计量单位也都微缩了。他伸出手指，"羽毛"群落了上来，看上去像是在手指上飘落的一小片粉细的白色粉末。

从视频画面中先行者看到，自己的指纹如一道道半透明的山脉，降落在其上的"羽毛"飞行器显得很小。最高执政官第一个从"羽毛"上跳下来，立刻摔了个四脚朝天。

"太滑了，您是油性皮肤！"她抱怨着，脱下鞋子远远地扔出去，光着脚丫好奇地来回转着，其他人也都下了"羽毛"，手指上的半透明山脉间现在有了一片人海。先行者粗略估计了一下，他的手指上现有一万多微人！

先行者站起来，伸着手指小心翼翼地向着陆舱走去。

刚进入着陆舱，微人群中就有人大喊："哇，看那金属的天空，人造的太阳！"

"别大惊小怪，像个白痴！这只是小渡船，上面那个才大呢！"最高执政官训斥道。但她自己也惊奇地四下张望，然后又同众人一起唱起那支奇怪的歌来：

> 辉煌的宏纪元，
>
> 伟大的宏纪元，
>
> 忧郁的宏纪元，
>
> 你是烈火中消逝的梦……

在着陆舱起飞飞向方舟号的途中，地球领袖继续讲述微纪元的历史。

"微人社会和宏人社会共存了一个时期，在这段时间里，微人完全掌握了宏人的知识，并继承了他们的文化。同时，微人在纳米技术的基础上，发展起了一个十分先进的技术文明。这宏纪元向微纪元的过渡时期大概有，嗯，二十代人左右吧！"

"后来，大灾难临近，宏人不再进行传统生育了，他们的数量一天天减少；而微人的人口飞快增长，社会规模急剧增大，很快超过了宏人。这时，微人开始要求接管世界政权，这在宏人社会中激起了轩然大波。顽固派们拒绝交出政权，用他们的话说，怎么能让一帮细菌领导人类。于是，在宏人和微人之间爆发了一场世界大战！"

"那对你们可太不幸了！"先行者同情地说。

"不幸的是宏人，他们很快就被击败了。"

"这怎么可能呢？他们一个人用一把大锤就可以捣毁你们一座上百万人的城市。"

"可微人不会在城市里同他们作战的。宏人的那些武器对付不了微人这样看不见的敌人。他们能使用的唯一武器就是消毒剂，而他们在整个文明史上一直用这东西同细菌作战，最后也并没有取得胜利。他们现在要战胜的是和他们同等智商的微人，取胜就更没可能了。他们看不到微人军队的调动，而微人可以轻而易举地在他们眼皮底下腐蚀掉他们的计算机的芯片。没有计算机，他们还能干什么呢？大不等于强大。"

"现在想想是这样。"

"那些战犯得到了应有的下场，几千名微人的特种部队带着激光钻头空降到他们的视网膜上……"最高执政官恶狠狠地说。

"战后，微人取得了世界政权，宏纪元结束了，微纪元开始了！"

"真有意思！"

登陆舱进入了近地轨道上的方舟号。微人们乘着"羽毛"四处观光。这艘飞船之巨大令微人们目瞪口呆。先行者本想从他们那里听到赞叹的话，但最高执政官这样告诉他自己的感想：

"现在我们知道，就是没有太阳的能量闪烁，宏纪元也会灭亡的。你们对资源的消耗是我们的几亿倍！"

"但这艘飞船能够以接近光速的速度飞行，可以到达几百光年远的恒星。小人儿，这件事，只能由巨大的宏纪元来做。"

"我们目前确实做不到，我们的飞船现在只能达到光速的十分之一。"

"你们能宇宙航行？"先行者大惊失色。

"当然不如你们。微纪元的飞船最远到达金星，刚收到他们的信息，说那里现在比地球更适合居住。"

"你们的飞船有多大？"

"大的有你们时代的，嗯，足球那么大，可运载十几万人；小的嘛，只有高尔夫球那么大，当然是宏人的高尔夫球。"

现在，先行者最后的一点优越感荡然无存了。

"前辈，您不请我们吃点什么吗？我们饿了！"当所有"羽毛"飞行器重新聚集到方舟号的控制台上时，地球领袖代表所有人提出要求，几万个微人在控制台上眼巴巴地看着先行者。

"我从没想到会请这么多人吃饭。"先行者笑着说。

"我们不会让您太破费的！"女孩怒气冲冲地说。

先行者从贮藏舱拿出一听午餐肉罐头，打开后，他用小刀小心地剜下一小块，放到控制台上那一万多微人的旁边。他能看到他们所在的位置，那是控制台上一小块比硬币大些的圆形区域，那区域只是光滑度比周围差些，像在上面呵了口气一样。

"怎么拿出这么多？这太浪费了！"最高执政官指责道，从面前的大屏幕上可以看到，在她身后，人们涌向一座巍峨的肉山，从那粉红色的山体里抓出一块块肉来大吃着。再看看控制台上，那一小块肉丝毫不见减少。屏幕上，拥挤的人群很快散开了，有人还把没吃完的肉扔掉，最高执政官拿着一块咬了一口的肉摇摇头。

"不好吃。"她评论说。

"当然，这是生态循环机中合成的，味道肯定好不了。"先行者充满歉意地说。

"我们要喝酒！"最高执政官又提出要求，这引起了微人们的一片欢呼。先行者吃惊不小，因为他知道酒是能杀死微生物的！

"喝啤酒吗？"先行者小心翼翼地问。

"不，喝苏格兰威士忌或莫斯科伏特加！"地球领袖说。

"茅台酒也行！"有人喊。

先行者还真有一瓶茅台酒，那是他自启航时一直保留在方舟号上，准备在找到新殖民行星时喝的。他把酒拿出来，把那白色瓷瓶的盖子打开，小心地把酒倒在盖子中，放到人群的边上。他在屏幕上看到，人们开始攀登瓶盖那道似乎高不可攀的悬崖绝壁。光滑的瓶盖在微尺度下有大块的突出物。微人用他们上摩天大楼的本领很快攀到了瓶盖的顶端。

"哇，好美的大湖！"微人们齐声赞叹。从屏幕上，先行者看到那个广阔酒湖的湖面由于表面张力而呈巨大的弧形。微人记者的摄像机一直跟着最高执政官。这个女孩用手去抓酒，但够不着。她接着坐到瓶盖沿上，用一支白嫩的小脚在酒面上划了一下。她的脚立刻包在一个透明的酒珠里。她把脚抬上来，用手从脚上那个大酒珠里抓出了一个小酒珠，放进嘴里。

"哇，宏纪元的酒比微纪元的好多了。"她满意地点点头。

"很高兴我们还有比你们好的东西，不过你这样用脚够酒喝，太不卫生了。"

"我不明白。"她不解地仰望着他。

"你光脚走了那么长的路，脚上会有病菌什么的。"

"啊，我想起来了！"最高执政官大叫一声，从旁边一个随行者的手中接过一个箱子。她把箱子打开，从中取出一个活物，那是一个足球大小的圆家伙，长着无数只乱动的小腿。她抓住其中一支小腿把那东西举起来。"看，这是我们的城市送您的礼物！乳酸鸡！"

先行者努力回忆着他的微生物学知识："你说的是……乳酸菌吧！"

"那是宏纪元的叫法，这就是使酸奶好吃的动物，它是有益的动物！"

"有益的细菌。"先行者纠正说，"现在我知道细菌确实伤害不了你们，我们的卫生观念不适合微纪元。"

"那不一定，有些动物，呵，细菌，会咬人的，比如大肠肝狼，战胜它们需要体力，但大部分动物，像酵母猪，是很可爱的。"最高执政官说着，又从脚上取下一团酒珠送进嘴里。当她抖掉脚上剩余的酒球站起来时，已喝得摇摇晃晃了，舌头也有些打不过转来。

"真没想到人类连酒都没有失传！"

"我……我们继承了人类所有美好的东西，但那些宏人却认为我们无权代……代表人类文明……"最高执政官可能觉得天旋地转，又一屁股坐在地上。

"我们继承了人类所有的哲学，西方的、东方的、希腊的、中国的！"人群中有一个声音说。

最高执政官坐在那儿向天空伸出双手大声朗诵着："没人能两次进入同一条河流；道生一，一生二，二生三，三生万……万物！"

"我们欣赏凡·高的画，听贝多芬的音乐，演莎士比亚的戏剧！"

"活着还是死了，这是个……是个问题！"最高执政官又摇摇晃晃站起，扮演起哈姆雷特来。

"但在我们的纪元，你这样儿的女孩是做梦也当不了世界领袖的。"先行者说。

"宏纪元是忧郁的纪元，有着忧郁的政治；微纪元是无忧无虑的纪元，需要快乐的领袖。"最高执政官说，她现在看起来清醒了许多。

"历史还没……没讲完，刚才讲到，哦，战争，宏人和微人间的战争，后来微人之间也爆发过一次世界大战……"

"什么？不会是为了领土吧？"

"当然不是，在微纪元，要是有什么取之不尽的东西的话，就是领土了。是为了一些……一些宏人无法理解的事，在一场最大的战役中，战线长达……哦，按你们的计量单位吧，一百多米，那是多么广阔的战场啊！"

"你们所继承的宏纪元的东西比我想象的多多了。"

"再到后来，微纪元就集中精力为即将到来的大灾难做准备了。微人用了五个世纪的时间，在地层深处建造了几千座超级城市，每座城市在您看来是一个直径两米的不锈钢大球，可居住上千万人。这些城市都建在地下八万千米深处……"

"等等！地球半径只有六千千米。"

"哦，我又用了我们的单位，那是你们的，嗯，八百米深吧！

当太阳能量闪烁的征兆出现时，微世界便全部迁移到地下。然后，然后就是大灾难了。"

"在大灾难后的四百年，第一批微人从地下城中沿着宽大的隧道（大约有宏人时代的自来水管的粗细）用激光钻透凝结的岩浆来到地面，又过了五个世纪，微人在地面上建起了人类的新世界，这个世界有上万个城市，一百八十亿人口。"

"微人对人类的未来是乐观，这种乐观之巨大的毫无保留，是宏纪元的人们无法想象的。这种乐观的基础，就是微纪元社会尺度的微小，这种微小使人类在宇宙中的生存能力增强了上亿倍。比如您刚才打开的那听罐头，够我们这座城市的全体居民吃一到两年，而那个罐头盒，又能满足这座城市一到两年的钢铁消耗。"

"作为一个宏纪元的人，我更能理解微纪元文明这种巨大的优势，这是神话，是史诗！"先行者由衷地说。

"生命进化的趋势是向小的方向，大不等于伟大，微小的生命更能同大自然保持和谐。巨大的恐龙灭绝了，同时代的蚂蚁却生存下来。现在，如果有更大的灾难来临，一艘像您的着陆舱那样大小的飞船就可能把全人类运走，在太空中一块不大的陨石上，微人也能建立起一个文明，创造一种过得去的生活。"

沉默了许久，先行者对着他面前占据硬币般大小面积的微人人海庄严地说："当我再次看到地球时，当我认为自己是宇宙中最后一个人时，我是全人类最悲哀的人，哀莫大于心死，没有人曾面对过那样让人心死的境地。但现在，我是全人类最幸福的人，至少是宏人中最幸福的人，我看到了人类文明的延续，其实用文明的延续来形容微纪元是不够的，这是人类文明的升华！我们都是一脉相传的人类，现在，我请求微纪元接纳我作为你们社会中一名普通的公民。"

"从我们探测到方舟号时我们已经接纳您了，您可以到地球上生活，微纪元供应您一个宏人的生活还是不成问题的。"

"我会生活在地球上，但我需要的一切都能从方舟号上得到，飞船的生态循环系统足以维持我的残生了，宏人不能再消耗地球的资源了。"

"但现在情况正在好转，除了金星的气候正变得适于人类外，地球的气温也正在转暖，海洋正在融化，可能到明年，地球上很多地方将会下雨，将能生长植物。"

"说到植物，你们见过吗？"

"我们一直在保护罩内种植苔藓，那是一种很高大的植物，每个分支有十几层楼高呢！还有水中的小球藻……"

"你们听说过草和树木吗？"

"您是说那些像高山一样巨大的宏纪元植物吗？唉，那是上古时代的神话了。"

先行者微微一笑："我要办一件事情，回来时，我将给你看我送给微纪元的礼物，你们会很喜欢那些礼物的！"

六　新生

先行者独自走进了方舟号上的一间冷藏舱，冷藏舱内整齐地摆放着高大的支架，支架上放着几十万个密封管，那是种子库，其中收藏了地球上几十万种植物的种子,这是方舟号准备带往遥远的移民星球上去的。还有几排支架,那是胚胎库,冷藏了地球上十几万种动物的胚胎细胞。

明年气候变暖时,先行者将到地球上去种草,这几十万类种子中,有生命力极强的能在冰雪中生长的草,它们肯定能在现在的地球上种活的。

只要地球的生态能恢复到宏时代的十分之一,微纪元就拥有了一个天堂中的天堂,事实上地球能恢复的可能远不止此。先行者沉醉在幸福的想象之中,他想象着当微人们第一次看到那棵顶天立地的绿色小草时的狂喜。那么一小片草地呢?一小片草地对微人意味着什么?一个草原!一个草原又意味着什么?那是微人的一个绿色的宇宙了!草原中的小溪呢?当微人们站在草根下看着清澈的小溪时,那在他们眼中是何等壮丽的奇观啊!地球领袖说过会下雨,会下雨就会有草原,就会有小溪的!还一定会有树。天啊,树!先行者想象一支微人探险队,从一棵树的根部出发开始他们漫长而奇妙的旅程,每一片树叶,对他们来说都是一片一望无际的绿色平原……还会有蝴蝶,它的双翅是微人眼中横贯天空的彩云;还会有鸟,每一声啼鸣在微人耳中都是一声来自宇宙的洪钟……是的,地球生态资源的千亿分之一就可以哺育微纪元的一千亿人口!现在,先行者终于理解了微人们向他反复强调的一个事实。

微纪元是无忧无虑的纪元。

没有什么能威胁到微纪元,除非……

先行者打了一个寒战,他想起了自己要来干的事,这事一秒钟也不能耽搁了。他走到一排支架前,从中取出了一百支密封管。

这是他同时代人的胚胎细胞，宏人的胚胎细胞。

先行者把这些密封管放进激光废物焚化炉，然后又回到冷藏库仔细看了好几遍，他在确认没有漏掉这类密封管后，回到焚化炉边，毫不动感情地，他按动了按钮。

在激光束几十万度的高温下，装有胚胎的密封管瞬间气化了。

王晋康 •   **失去它的日子**
　　　　　　　　　　白痴时代

　　在宇宙爆炸的极早期（10～35秒），由于反引力的作用，宇宙经历了一段加速膨胀。这个暴涨阶段极短，到10～33秒即告结束。此后反引力转变为正引力，宇宙进入减速膨胀，直到今天。

　　可以想见，两个阶段的结合使宇宙本身产生了疏密相接的孤立波。这道原生波之所以一直被人遗忘，是因为它一直处于膨胀宇宙的前沿。不过，一旦宇宙停止膨胀，孤立波就会在时空边界上反射，掉头扫过"内宇宙"——也许它在昨天已经扫过了室女超星系团、银河系和太阳系，而人类没有觉察。因为它是"通透性"的，宇宙的一切：空间、天体、黑洞、星际弥散物质，包括我们自身，都将发生完全同步的胀缩。因此，没有任何"震荡之外"的仪器来记录下这个（或这串）波峰。

　　摘自靳逸飞著《大物理与宇宙》

<h2 style="text-align:center">8月4日 晴</h2>

　　虽然我们老两口都已退休了，早上起来仍像打仗。我负责做早饭，老伴如苹帮30岁的傻儿子穿衣洗脸。逸壮还一个劲儿催促妈妈：快

点，快点，别迟到了！老伴轻声细语地安慰他：别急别急，时间还早着哩。

两年前我们把他送到一个很小的瓶盖厂——21世纪竟然还有这样简陋的工厂——不为挣钱，只为他的精神上有点安慰。这步棋真灵，逸壮在厂里干得很投入、很舒心，连星期日也闹着要去厂里呢。

30年的孽债呀。

那时我们年轻，少不更事。怀上逸壮五个月时，夫妻吵了一架，如苹冲到雨地里，挨了一场淋，引发几天的高烧，儿子的弱智肯定与此有关。为此我们终生对逸壮抱愧，特别是如苹，一辈子含辛茹苦、任劳任怨，有时傻儿子把她的脸都打肿了，她也从未发过脾气。

不过逸壮不是个坏孩子，平时他总是快快活活的，手脚勤快，知道孝敬父母，疼爱弟弟。他偶尔的暴戾与性成熟有关。他早已进入青春期，有了对异性的爱慕，但我们却无法满足他这个很正当的要求。有时候见到街上的或电视上的漂亮女孩，他就会短暂精神失控。如苹不得不给他服用氯丙嗪，服药的几天里他会蔫头耷脑的，让人心疼。

除此之外，他真的是一个心地良善的好孩子。

老天是公平的，他知道我们为逸壮吃的苦，特地给了我们一个神童作为补偿。逸飞今年才25岁，已经进了科学院，在国际上也小有名气了。邻家崔嫂不大懂人情世故，见到逸壮，总要为哥俩的天差地别感慨一番。开始我们怕逸壮难过，赶紧又是使眼色又是打岔。后来发现逸壮并无此念，他反倒很乐意听别人夸自己的弟弟，听得眉飞色舞的，这使我们又高兴又难过。

招呼大壮吃饭时，我对老伴说：给小飞打个电话吧，好长时间没有他的电话了。我接通电话，屏幕上闪出一个二十七八岁的女子，不是特别漂亮，但是极有气质——其实她只是穿着睡衣，但她的眉眼间透着雍容自信，一看就知道是大家闺秀型的。看见我们，她从容地说："是伯父伯母吧，逸飞出去买早点了，我在收拾屋子。有事吗？一会儿让逸飞把电话打回去。"我说："没事，这么多天没见他的电话，爹妈惦记他。"女子说："他很好，就是太忙，不知道他忙的是什么，他研究的东西我弄不大懂。对了，我叫君兰，姓君名兰，这个姓比较少见，所以报了名字后常常有人还追问我的姓。我是写文章的，和逸飞认识一年了。那边坐的是逸壮哥哥吧，代我向他问好。再见。"

挂了电话，我骂道："小兔崽子，有了对象也不说一声，弄得咱俩手足无措，人家君兰倒反客为主，说话的口气比咱们还家常。"老伴担心地说："看样子她的年龄比小飞大。"我说："大两岁好，能管住他，咱们就少操心了。这位君兰的名字我在报上见过，是京城有点名气的女作家。"这当儿逸壮一直在远远地盯着屏幕，他疑惑地问："这是飞弟的媳妇？飞飞的媳妇不是青云？"我赶紧打岔："快吃饭，快吃饭，该上班了。"

逸壮骑自行车走了，我仍悄悄跟在后边当保镖。出了大门，碰见青云也去上班，她照旧甜甜地笑着，问一声"靳伯早"。我看着她眼角的细纹，心里老大不落忍。中学时小飞跳过两级，比她小两岁。她今年该是27岁了，但婚事迟迟未定。我估摸着她还是不能忘情于小飞。小飞跳到她的班级后，两人的成绩在班里都是拔尖儿的：青云是第一，小飞则在2～5名之间跳动。我曾当着青云的面，督促小飞向她学习。青云惨然道："靳伯，你千万别这么说。我这个'第一'是熬夜流汗硬拼出来的，小飞学得多轻松！篮球、足球、围棋、篆刻、乐器，样样他都会一手。好像从没见他用功，但功课又从没落到人后。靳伯，有时候我忍不住嫉妒他，爹妈为啥不给我生个像他那样的好脑瓜呢！"

那次谈话中她的"悲凉"给我印象很深，那不像是一个高中女孩的表情，所以十年后我还记得清清楚楚。也可能当时她已经有了预感？在高三时，她的成绩忽然下降，不是慢慢下降，而是直线下降。就像是张得太紧的弓弦一下子绷断了。她高考落榜后，崔哥崔嫂、如苹和我都劝她复读一年，我们说："你这次只是发挥失常嘛。"但她已到了谈学习色变的地步，抵死不再上学，后来到餐馆里当服务员。

青云长得小巧文静，懂礼数，心地善良，从小就是小飞的小姐姐。小飞一直喜欢她，但那只是弟弟式的喜爱。老伴也喜欢她，是盼着她有朝一日做靳家的媳妇。不久前她还隐晦地埋怨青云没把小飞抓住，那次青云又是惨然一笑，直率地说："靳婶，说句不怕脸红的话，我一直想抓住他，问题是能抓住吗？我们不是一个层次的，我一直是仰着脸看他。我那时刻苦用功，其中也有这个念头在里边。但我竭尽全力，也只是和他同行了一段路，现在已经望尘莫及了。"

送逸壮回来，我喊来老伴说：你最好用委婉的方式把君兰的事捅给青云，让她彻底断了念头，别为一个解不开的情结误了终生。如苹认真地说："对，咱俩想到一块儿去了，今晚我就去。"就在这时，我感到脑子里来了一阵"晃动"。很难形容它，像是有人非常快地把我的大脑（仅是脑髓）晃了一下，或者像是一道压缩波飞速从脑髓里闪过——不是闪过，是从大脑的内部、从它的深处突然泛出来的。

这绝不是错觉，因为老伴正与我面面相觑，脸色略微苍白，看来她肯定也感觉到了这一波晃动。"地震？"两人同时反应道，但显然不是。屋里的东西都平静如常，屋角的风铃也静静地悬垂在那里。

我们都觉得大脑发术，有点儿恶心，一小时后才恢复正常。真是怪了，这到底是咋回事？时间大致是 7 点 30 分。

8月5日 晴

那种奇怪的震感又来了,尽管脑袋发木,我还是记下了准确的时间:6点35分。老伴同样有震感,脑袋发木,恶心。但逸壮似乎没什么反应,至少没有可见的反应。

真是咄咄怪事。上午喝茶时,和崔哥、张叔他们聊起这事,他们也说有类似的感觉。

晚上接大壮回家,他显得分外高兴,说今天做了2000个瓶盖,厂长表扬他,还骂别人"有头有脑的还赶不上一个傻哥"。我听得心中发苦,也担心他的同伴们今后会迁怒于他。但逸壮正在兴头上,我只好把话咽到肚里。

逸壮说:"爸爸,国庆节放假还带我去柿子洞玩吧。"我说:"行啊,你怎么会想到去那里?"他傻笑道:"昨天看见小飞的媳妇,不知咋的我就想起它了。"逸壮说的柿子洞是老家一个无名溶洞,洞极大极阔,一座山基本被滴水掏空了,成了一个大致为圆锥形的山洞。洞里阴暗潮湿,凉气沁人肌骨,时有细泉叮咚。一束光线正好从山顶射入,在黑暗中劈出一道细细的光柱,随着太阳升落,光柱也会缓缓地转动方向。洞外是满山的柿树,秋天,深绿色的柿叶中藏着一只鲜红透亮的圆果。这是中国北方难得见到的大溶洞,可惜山深路险,没有开发成景点。

两个儿子小的时候,我带他们回去过两次,有一次把青云也带去了。三个孩子在那儿玩得很开心,难怪20年后逸壮还记得它。

晚上青云来串门,困惑地问我,那种脑子里的震动是咋回事,她见到的所有人都感觉到了,肯定不是错觉,但没有一个人知道原因。地震局也问了，他们说这几天全国没有任何"可感地震"。"我想问问小飞，他已经是脑科学家了。最近来过电话吗？"她似不经意地说。我和老伴心中发苦，可怜的云儿，她对这桩婚事已经不抱任何希望了，但她有意无意地常常想听到逸飞的消息。

逸壮已经凑过去，拉着"云姐姐"的手，笑嘻嘻地瞅她。他比青云大三岁呢，但从小就跟着小飞混喊"云姐姐"，我们也懒得纠正他。青云很漂亮，皮肤白里透红，刚洗过的一头青丝披在肩上，穿着薄薄的圆领衫，胸脯鼓鼓的。她被逸壮看得略有些脸红，但并没把手抽回去，仍然笑着，和逸壮拉家常。多年来逸壮就是这样，老实说，开始我们很担心傻儿子会做出什么不得体的举动，但后来证明这是多虑。逸壮肯定很喜欢青云的漂亮，但这种喜欢是纯洁的。即使他因为肉体的饥渴而变得暴戾时，青云的出现也常常是一针有效的镇静剂。我不知道这是为什么，也许他的懵懂心灵中，青云已经固定成了"姐姐"的形象？也许他知道青云是"弟弟的媳妇"？青云肯定也看透了这一点，所以，不管逸壮对她再亲热，她也能以平常心态处之，言谈举止真像一位姐姐。这也是如苹喜欢她的重要原因。

我朝如苹使了个眼色，让她把昨天的打算付诸实施，但逸壮比我们抢先了一步。他说："云姐姐，昨天打电话时我们看见小飞屋里有个女人，长得很漂亮，可是我一点也不喜欢她。她再漂亮我也不喜欢她。我爸不喜欢她，我妈也不喜欢她。"青云的脸变白了，她扭头勉强笑道："靳叔、靳婶，小飞是不是找了对象？叫啥名字，是干什么的？"

这下弄得我俩很理亏似的，我咕哝道：那个小兔崽子，什么事也不告诉爹妈，我们是打电话无意碰上的。那女子叫君兰，是个作家。我看看青云，又硬起心肠说：听君兰的口气，两人的关系差不多算定了。青云笑道："什么时候吃喜酒？别忘了通知我。"

我和如苹在努力措辞，想安慰她，又不能太露形迹，这时傻儿子又把事情搞糟了。他生怕青云不信似的，非常庄重地再次表白："我们真的不喜欢她，我们喜欢的是你。"这下青云再也撑不住了，眼泪唰地涌出来。她想说句掩饰的话，但嗓子哽咽着没说出一个字，扭头就跑了。

我俩也是嗓中发哽，但想想这样最好，长痛不如短痛。自从儿子进了科学院后，我就看准了这个结局。不是因为地位、金钱这类的世俗之见，而是因为两人的智力和学识不是一个层级，硬捏到一块儿不会幸福的。正像逸壮和青云也不属一个层次，尽管我俩很喜欢青云，但从不敢梦想她成为逸壮的媳妇。

傻儿子知道自己闯了祸，缩头缩脑的，声音怯怯地问："我惹云姐姐生气了吗？"我长叹一声，真想把心中的感慨全倒给他，但我知道他不会理解的。因为上帝的偶尔疏忽，他要一辈子禁锢在懵懂之中，他永远只以5岁幼童的心智去理解这个高于他的世界。不过，看来他本人并不觉得痛苦。"人有智慧忧患始"，他没有可以感知痛苦的智慧。但如果正常人突然下落到他的地位呢？

其实不必为他惆怅，就拿我自己来说，和小飞也不属于一个层次。我曾问他在科学院是搞什么专业，他的回答我就听不懂。他说他的专业是"大物理"，人类所有的知识都将统一于此，也许只有数学和逻辑学除外。大爆炸产生的宇宙按"大物理"揭示的简并（物理学专用术语）规律，演化成今天千姿百态的世界；所以各门学科逆着时间回溯时，自然也会逐渐汇流于大爆炸的起点。宇宙蛋是绝对高熵的，不能携带任何信息，因此当人类回溯到这儿，也就到达了宇宙的终极真理。我听得糊里糊涂——而且，这和我多年形成的世界观也颇为冲突，以后我就不再多问了。

有时不免遐想：当爱因斯坦、麦克斯韦、霍金和小飞这类天才在智慧之海里自由遨游时，他们会不会对我这样的"正常人"心生怜悯，就像我对大壮那样？

我从不相信是上帝创造人类——如果是，那上帝一定是个相当不负责任、技艺相当粗疏的工匠。他造出了极少数天才、大多数庸才和相当一部分白痴。为什么他不能认真一点，使人人都是天才呢？

不过，也许他老人家正是有意为之？智慧是宇宙中最珍奇的琼浆，自不能暴殄天物，普洒众生。一笑。

晚上检查了壮儿的日记，字仍是歪歪斜斜的，每个字有核桃大。上面写着：我惹云姐姐哭了，我很难过。我很难过。

可叹。

8 月 6 日 晴

那种震感又来了，5 点 40 分，大致是 23 小时一次，也就是每天来震的时间提前一小时。脑袋发木，不是木，是发空，像脑浆被搅动了，需要很长时间才能沉淀，恢复透明。如苹也是这样，动作迟滞，脸色苍白，说话吭哧吭哧的。

同街坊闲谈，他们都有同样的感觉。还说电视上播音员说话也不利索了。晚上我看了看，还真是这样。

一定是有什么原因，也许是一种新的传染病。如苹说我是瞎说，没见过天下人都按时按点发病的传染病。我想她说得对。要不，是外星人的秘密武器？

　　我得问问儿子，我是指小飞，不是大壮。虽然他不是医生，可他住在聪明人堆里，比我们见多识广。我得问问他。今天不问了，今天光想睡。如苹也早早睡了，只有逸壮不想睡，奇怪，只有他一直没受影响。

8月7日 阴

　　4点45分，震感。就像我15年前那场车祸，大脑一下子定住了、凝固了，变成一团混沌、黑暗。很久以后才有一道亮光慢慢射进来，脑浆才慢慢解冻。陈嫂家的忠志说："可恶，今天不开出租了，脑袋昏昏沉沉的，手头慢，开车非出事不可。"我骑车送壮儿时也是歪歪倒倒的，十字路口的警察眼睛瓷瞪着，指挥的手势比红绿灯明显慢了一拍。

　　我得问飞儿。还是那个女人接的电话，我想了很久才想起她叫君兰。君兰说话还利索，只是表情木木的，像是几天没睡觉，头发也有些乱。她说："逸飞一夜没回，大概在研究，那儿也是这样的震感。伯父你放心，没事的。"她的笑容很古怪。

8月8日 雨

　　震感3点50分。如苹从那阵就没睡觉，一直傻坐着，但忘了做饭。逸壮醒了，急得大声喊："妈我要上班！我不吃饭了！"我没敢骑车去送他，我看他骑得比我稳当多了。如苹去买菜，出门又折回来，说下雨了，然后就不说话。我说："下雨了，你是不是说要带雨伞？"她说"对，"带了伞又出去。停一会儿她又回来，说："还得带上计算器。今天脑袋发木，算账算不利索。"我把计算器给她，她看了很久，难为情地说："电源咋打开？我忘了。"

我也忘了，不过后来想起来了。我说："我陪你去吧。"我们买了羊肉、大葱、菜花、辣椒。卖羊肉的是个姑娘，她找钱时一个劲问："我找的钱对不对？对不对？"我说不对，她就把一捧钱捧给我，让我从里面挑。我没敢挑，我怕自己算得也不对。

回来时我们淋湿了，如苹问我："咱们去时是不是带了雨伞？"我说："你怎么问我呢？这些事不是一直由你操心吗？"如苹气哭了，说："脑袋里黏糊糊的，急死了！急死了！"

8月9日 晴

给小飞打电话。我说："如苹你把小飞的电话号码记好，别忘了。也把咱家的电话号码记在本上，别忘了。把各人的名字也写上，别忘了。"如苹难过地说："要是把认的字也忘了，那该咋办呀！我想了很久，也没想出办法。"我说："我一定要坚持记日记，一天也不拉下，常写常练就不会忘了。急死了！"

小飞接的电话，今天他屋里没有那个女人，他很快地说："我知道原因，我早就知道原因。你们别担心，担心也没有用。这两天我就回家，趁火车还运行。火车现在是自动驾驶。"小飞说话呆怔怔的，就像是大壮。头发也很乱，衣服不整齐。如苹哭了，说："小飞你可别变傻呀，我们都变傻也没关系，你可别变傻呀。"小飞笑了，说："别担心，担心也没用。别难过，难过也没用。因为它来得太快了。"他的笑很难看。

8月10日

  大壮还要去上班，他坚持不让我送。他说："爸你们是不是变得和我一样了？那我更得去上班，挣钱养活你们。"我很生气，我怎么会和他一样呢？可是我舍不得打他。

  我没领来退休金，发工资的电脑出问题了，没人会修。我去取存款，电脑也出问题了。怎么办呢？急死了！

  大壮也没上成班。他说："工人都去了，傻工人都去了，只有聪明班长没上班。有人说他自杀了。"

  青云来了，坐在家里不走，乐哈哈地说："我等逸飞哥哥回来，他今天能到家吗？让我给他做饭吧，我想他。"她笑，笑得不好看。大壮争辩说："是小飞弟弟，小飞是你弟弟，不是哥哥。"她说："那我等小飞弟弟回来，他回来我就不发愁了，我就有依靠了。"

8月11日

  我们上街买菜，大壮要搀我们。我没钱了，没钱也不要紧，卖菜的人真好，他们不要钱。卖粮食的打开门，让人们自己拿。街上没有汽车了，只有一辆汽车，拐呀拐呀，一下撞到邮筒上，司机出来了，满街都笑他。司机也笑，他脸上有血。

8月12日

今天没事可记。我要坚持记日记，一天也不拉下。我不能忘了认字，千万千万不能忘。

8月13日

今天去买菜，还是不要钱。可是菜很少，卖菜的很难为情，她说："不是我小气，是送菜的人少了，我也没办法，赶明儿没菜卖了，我可咋办呀。"我们忘了锁门，回去时见青云在厨房炒菜，她高兴地对我喊："小飞回来了！小飞回来就好了！"

小飞回来也没有办法。他很瘦，如苹很心疼。他不说话，皱着眉头，老是抱着他的日记，千万千万不能丢了，爸爸、妈妈，我的日记千万不能丢了。我问小飞："咱们该咋办？"小飞说："你看我的日记吧，我提前写在日记里了。日记里写的事我自己也忘了。"

靳逸飞日记

8月4日

国家地震局、美国地震局、美日地下中微子观测站、中国授时站我都问了，所有仪器都没有记录——但所有人都有震感。真是我预言过的宇宙原生波吗？

假如真是这样，那仪器没有反应是正常的，因为所有物质和空间都在同步涨缩。但我不理解为什么独独人脑会有反应——即若它是宇宙中最精密的仪器，它也是在"涨缩之内"而不是"涨缩之外"呀！逻辑上说不通。

8月5日

又一次震感。已不必怀疑了，我问了美、日、俄、德、以色列、澳、南非、英、新加坡等国的朋友，他们都是在北京时间6点35分30秒（换算）感觉到的。这是对的。按我的理论，震感抵达各地不会有先后，它是从第四维空间发出，波源与三维世界任一点都绝对等距。

它不是孤立波也不奇怪——在宇宙边界的漫反射中被离散了。可惜无法预言这组波能延续多久，一个星期、一个月，还是十万年？

想想此事真有讽刺意义。所有最精密的仪器都失效，只有人脑才有反应——却是以慢性死亡的方式做出反应。今天头昏，不写了。但愿我的判断是错误的。

8 月 8 日

不能再自我欺骗了。震波确实对智力有相当强的破坏作用，并且是累加的。按已知的情况估算，15 ～ 20 次震波就能使人变成弱智人，就像大壮哥那样。上帝啊，如果你确实存在，我要用最恶毒的话来诅咒你！

8 月 9 日

在中央智囊会上我坦陈了自己的意见。怎么办？无法可想。这种过于急剧的智力崩溃肯定会彻底毁掉科学和现代化社会——如果不是人类本身的话。假如某种基因突变使人类失去双腿、双手、胃肠、心肺，现代科学都有办法应付。但如果是失去智慧，那就根本无法可想。

快点行动吧——在我们没变成白痴之前。保存资料，保存生命，让人类尽快找回原始人的本能。所有现代化的设备、工具，都将在数月之内失去效用，哪怕是一只普通打火机。因为我们很快就会失去能够使用它们的智力，接着会失去相应的维修供应系统。只有那些能够靠野果和兽皮活下去的人，才是人类复兴的希望。

上帝多么公平，他对智力的破坏是"劫富济贫"，智商越高的人衰退得越迅猛，弱智者则几乎没有损失。这是个好兆头啊，我苦笑着对大家说：它说明智力下滑很可能终止于像我哥哥那样的弱智者水平，而不是猩猩、穿山甲或腔棘鱼。这难道不值得庆幸吗？

未来 ──

8 月 10 日

君兰说她要走了。请走吧。我们吸引对方的是才华,不是肌肉、尾羽和性激素。如果才华失去,我们不如及早分离,尚能保留住对方往日的形象。她的智力下滑比我更甚,她已经不能写文章了。我从她的眼睛中看到了她的恐惧,看到了她的崩溃。上帝、佛祖、安拉、老聃、玉皇,我俯伏在地向你们祈祷,你们尽可收去我的肢体、眼睛、健康、寿命和一切的一切,但请为我留下智慧吧。

8 月 11 日

越是先进国家越易受到它的打击,西方国家肯定已经崩溃,所有的信息流(网络、同步卫星、短波长波、光缆通信、航班)全部没了,中断了。但那边的情况我们无法去确认,人类又回到了哥伦布以前的隔绝状态。

哭泣无益,绝望无益,焦躁无益。得赶紧抓住残存的智力,为今后做点补救。明天回家,带家人离开注定要崩溃的城市,我想就回柿子洞吧。今天先列一个生活必需品的清单,我怕到家后就……清单要尽量列全。不能用电子笔记本,用纸本。但愿我不要忘了这些亲切的方块字。我的英语、德语,还有其他几种语言已经全都忘了,就像是开水浇过的雪堆。

老天,为我留一点智慧吧,哪怕就像大壮哥哥那样。

带上全家到柿子洞去,在那儿熬过一年、十年。但愿邪恶之波扫过后智力还能复原。

8 月 18 日

小飞催我们快点、快点、快点，趁我们的灵智还没毁完。按小飞的清单分头准备。

第一项是火种（一定要保留火种！即使我们变成了茹毛饮血的野人，只要保留住火种，它就能慢慢开启人的智慧。不要打火机，要火柴，尽可能多的火柴。还要姥爷留下的火镰）。

商店没有人。我到商店里拿走所有的火柴。我问小飞，"火镰"是啥东西。小飞也忘了，小飞想得很辛苦。后来小飞把脸扭过去，泪水唰唰地往下流。大壮哭着为他擦泪："你别哭，你哭我们都想哭。"后来大壮上阁楼里扒出了他姥爷留下的旱烟袋和——我想起来那就是火镰！那个小钢片和白石头，用它能打出一点火星，嚓，嚓。小飞笑了，脸上挂着泪。他说："就是它，等火柴用完，就用它生火。大壮哥谢谢你，你真聪明。"大壮笑了，很好看。他说："我也不知道啥叫火镰，可是我想咱姥爷就留下这一样东西，小时候我常玩。"大壮问："小飞，旱烟袋也带上吗？"小飞想了半天，犹豫地说："带上吧，既然在一块儿放着，很可能生火时得用上它。"小飞真细心。

第二项是武器（要刀、长矛。不要枪支，弹药无法补充。走前记着到体育用品商店买几把弓箭）。小飞，弓箭在哪儿？我不记得你带回来。小飞又流泪了，他忘了。小飞别难过，我们只带刀子算了。

第三项是干粮。如苹烙了很多烙饼。还带了方便面。

第四项是冬天的衣服。今天不写了，很累。

8月19日

青云眼睛肿了，像两个桃子。崔哥崔嫂找不到了，已经三天了。我们帮青云找呀找呀，可是我们不敢走远，怕忘了回家的路。如苹说："青云你跟我们走吧。"大壮小飞说："云姐姐你跟我们走吧，到柿子洞去。"青云立刻笑了，笑得很好看。她说："靳婶你歇着，让我来烙馍。"她边干边哼着歌。

今天来震应该是 2 点，这会儿快来了。青云钻到如苹怀里，我和小飞互相看着，谁都很恐惧。可是害怕也挡不住，它还是来了，我们吐了一阵，去睡觉。

8月30日

下了火车又走了很多天。路上一堆一堆的人，到处乱转，都不知道想要干啥。青云说："他们多可怜，喊上他们一块走吧。"小飞很残忍（这个词用得不好）地说："不能喊，柿子洞能盛几个人？"青云小声问："他们咋办？"小飞狠狠地说："总有人能熬过去的，总有一些能熬过去的。"

我们太累了，我有 10 天没记日记。这不好，我说过要天天记日记，一天也不拉下，我不能忘了识字。可是我们都忘了多带笔。只有我一支圆珠笔、小飞一支钢笔，大壮书包里有三支画画的铅笔。铅笔最好，不用墨水。如果铅笔也用完了呢？小飞说："我不记日记了，笔全都留给你吧，等你去世我再接着记，这是这个氏族的历史呀。"

晚上在小溪边睡，山很高，树不多，有很多草。我们在水里抓了"旁血"。这两个字不对，可是我想不起来。就是那种有八条腿，横着爬。很好吃。

夜里很冷，大壮、小飞和铁子拾了柴，生起很大的"沟"火。这个沟字也不对。铁子我们不认识，他是自己跟上我们的，他是个男的，今年12岁。火真大啊，"毕毕剥剥"地响，把青云的头发燎焦了，火苗有几米高。有剑齿虎不怕，有剑齿象也不怕。那时还没有老虎和狮子吧？也没有恐龙，恐龙已经死绝了。也没有火柴，是雷电引起的天火。开始我们也怕火，和野兽一样怕火。后来不怕了，用它吓狼群，用它烤肉吃，我们的猴毛退了，就变成人了。

青云真的喜欢小飞，一天到晚跟着他，仰着脸看他，再累还是笑。晚上她和小飞睡在一起，他们都脱光衣服，青云尖声叫着。大壮有时爬起来看他俩，铁子有时也抬起头看。我和如苹都使劲闭着眼，不看。那不好，我明天就告诉小飞和青云那不好。不是那件事不好，是让别人看见不好。

8月32日（主人公智力问题，笔误）

我们担心找不到柿子洞，可是找到了，很顺利。小的洞口，得弯着腰进去。进去就很大，像个大金字塔。我们都笑啊笑啊，这是我们的家，我们要在这儿一直住到变聪明的那一天。

柿子还没熟，不过我知道山里有很多东西能吃，我们不会饿死的。还要存些过冬。有山韭菜、野葱、野蒜、野金针、石白菜、酸枣、野葡萄、杨桃、地曲连、蘑菇。溪里还有小鱼和螃蟹。我想起这两个字了！

今天很幸福，一直没有来震。我们也没呕吐。后来我们都睡了。青云和小飞还是搂着睡。我今天没批评他们不好，等明天再说吧。

9月5日

我们一下子睡了两天三夜！是电子表上的日历告诉我们的。睡前的日记我记成了8月32日，真丢人，小飞说："不要改它，留着吧。"醒来后，我发现脑子清爽多了，就像是醉酒睡醒后的感觉。我小声对小飞说："两天三夜都没来震了，是我们睡得太熟？"小飞坚决地摇头："过去夜里来震时，哪次不是从梦里把人折腾醒？不是这个原因。"我问："那会是什么？是山洞把震挡住了？"小飞苦笑道："哪能那么容易就挡住，美国、日本地下几千米的中微子观测站也挡不住。这种震波是从高维世界传来的，你可以想象它是从每一个夸克深处冒出来的，没有任何东西能挡住它。"

大家都坐起来，从眼神看都很清醒。突然清醒了，我们反倒不自然，就像一下子发现彼此都是裸体的那种感觉。如苹惊问：青云呢？青云到哪儿啦？我看见她在远处一个角落里。她已经把衣服穿得整整齐齐，还下意识地一直掩着胸口。大家喊她时，她咬着嘴唇，死死地盯着地下，不开口。大壮真是个浑小子！他笑嘻嘻地跑过去拉着青云的手："云姐姐，你干吗把衣服穿上？你不穿衣服更好看，比现在还要好看。"青云的面孔唰地红透了，狠狠地甩脱大壮跑出洞去。如苹喊着："云儿！云儿！"跟着跑出去。我出去时，青云还在一下一下用头撞石壁，额上流着血，如苹哭着拉不住。我骂道："青云！你糊涂啊，咱们刚清醒了一点儿，不知道明天是啥样哩，你还想把自己撞傻吗？"我拉住她硬着心肠说："我知道你是嫌丢人，我告诉你那不算丢人。若是咱们真的变回到茹毛饮血、混沌未开的猿人，能传宗接代是头等大事！我们还指着你呢。"

我和如苹把她拉回去，小飞冷淡地喝一声："哭什么！现在是哭的时候吗？是害羞的时候吗？"青云真的不哭了，伏到小飞怀里。

洞里很冷，小飞让大壮和铁子出洞拾柴火，燃起一堆篝火。烟聚在山洞里，熏得每人都泪汪汪的。大壮和铁子在笑，绕着火堆打闹，别人都心惊胆战地等来震，比糊涂的时候更要怕。

天一直没有震感。

9月6日

小飞一早就把我叫醒。我觉得今天大脑更清爽了点儿，但还没有沉淀得清澈透明。小飞说："我想做个试验，今天24小时洞外都要保持有人，我想看看究竟是不是山洞的屏蔽作用——按说是不可能屏蔽的，但我们要验证。我想让你们几个换班出去，我不出去。爸，我想留一个清醒的人观察全局。"说这话时他把头转向一边，不看我们，口气硬硬的。

我安慰他："孩子，你的考虑很对。我们要把最聪明的脑袋保护好，这是为了大家，不是为了你。"他凄然一笑："谢谢爸爸的理解。"

我和如苹先出去拾柴火和找野菜。没多久就来震了，9点30分，仍是脑浆被搅动，呕吐。歇息一阵我们强撑着回去了。留在洞中的人都没事。

9月7日

我和如苹还要出去值班，我们心怀恐惧，但我不想让孩子们受罪。后来青云和铁子争着去了。在洞里歇了一天，脑子恢复不少。外边的人又"震"了，时间是8点35分，留在洞内的人仍没事。小飞说："不必怀疑了，肯定这个金字塔形的洞穴有极强的屏蔽作用。究竟为什么他还不知道，可能是特殊的几何形状形成了反相波峰，冲销了原来的震波。"

9月8日

青云坚决不让我和如苹出洞，拉着大壮出去了，她说："我年轻，震两次没关系。"他们是6点出去的，8点大壮把她拖回来，她面色苍白，吐得满身都是污秽。但大壮似乎没受什么影响。

青云连着经两次震，又变痴了，目光茫然而恐惧，到晚上也没恢复。快睡觉时我见她悄悄偎到小飞旁边，解着衣扣轻声问："靳叔说那不是坏事，是吗？靳叔说那是头等大事，是吗？"

我不忍看下去。小飞把她揽到怀里，把她的衣服扣子扣好，絮絮地说了一夜的话。

9月9日

小飞说不用试验了，今后大家出去拾柴火、打野果都要避开来震的时刻。这个时间很好推算的，每隔22小时55分一次。他苦笑道，这么一道小学算术题，三天前我竟然算不出来！

他躲在洞子深处考虑了很久，出来对我说："爸爸，我要赶紧返回京城，抢救一批科学家，把他们带到洞里来。靠着这个奇异的山洞，尽量保留一点文明的"火种"。至于后面的事等以后再说吧，当务之急是先把他们带来——趁着他们的大脑还没有不可逆的损坏。"

只是，他苦笑道，"这一趟往返最少需要10天，我怕10次震动足以把我再次变成白痴，那时的我能否记得出去时的责任、记得回山洞的路？不过，不管怎样，我要去试试。"

我和如苹、青云都说让我们替你去吧，大壮和铁子也说我们替你去吧。小飞说："不行，这件事你们替不了。这两天我要做一些准备，把问题考虑周全，尽量减少往返的时间。"

9月11日

已经三天了，小飞没有走，他在洞里一圈一圈地转，他说："要考虑一切可能，做一个细心周到的计划。"但他一直躲避着我和如苹的目光。我把他喊到角落里，低声说："小飞，让我替你去吧，我想我能替你把事情做好。我们得把最聪明的脑袋留在洞里，对不？"小飞的眼泪唰地流出来，他狠狠地用袖子擦了一把，泪水仍是止不住。他声音嘶哑地说："爸，我知道自己是个胆小鬼、懦夫，我知道自己早该走了，可我就是不敢离开这个山洞！我强迫自己试了几次，就是不敢出去！你和妈妈给了我一个聪明的大脑，过去虽然我没有浪费它，但也不知道特别珍惜。现在我像个守财奴一样珍爱它。我不怕死，不怕烂掉四肢，不怕变成中性人，什么都不怕，就是怕失去灵智，变成白痴！"

我低声说："这不是怯懦，这是对社会的责任感。小飞，让我替你去吧。"他坚决地摇摇头，"不，我还要自己去。我已经克服了恐惧，明天我就出发。如果……就请二老带着青云、大壮一块儿生活。"

9 月 12 日

按推算今天该是凌晨 4 点来震。大家很早就起来，发现青云不在洞里。4 点 5 分，她歪歪倒倒地走回来，脸色煞白。她强笑着说："我出去为小飞验证了，没错，震波刚过，你抓紧时间走吧。"小飞咬着牙，把她紧紧搂到怀里。她安慰道："别为我担心，你看我不是很好吗？可惜我只能为你做这一点点事情。"小飞忍着没让泪珠掉下来，也没有多停，他背上挎包，看看大家，掉头出了山洞。

9 月 13 日

大脑越来越清醒了，亿万脑细胞都像是勤勉忠诚的战士，先前它们被震昏了，但是一旦清醒过来，就急不可待地、不言不语地归队。

我的思维完全恢复了震前的水平，也许还要更灵光一些。

小飞走了，我们默默为他祈祷，盼着他顺利回来。他是我们的希望。我们不想成为衰亡人类中唯一的一组清醒者，那样的结局，与其说是弱智者的痛苦，不如说是对清醒者的残忍。

洞中的人状态都很好，除了青云。她比别人多经受了两次震击，现在还痴呆呆的，有点像梦游中的人。如苹心疼她，常把她搂到怀里，低声絮叨着。大壮不出去干活时总是蹲在她旁边，像往常那样拉着她的手，笑嘻嘻地看着她。这一段的剧变使我们产生了错觉，认为大壮也会像正常人那样逐渐恢复智力。但现在我们不得不承认，他仍落后于我们这些幸运的人。这使我们更加怜悯他。

9月15日

青云总算恢复了。她在闲暇时常常坐在洞口，痴痴地望着洞外。不过我们很清楚，这只是热恋中的"痴"，不是智力上的傻。她不问小飞的情况——明知问也是白问，只是默默地干着活。

带入洞中的干粮我们尽量不去动。但我们都没野外生存的经验，每天采集的野菜野果根本不够果腹，更别说储备冬粮了。好在我们发现了几片苞谷地，苞谷基本成熟了。如果再等一个月没人来收割，它就是我们的。

9月17日

今天铁子碰见一个人，一个看来清醒的人！他隔着山洞，乐哈哈地喊："你们是住在轩辕洞的那家人吧（原来柿子洞的真名是轩辕洞），有空儿来我家串串，我家就在前边山坡上那棵大柿子树下边。柿子也熟了，来这儿尝个鲜。"喊完就扛着苞谷走了。

铁子回来告诉我们，大家都很兴奋。洞外也有神志清醒的人，这是偶然，还是普遍？是不是那令人恐惧的魔鬼之波已经过去了？不过铁子的话不可全信，毕竟他只是一个12岁的孩子。再说，即使是弱智的人，也并非不能说几句流畅的话（大壮就能）。

虽然尽往悲观处分析，但从内心讲我相信铁子的话。不错，一个弱智者也能说出几句流畅的话，但一个刚受过魔鬼之波蹂躏的正常人绝不会这样乐呵。

明天我要去找找这个乡民。

9月18日

夜里我被惊醒，听见洞口处有窸窸窣窣的声音，我在黑暗中尽力睁大眼睛，隐约见一个身影摸着洞壁过来，在路上磕磕碰碰的。我赶紧摸出头边的尖刀，低声喝问："是谁？"那人说："是我，青云！"

我擦了一根火柴，青云加快步子过来。"靳叔，没有震波了！"她狂喜地说，小飞在外边不会受折磨了！

火柴熄了，但我分明看见一张洋溢着欢乐之情的笑脸。她偎在我身边急切地说："按推算该是昨晚 10 点 30 分来震，我在 9 点 30 分就悄悄出去了，一直等到现在。现在总该有凌晨 3 点了吧，看来那种震波确实消失了！可能几天前就消失了呢。"

如苹爬起来搂住青云大哭起来，哭得酣畅淋漓。所有人都醒了，连声问是咋了？咋了？靳叔、靳婶！爸、妈！我说："没事，都睡吧，是你妈梦见小飞回来了。"我想起自己出洞值班时那种赶都赶不走的惧怕，想来青云强迫自己出洞时也是同样的心情吧，便觉得冰凉的泪水在鼻凹处直淌。

折腾了一阵刚想睡熟，又被强劲的飞机轰鸣声惊醒。轰鸣声时高时低，青白色的强光倏地在洞口闪过。听见洪亮的送话器的声音："青云！铁子！大壮！听见喊声快到洞外点火，我们要降落！"

是小飞的声音！我们都冲出洞外，看见天上射下来青白色的光柱，绕着这一带盘旋。我们用力叫喊，打手电，青云和铁子回洞中抱来一捆树枝，找到一处平地燃起大火。直升机马上飞来，盘旋两圈后在火堆旁落下，旋翼的强风把火星吹得漫天飞舞。小飞从炫目的光柱中跑出来，大声喊："爸、妈，震波已经过去了，我接你们回去！"

我们乐痴了，老伴喜得搓着手说："快速回洞去收拾东西！"小飞一把拉住她说："什么也不要带了，把人点齐就行。我和君兰是派往郑州的特派员，顺路捎你们一段，快走吧！"

一个女人从黑影中闪出来："伯父、伯母，快登机吧。"她的声音柔柔的，非常冷静。我认出她是君兰，外表仍是那样高雅、雍容。她搀着我和如苹爬进机舱，大壮和铁子也大呼小叫地爬上来。我忽然觉得少了一个声音，一个绝不该少的声音。是青云。她没有狂喜地哭喊，没有同小飞拥抱，她悄悄地登上飞机，把自己藏在后排的黑影里。

　　直升机没有片刻耽误，立即轰鸣着离地，强光扫过前方，把后面的山峰淹没到黑暗中，洞口的那堆火很快缩小、消失。小飞说京城开始恢复正常，正向各大城市派遣特派员，以尽快恢复各地秩序。我见君兰从人缝中挤到后边，紧挨着青云坐下，两人头抵着头，低声说着什么。我努力向后侧着耳朵，在轰鸣声中辨识着后边的低语。

　　君兰的声音："小飞说了你的情况……我愿意退出……和小飞同居半年……怎样使小飞更幸福……听你的……"

　　青云沉默了一会儿才说话，声音很低，也很冷静："……更般配……祝你们幸福……"

　　薄暮渐消，朝霞初染。太阳从地平线上探出头，似乎很羞怯地犹豫片刻，然后便冉冉升起，将光明遍洒山川。飞机到了一座小城市，盘旋两圈便开始降落。开始我没认出这是哪儿，小飞扭回头说："到家了，我和君兰不能在这儿耽误，请你们照顾好自己，开始新的生活吧。"

　　直升机降落了。不少人围过来，好奇地看着直升机。君兰抢先跳下地，扶着我和如苹下去。我同君兰握手告别："再见，君兰姑娘，你是个聪明女子。"我又同小飞拥别："小飞，安心干你的大事，不要为家里操心。我们会照顾好青云和她腹中的孩子。好了，同你的妻子吻别，赶快出发吧。"

　　如苹惊讶地盯着我，青云震惊地瞪着我，君兰不动声色地看着我。小飞瞟了我一眼，一言不发，走过去吻吻青云的嘴唇，反身登机。

　　直升机迅速爬升到高空，泅入蓝天的背景中。青云默默走过来，感激地依在我的身旁。大壮傻乎乎地盯着她的腹部追问："你真的有小宝宝了吗？真的吗？宝宝生下来该咋喊我？"青云的脸庞微微发红，但她没有否认，很坦然地说："该向你喊伯伯的。"

我们穿过人群回家，在门口看见崔哥崔嫂。他们分明还没有完全恢复，见了失踪多日的女儿竟没有哭，没有问长问短，只是嘻嘻地笑。青云冲过去把他们拥到怀里，边笑边流泪。我拍拍崔哥的肩膀笑道："亲家你好哇。回去让青云做碗醒酒汤，清醒清醒，咱还得商量着操办婚事呢。然后我领着大壮和铁子走进家门。"

在机上我曾问小飞，轩辕洞真的有屏蔽作用吗？为什么？小飞说现在不是研究的时候，等社会秩序正常后，一定认真研究这件事。但下机后我想起忘了一件大事——忘了问小飞，这种震波还会再来吗？

但愿它不会再来了。

王晋康   ● 母亲

以爱的名誉

第一章

一万四千七百九十七，一万四千七百九十八，一万四千七百九十九……

白文姬在黑暗中默默地数着，攀着安全梯，一级一级地向上爬。中微子观察站距地面9700米，安全梯的梯级间隔为0.4米，大致算来，她要攀登24250级才能到达地面。所以，她强迫自己牢牢记住每次的计数，用来估计自己距地面还有多远。在一次又一次令人厌烦的重复中，尤其是在极度疲劳中，保证数数不出差错，并不是一件容易的事。

一万四千八百，一万四千八百零一……

安全梯很简陋，是一根根U型钢筋直接插入岩层。也许某一级插接不牢的梯级会使她从几千米的高处坠落，结束这场艰难的搏斗。不过，直到目前她所攀过的梯级都十分坚固。记得雷教授说建造地下中微子观察站时，还曾为设不设安全梯争论过，因为有人认为"从9700米的地下通过安全梯逃生"的概率小而又小。不过最后安全梯还是保留下来了，今天它成了白文姬的逃生之路。

一万四千八百零二，一万四千八百零三……

眼前的黑暗是彻底的，绝对的，看不见任何东西，即使拿手指在眼前晃动，也看不到一点黑影。她在黑暗中已待了很长时间，大概有三天了，极端的黑暗使她产生了顽固的错觉，似乎她的身体和四肢已经消失，只余下头颅在向上飘浮。她常常停止攀登，用手摸一摸胳臂、小腿和脚趾，以便驱走心理幻觉。

一万四千八百零四，一万四千八百零五……

她已经不停息地攀登了多长时间？据她估计已超过了 24 小时，浑身的肌肉都已经僵硬，各个关节酸痛不堪。尽管步履艰难，她还能一级一级向上攀登，她想这要归功于她一直坚持健美锻炼，即使生下呱呱后，她也没忘及时恢复锻炼，迅速恢复体型。

想到呱呱，这个大嗓门的女孩，她心中不由得一凛。等她爬够 24250 级梯级，回到地面后，会看到什么样的情景？她赶紧驱走这些想法，驱走心中的阴郁和不祥。人总得为自己留一点希望，如果……她也许会失去攀登的勇气，也许她会干脆跳入 9700 米的黑暗之中。

刚才数到哪儿了？一万四千八百零六，一万四千八百零七……

实在太乏了，她把左臂插在钢筋中牢牢固住身子，右手向背囊摸出牛肉干，吃了两片，又摸出矿泉水喝了几口，珍惜地装回背囊。从地下站开始攀登时，她没有敢多带食物，因为在 1 万米的攀登中，每一克多余的重量都将成为重负。她只带了两天的食物，如果两天后不能到达地面呢？

太疲乏了，特别是脑袋太困了，已经两天两夜没合眼了。她决定稍稍睡一会儿，便从背篼里摸出早已备好的绳子，把自己捆在铁梯上，又把左臂穿过梯级与右臂抱紧，脑袋歪在臂环上。她先在心里默诵着刚才数过的级数：14807、14807、14807……等她确认这个数字在睡醒后不致忘记，便很快进入梦乡。

不过，她的睡觉姿势太别扭了，累得她噩梦连连。几天来的往事一直在她脑海中翻腾，没有片刻停息。

11天前她和杜宾斯基到中微子观察站值班，这是她生下呱呱后的第一次值班。她是信奉自然哺乳的，所以有一年的时间不得不留在地面。她觉得，每天为呱呱哺乳实在是一种享受，呱呱用力吮吸着，吸得她的几根血管发困、发胀，有一种麻酥酥的快感。呱呱总是一边吮吸，一边用小手摸着乳房，仰着头，静静地看着妈妈，时时绽出一波微笑。呱呱真是个可爱的孩子，在让呱呱断奶时，她没有大哭大闹，不过她可怜兮兮的低声哭泣也让她心中发酸。她和呱呱总算闯过了断奶关。

杜宾斯基一看见她就睁大眼睛："我的天！"他夸张地喊着，"你还是那样漂亮！魔鬼的身材！"白文姬自豪地笑了。生下孩子后她立即恢复体形锻炼，她曾是全国健美大赛的季军，怎么能容许自己以臃肿的体型出门？她很快恢复往日的体型，只是胸脯更丰满一些。杜宾斯基以口无遮拦著称，曾色迷迷地说，"和白文姬在9700米的地下值班是最痛苦的经历，因为眼瞅着如此美色而不能抱入怀中，对一个男人来说实在是最大的折磨"！他半真半假地说。白文姬知道对付他的办法：

"谢谢你的夸奖。不过我知道我是很安全的，不用在脸上涂上墨汁或诸如此类的掩护。"

"为什么？"

"因为，"白文姬微笑着："即使在9700米的地下，你也是受道德约束的一个男人，而不是处于发情期的雄性动物。"

杜宾斯基解嘲地说："谢谢你对我的崇高评价。"两人在地下长期相处时（每次值班为期一个月），这个好色的俄国佬的确没有任何侵犯性的动作。不过闲暇时他会毫无顾忌地盯着她，用目光一遍一遍刷过她的身体。"你不能阻止我欣赏你，这是我作为一个绅士、一个男人的最后底线。"他宣称。

白文姬嫣然一笑，默认了他的这种侵犯，仅仅是目光的侵犯。总的说来，两人的合作倒是蛮愉快的。

位于地下9700米矿井深处的中微子观测站是用来观察太阳中微子的。中微子是太阳核炉中氢氦转变时所产生，它呈电中性，几乎没有质量，可以轻而易举地穿越星球，因此对它的观察十分困难。不过，为了种种原因，科学家们需要仔细观察它，比如说，观察它是否有微小的质量。如果有，宇宙暗物质的总量就要大大增加；而暗物质的多少又可以决定宇宙将一直膨胀，还是最终转变为收缩。

这个中微子观察站是先进的镓观察站（镓同位素在吸收一个中微子后转变为锗，并能够被检测出来。镓观察法可以计数低能量中微子），而不是早先的四氯化烯观察站（氯同位素吸收一个中微子后转变为一个氩原子，并放出一个电子，从而可以被检测出来，但氯观察法只能计数高能量中微子）。至于把观察站设在9700米深的地下，则是为了彻底屏蔽掉宇宙射线的影响，防止实验出现误差。

37吨价格昂贵的镓静静地待在地层深处，迎接那些穿越地层而

来的太阳中微子。观察过程中需要有足够的耐心，因为多达 37 吨的
镓每天最多只能捕获一个中微子，相比之下，足球比赛的进球是多
么容易的事儿。所以，每当记录仪难得地出现一次脉冲，白文姬和
杜宾斯基都会欢呼起来。

她和杜宾斯基是轮流值班，轮她休息时，她总要给父母打几个
电话（呱呱留在父母那儿），在电话中听一听小女儿口齿不清的呢喃。
有时她也会给丈夫夏天风打电话，问寒问暖。她怕干扰工作，严禁
丈夫往这儿打电话。

这几天是一个观察低潮期，整整两天，仪表上没有任何显示。
那天晚上是杜宾斯基值班，但白文姬没有睡意，沐浴过后换了一件
睡袍，独自到起居室看书。夜里 10 点，电话铃响了，她拿起听筒，
按下屏幕开关，屏幕上显示的是兴奋欲狂的丈夫。她的第一个念头是，
丈夫违犯了不准往这儿打电话的禁令，看来一定是出了什么大事。
丈夫劈头喊道：

"文姬，发现了外星飞船！"

白文姬笑了，斜过目光瞥了瞥自己手中的小说，那是阿西莫夫
的长篇科幻小说《基地》。她问："什么名字？"

丈夫愣了："什么什么名字？"

"我问你说的是哪一部科幻影片的内容。"

"不，不是科幻影片，也不是科幻小说，这是真的。发—现—了—
外—星—飞—船！"丈夫一字一顿地念道。"两个小时前刚发现的，
是用光学望远镜直接观察到的，它离地球仅仅有一个月的路程。当然，
这都是粗略的估算。科学家和政府首脑全都乱作一团了！"

"有多少只飞船？"

"一只。"

"现在在哪儿？"

"在麦哲伦星云方向，具体距离有待测算，可以肯定已经进入了太阳系。"

"尝试联系了吗？"

"还没有。要知道，没有任何国家的政府准备有应急方案！他们全都乱了方寸！"

挂上电话，电话铃又急骤地响了，这回是地面站打来的，同样的内容。放下电话，她冲进值班室，亢奋地喊：

"杜宾斯基，发现了外星飞船！有三家天文台同时发现了外星飞船！"

杜宾斯基起身，惊愕地张大嘴巴，这个蠢乎乎的表情足足定格了几十秒钟。他从文姬的表情中看出这不是玩笑，便忘形地喊叫着，紧紧搂住文姬在屋里转圈。

那时他们都没想到，这一天会成为地球的黑色纪念日，历史将在这儿凝固。第二天早上，他们得到的消息是：飞船离地球不是一个月的距离，而是三天的距离！原来的估算错了。这艘飞船是以半光速飞行，现在它已在明显地减速，地球天文台所以能观察到它，就是因为减速时反喷的能量束。而且，这艘飞船十分庞大，相当于100艘航空母舰。

最重要的一点：地球和飞船没能建立起联系，地球匆忙发出的大量问询没有得到任何回音。地球人没法弄清，这艘飞船是否是一只"死飞船"，飞船内是否有活的乘员。

丈夫在转述这些消息时，眉尖微有忧色。其实，白文姬的直觉也一直在向她报警。无论如何，这艘外星飞船的造访都太过突兀，太不正常。不妨换一个角度思考：假如是地球人发现了外星文明，那么，在驾驶飞船造访之前，地球人一定会早早地发出联系的信息："我是你的朋友，是一个友好的种族，我们打算来拜访你们……"这样的提前问候是人之常情。为什么外星飞船会顽固地保持缄默？

不过，也许外星人根本没有发明无线电通讯？也许外星人认为不告而来是最高的礼敬？不要忘了，他们是外星人——"人"这个字眼在这儿只是借用，谁知道他们是什么样的身体结构？什么样的脾气秉性？他们靠什么能量生存？

这些都是未知之谜，所以，尽管心中隐隐不安，白文姬仍急切地盼着谜底早日揭开。

两个小时后，丈夫打电话告诉她，外星飞船的形状已经观察到了，是蜂巢型结构，很可能那是几百只独立的飞船，在升入太空后拼合在一起。所以，这不是一艘飞船，而是一只舰队。

丈夫声音低沉地通知她："这是他最后一次电话，因为他们马上要忙开了。"白文姬心中不由一沉，她当然明白丈夫的意思，因为，丈夫是在武器研究所工作。

20 年前，也就是 2324 年，小文姬已经记事了，她忘不了那年全人类欢庆的一件大事：人类经过公决，以绝对多数票通过一条法令"立即销毁各国现存的所有重武器，当然首先是核、生、化武器及其运载工具。"这是划时代的一天，它标志着人类终于告别野蛮，步入了理性时代。武器，这个人类互相残杀的怪物，这个人人憎恶却又摆脱不掉的怪物，终于寿终正寝了。

当然也有反对意见，很微弱的反对意见，说人类应保留太空武器，如星际导弹、太空激光炮等，以应付可能的外星侵略。但这些反对意见被另一种简单明快的推论驳倒了："如果某种外星文明能到达地球，那它必然超越野蛮阶段而步入高度文明，因为，高度发展的科学与野蛮是水火不容的。那么，这些外星文明就不会残忍嗜杀，不会具有侵略性，地球文明的发展不就是明证么？"

这真是一个极具说服力的理由，关于它的正确性，几天之后的事实就给出了最明确的验证——可惜是否定的验证。

不过，人类公决时也考虑了反对意见，决定在全世界保留五个武器研究所，它们的责任是保存所有有关武器（尤其是太空武器）的知识，一旦需要，可在短时间恢复生产。丈夫夏天风是位于中国的第四武器研究所的高级工程师，白文姬常取笑他选择了一个古董职业，就像是中国古代传说中所说的"屠龙之技"，永远没有使用的机会。因此，"你尽可在那儿作一个东郭先生，不会有人揭穿你的。"

她没有想到，丈夫的屠龙之技会很快派上用场。不过，她知道这个决定已为时过晚，太空激光炮、星际飞弹都是些极度复杂的玩艺儿，即使以最快的速度恢复生产，也只能在数月之后交付使用，而现在，那艘来意未卜的飞船离地球只有三天的距离了。

9700米的地下是没有日升日落的，他们只能凭借钟表来掌握时间。2344年5月26日晚上8点——历史的时钟将在这一刻停摆——白文姬值完白班。来换班的杜宾斯基满脸疲色，他一直没有休息，守着电话一个劲儿地向外询问。他告诉白文姬，这几个小时没有任何进展。"暴风前的平静。"他补充道。

　　他的预言很快被证实。白文姬草草吃了晚饭，也迫不及待地向各处打电话。地面站的小刘告诉她一个惊人的消息："美国肯尼迪发射中心正在发射升空的代迭罗斯号飞船发生爆炸，8名机组人员全部丧生！"代迭罗斯号是各国政府一致决定发射的，是人类与外星飞船联络的信使。它的爆炸也是可以理解的，因为准备太仓促。小刘还说，"据小道消息，代迭罗斯号飞船不光是信使，它还携带有核弹以伺机行事。飞船的爆炸未能引爆核弹是不幸中之万幸。"

　　惊人的消息接踵而来，外星飞船忽然吐出数百只小飞船，像蝗虫一样向地球扑来。至此，外星飞船的狰狞嘴脸已暴露无遗，但地球上却是出奇的平静，各国政要不再向民众发表谈话，人们都麻木地等着蝗虫飞船逼近。地球已变成了一个完全不设防的村庄，只能坐以待毙。

　　爸妈打来电话，从表面上看，他们的表情仍然很平静："文姬，呱呱会说妈妈了。呱呱，喊妈妈！"呱呱格格笑着，弹动着小嘴唇发出"妈妈，妈妈"的声音。呱呱外婆说："乖乖，亲亲妈妈，亲亲妈妈！"呱呱把嘴巴贴在可视电话屏幕上，着着实实地亲了几下。白文姬也透过电话亲了亲孩子，默默地，一往情深的亲吻。

　　她和女儿、父母道了再见，挂上电话，眼泪止不住流下来。她当然懂得爸妈的用意，一旦有了什么意外，这就是亲人之间的诀别了。

　　白文姬牢牢地守着专线电话，真恨地下观测站的建造者们为什么不把电视信号接下来，这样她就能及时了解事态的变化。而现在，她只能凭一台时断时续的电话，从简短的回话和有限的视野中揣测地面上发生的事情。

丈夫那儿音信全无，他们在干什么？他们已经组装出适用的武器了吧？两小时后，地面站小刘说，"敌方（他们已不加思索地使用这个名字）的子飞船已进入大气层。他们是从各个位置进入大气层的，平均分布在各大洲的上空。现在全部停留在距地面3万米的高空。在这个高度，人类基本上是无能为力的，除非用火箭把它们摧毁，但为数寥寥的火箭对付不了蝗虫般的敌方飞船。"

所以，只有坐以待变，让恐惧和悔恨咬啮着心房。现在，恐怕所有人都后悔20年前的决定，后悔不该彻底销毁保护地球的武器！

凌晨四点，离接班还有一个小时，文姬决定少睡一会儿，虽然地球吉凶未卜，但她仍要在自己的岗位上尽责。她没有脱衣服，倒到床上立即入睡了。她梦见千千万万只蝗虫在高空振翅，用复眼死死地盯着自己。在睡梦中，白文姬忽然觉得极端难受，就像有人伸手探进她的脑腔拼命搅动，搅得天旋地转。哇的一声，胃中的食物喷射出来。在这一瞬间，她才真正领会到什么叫痛苦，似乎每一个脑细胞都在受挤压，每一个细胞都在遭受针扎，与这种痛苦相比，死亡真是太轻松了。

她没有死。

她慢慢睁开眼睛，被刚才的打击所驱散的脑细胞又慢慢归位，拼出一个模糊的神智。她仍然非常难受，头部感到炸裂的疼痛，耳朵、眼珠和每个关节也都在阵阵发疼，稍一动弹便觉得天旋地转，胸中恶心欲吐。

但不管怎样，她的神智总算又慢慢拼合了。面前黑漆漆的，没有丝毫的光亮。她曾以为自己是瞎了，只是后来发现某些荧光仪表还有微弱的绿光，她才敢确信不是自己眼盲，而是停电。地下室内也没有一丝声音，没有交流电的嗡嗡声，通风管道的咝咝声，以及所有平常不为人察觉的无名声响。这种过度的寂静仿佛形成一个压力场，用力挤压着她的神经。

她想到杜宾斯基，那个开朗的、多少带点色相的男人呢？她轻声喊："杜宾斯基？杜宾斯基？"喊声逐渐加大，但没有人回应。白文姬慢慢爬起来，努力克服着严重的眩晕。她摸到一堆粘乎乎的东西，那一定是刚才的呕吐物，她用被单随便擦擦，在黑暗中向前摸去。

好在她对地下室的结构十分熟悉，她慢慢摸到值班室，摸到值班椅，没有杜宾斯基。她继续顺着墙摸，在地板上摸。忽然她摸到一个身体，一个僵硬冰冷的身体，还有粘稠的液体，那一定是快要凝固的鲜血，杜宾斯基已经死了！她的眼泪刷刷地淌下来，他是怎么死的？死了多长时间？这一段空缺的细节永远不可能补上了。

白文姬坐在地上，强迫自己思考着，在头脑眩晕的有限能力下思考着。毫无疑问，地球上遭到全球范围的致命袭击。中微子地下观测站共有三条备用线路，一旦某条线路有故障，另一条会自动启用，正因为如此，地下室没有任何备用照明。现在三条线路同时断电，证明地面上的破坏是毁灭性的。

她想到电话，便挣扎着摸索过去，不出所料，电话也断了，话筒中没有一点儿声息。

绝对的黑暗、死寂、孤单和恐惧摧垮了她的思想，她疲顿地靠墙坐下，一直坐了很长时间。突然，她从假死状态中醒过来。不能在这里等死！停电必然中断通风，地下室的氧气终归要用完的，大概两三天之内吧，留在这儿只有死路一条。她要回到地面，寻找自己的父母、丈夫和女儿，即使他们已遭不幸，她也要亲眼证实。

怎么办？只有爬上去，顺着安全扶梯爬上去。不能指望地面站的救援了，那儿很可能已经毁灭。但是，9700米的高度！比珠穆朗玛峰还要高1000米哩！我能不能爬到顶？会不会在半途中因力气用尽而摔下来？

不过，没有什么可犹豫的，因为这是唯一的生路。至于自己的体力能否坚持到底——她必须坚持到底，就这么简单。白文姬摸到厨房，在冰箱里找到一些熟食，两瓶矿泉水，找到一个背囊装起来。她坐在地上休息片刻，打开升降机房间的侧门进入升降井。这里的地形她很不熟悉，她在墙壁上慢慢摸索着，跌跌撞撞，几次差点儿摔倒。但她终于摸到嵌在岩壁上的U型铁条。心中突然涌出一股暖流——这细细的铁条就是她活命的唯一希望了。

她开始义无反顾的攀登。

白文姬从梦中醒来，一个数字首先跳入意识：一万四千八百零七。这是她睡觉前攀登的铁梯级数。她吁一口气，继续向上爬。

一万四千八百零八，一万四千八百零九……

那些该死的外星飞船，那些该千刀万剐的外星杂种。这是一次计划周密的突然袭击，它们使用了什么武器？从自己的感受来推测，很可能是次声波，是一次强度极高、遍及全球的次声波攻击。即使在9700米的地下，她仍能感受到这场攻击的威力。杜宾斯基受到的伤害更重，他很可能是因次声波造成七窍流血而死去。

地面上的人呢？呱呱、丈夫和父母呢？她的头脑一阵晕眩，忙用手紧紧握住铁梯。歇息片断，她强迫自己忘掉这些想法。到地面上再说吧，到那时再去面对事实真相吧。

一万七千三百二十三，一万七千三百二十四……

她的精力快耗尽了，刚才那一觉所恢复的精力，转眼之间就用完了。每向上挪动一步都十分艰难，56公斤的体重似乎变成一吨重。她真担心自己爬不完最后这段路。

一万八千六百二十一，一万八千六百二十二……

手已经磨破了，虽然感觉不到疼痛，但从手心发粘的感觉来看，肯定是满手鲜血。每向上挪动一公分，都会让她气喘吁吁，她的胳膊和腿再也不能把身体向上举了。不过她仍咬紧牙坚持着，用意志力代替肌肉的力量向上爬。

一万八千七百一十，一万八千七百一十一……

熬过最艰难的几十级，她忽然觉得力量又回到身上。她恍然悟到刚才是运动的极点，她总算熬过了极点。此后，她的攀登就轻松多了。

当数过二万一千次后，她不再数数，因为她发觉，一缕轻淡的若有若无的光线已经在头顶出现。她紧紧盯着亮光所在的地方，抓紧向上攀登。没错，是光线。光线越来越亮，慢慢地，可以看清升降井的大致轮廓。胜利在望，她忘记了疲劳，加速攀登。

现在她能看清，头顶是一个四方形光圈，中间部分则黑黝黝的。是停在顶部的升降机挡住了光线，否则她早就应该看到出口了。借着从升降机四周泻下的光线足以看清起升井，看清起升钢索、铁梯和升降机的自动刹车机构。向下则是四方形的深井，深不见底。

在攀上升降机之前，白文姬休息了一会儿，一方面让眼睛适应光亮，一方面作一点思想准备。尽管心中不祥的预感越来越浓，她仍盼望着这是一场虚惊，也许停电只是一场机械事故，地面站的雷站长和小刘会飞跑着迎接她，说我们急死啦急死啦！停电后我们正想办法救你们，没想到你敢从 9700 米的地下爬上来！随后的电话中也能听到爸妈爽朗的笑声和呱呱口齿不清的"妈妈"……人总倾向于欺骗自己，直到蒙眼布彻底打开。

会是什么样的真像在等着她？

尽管早已有心理准备，眼前的一切仍然触目惊心。地面站的人全死光了，横七竖八倒了一地，从倒地的方位看，他们在灾祸降临的一瞬间都是在向外跑，但没跑几步便力竭倒地。其中坚持最久的是地面站雷站长，他倒在玻璃转门之间，身后拖着一长串血迹。所有尸首都扭曲着，表情狰狞，七窍流血，将那一瞬间的极度痛苦真切地、永远地记录下来。

白文姬想呕吐，她强忍着，在尸首之间辨认。这是小刘，这是地面站最漂亮的姑娘小奚，这是幽默开朗的"大叔"老葛……他们的眼睛大都睁着，死不瞑目啊。在院里她还发现一只死猫、一只死耗子，这点特别使她震惊，因为据说耗子是哺乳动物中生命力最顽强的种群。只有苍蝇未受次声波的摧残，它们在尸体上亢奋地嗡嗡叫着，飞上飞下，为这片死人场增添一丝活气。

地面站仍然停电，电话也不通。白文姬无法知道父母、女儿和丈夫的情况，但想来他们也是同样的命运。她没有眼泪，泪水已被仇恨烧干了。也许，她现在是地球人类唯一的幸存者？果真如此，则她只剩下一件事要干——尽可能多杀死几个外星杂种。

为了女儿，为了丈夫，为了所有的亲人，为了人类。

夕阳快下山了，西天布满绚丽的火烧云。金红色的彩云流淌着，迅速变幻着形状。天道无情，它不知道地球的生灵已经全都变成了冤魂，仍旧日落日升，云飞云停。

白文姬强迫自己忘掉这一切，尽快进入新的角色——一个冷血杀手，她要向外星杂种复仇。但这些魔鬼究竟是什么样子？它们是气态人还是能量人？什么武器能杀死它们？白文姬还没有一点眉目。

她在冰箱里找到几瓶罐头食品，停电三天，冰箱里已经有异味，但罐装食品还是完好的。暮色已经降临，白文姬机械地咀嚼着罐装牛肉，筹谋着明天的行动。门外忽然传来汽车行驶声，白文姬的神经猛然被扎醒——还有活人！她曾以为这个世界除了她自己再也没有活人了，但有人开汽车！

她立即起身，向门外跑去，但在最后关头，警觉像呼吸一样起作用了。是谁在开汽车？虽然她不大相信会是外星人开地球人的汽车，但她还是要观察一下。她走到窗前，从窗帘侧边向外窥视。

一辆大福特径直开进院内，停下车，车门打开，一只脚踏到地面上——白文姬心脏猛然抽紧：那只脚，或那只脚上穿的鞋子是金属制的，看起来十分笨重，泛着黑色的金属光泽。接着，一个机器人走出车门，外形颇似人类，但全身都是金属的，头上无发，脸部由几十块钢铁组元组成的，钢铁眼窝深陷着，一双没有理性的眼睛冷漠地扫视着四周。

外星人没有在院中停留，快步向主楼走来。它身高两米，脚步声十分沉重。它是否发现了自己？白文姬迅速退到厨房，拎起一把锋利的厨刀，这把刀不会对机器人造成威胁，但至少可以用来自杀！然后她迅速藏身到一个橱柜中。透过百叶窗向外观察。

伴着铿然的脚步声，机器人走进来了。用冷漠的眼睛扫视四周后，弯腰抓起两具尸体，转身向外走去。它抓起尸体毫不费力，强劲的手指轻易地戳进尸体内。它出去了，走出白文姬的视线。听见两声闷响，可能它把尸体扔到地上了。然后脚步声又返回。

原来它是在做尸体清理工作，很快，屋内的七八具尸体都被扔到院子里。其后大约五六分钟没有响声，白文姬溜到窗户前向外偷看，见几具尸体在院子中央堆成一堆，上面洒着白色粉末。那个机器人正从汽车里拎出一支沉重的枪支，它单手执枪，对着尸体扣动扳机，一道耀眼的红色撕破暮色，尸体堆爆出明亮的火光，熊熊燃烧起来。

不知道它在尸体上洒的是什么燃烧剂，燃烧十分猛烈，白色的光芒照亮方圆百米。机器人没有多停，返回车内，汽车迅速驶离火堆，开出院门。白文姬来到院里时，尸首已经燃尽，仅在地下留下一团很小的白色灰烬。那辆汽车已经不见了，远处的夜空被照亮，几十团白亮的火焰此起彼伏。看来今天机器人在对这一带进行大清理。

白文姬立在那堆尸灰前默哀。尸首被火化了，她的同事们总算有了归宿。然后，一个疑问浮上水面。刚才那个外星人来去匆匆，她没看清楚，但有一点是没有疑问的，那就是它太"像"人。它有四肢、躯干、头颅，是否有五官不太清楚，但至少有一双眼睛和一只嘴巴。而且，从头颅、躯干和四肢的比例来看，也与人类酷似。白文姬知道一条规律：人类总是按照自己的模样去创造神灵、魔鬼和机器人。刚才她看到的无疑是外星人所造的机器人，那么，它们的主人，那些外星杂种，竟然与人类相像？

这是不大可能的，在两个相距遥远的星球上，沿着独立进化之路，竟然进化出面貌形态相当接近的两种"人类"，这种可能性几乎不存在。

那么，所谓的外星侵略是地球上某个国家或某个狂人玩的把戏？

白文姬觉得浑身发冷，如果是这样，那可是一桩惊天大阴谋！不过她不相信这一点，因为，在自由、祥和、透明化的23世纪，根本没有这类狂人赖以存活的土壤。

她的心情十分阴郁。这是个谜，是个难解的谜，不知道在她生前这个谜团能否解开。

灯忽然亮了，屋内亮如白昼，远处的建筑物也亮起一扇扇窗户。一阵欣喜袭来——但白文姬随即悟出真相。不，不是"人类"恢复了电力供应，而是外星人。他们已着手建立正常的社会秩序了。他们用次声波杀死所有地球人，接管了完好无损的人类的物质基础。他们的如意算盘打得真精啊。

电扇在转，空调在响，电脑和电视屏幕也亮了。那场灾难造成时间上的一个中断，现在它们又接续上了。白文姬拿起电话，电话指示灯开始闪亮，耳机里有了熟悉的嗡嗡声，电话网也恢复正常了。白文姬很想向父母、丈夫那儿打一个电话，但她最终克制住自己。如果外星人掌握了电话网，他们会很容易查出这个电话的来源，也许两分钟后外星人的军队就会把这儿包围。不能莽撞，她要好好保存自己的生命，要拿它多换几个外星魔鬼。

她想上电脑网络上查一查这两天的事情，也因为同样的原因而作罢。忽然她想到电视，电视里都存有两天的节目，可以调出观看而不被外星人察觉。于是她调出两天的录像，认真地看下去。

她填补了两天的空白。

她看到那艘无比巨大的外星飞船，确实像一个大蜂巢。仔细看看，这个蜂巢是组合式的，每个组元就是一艘飞船，其模样和地球人的飞船差不多。估计是各个飞船独立起飞，到了无重力区域再组装起来，否则，它的庞大结构绝对承受不了自身的重力。

她看到那艘母船突然放出几百艘袖珍飞船，像一群野蜂般，从各个方向进入地球，悬挂在外空轨道上。

她看到肯尼迪航天中心的大爆炸，那艘匆忙起飞的飞船曾是地球人最后的反抗手段。它不幸爆炸后，公众都陷于深深的绝望之中，因为，地球人已经没有任何太空武器来对付那艘蜂巢式母船和那群毒蜂。随后，联合国秘书长罗根思先生作了一次电视讲话，呼吁民众镇静，保持人类的尊严，万能的主将庇护我们。这个白发苍苍的老人实际上已向人类致了悼词。

然后，摄影镜头下的人群突然一齐扭曲身体，踉跄着，七窍流血，倒在地上。摄像镜头被摔在地上，从地面的视角继续拍摄着，这个视角使画面更为恐怖。白文姬想起自己濒死的那一刻，想起身体僵硬的杜宾斯基，她觉得那种痛楚又向她袭来，连呼吸也变得困难。

她手指抖颤着更换频道。所有频道在此刻都录下了相同的场面，中国、日本、美国、俄罗斯、智利、冰岛。死亡肯定是全球性的。60亿人，在一瞬间同时死亡。

她喘息着，关了电视。

不要再回顾过去了。过去的已经过去，不可能再挽回。过去那个白文姬也已经死了。现在活着的是一个复仇女神，她的胸膛里只剩下一种感情——仇恨。

她开始为今后的战斗作准备。首先当然是武器。到哪儿去找？外星杂种的汽车上倒有，但去盗窃危险性太大。她的生命至少要换几百个外星人，应该格外珍惜。武器研究所！她忽然想起丈夫的武

器研究所。那里虽没有重武器（只保留着重武器的图纸），但所有
轻武器都保留有样品。白文姬相信，在那儿一定能找到足以杀死外
星机器人的激光枪、粒子枪或射线枪。对，她明天就去那儿，顺便
确认丈夫的下落。

她在屋里搜索着，充实着作战背囊。食物和饮水她没有多带，
因为估计这两种东西至少短时间内不会缺乏。她把厨刀也装进背囊，
还有一捆尼龙绳，一把剪刀，一个日记本（她要把最后的日子记下来，
然后……留给谁呢？）。想起在地下所遭遇的黑暗，她又带上一支
电筒，两只打火机。

然后她来到女员工休息室，放一池热水，痛痛快快洗一个热水
澡。复仇开始后，这些正常的人类生活只怕是不能享受到了。女员
工休息室是为值夜班的女员工准备的，但实际上在地下站值夜班的
女性仅她一人，所以这套房子差不多成了她的领地。她是十分珍惜
自身羽毛和小巢的女性，这套房子布置得十分妩媚，化妆间里，摆
着唇膏、指甲油、眉笔、睫毛夹、发钳，衣橱里有漂亮的文胸、内裤、
丝袜和大开领的丝质睡衣。她穿上浴衣来到镜前，擦去镜面上的水
汽，端详着自己，心中酸苦。从本质上说，女性化妆是为他人看的，
是为了留住丈夫、异性和同性的目光。但从今而后她为谁化妆？她
为谁美丽？

不过她仍然像往常一样化了淡妆，而且，在满当当的作战背囊里，
她还塞了两件文胸、内裤和一件睡衣。

白文姬早上四点钟起床，留恋地看看自己的小巢，同它作了诀别，
然后到停车场找到自己的汽车。这个出发时间是计算好的，可以借
助月光开车，免得被外星人发现。她没有开车灯，小心地上路。

到处是一片死寂，楼房都有灯光，但没有一丝声响，没有一个活物。她沿着公路飞快地开着车，警觉地注视着公路尽头。好在路上没有外星人的警戒，一个小时后她安全抵达市内，来到父母的住宅前。

　　在住宅前的空场上，她发现了熟悉的东西：一堆白色的灰烬。她心中一沉，看来外星人已来这里清理过了。屋内果然空无一人，墙上的照片含笑地看着她，百叶窗在微风中轻轻摆动，荧光灯吐出柔和的光芒。看着这一切，很难想象这儿曾有过一番浩劫。只有地上随便扔着的长毛熊和小碗勺，多少透露一点灾难的痕迹。

　　她取下镜框，爸妈仍笑得那么慈祥，周岁的女儿瞪着圆溜溜的眼睛，好奇地看着外部世界。她的胳膊又白又嫩，胖得像藕节，一支手指含在小嘴里。文姬定定地看着，泪水模糊了视线，眼前幻化出另一种景象：父母和女儿在濒死的痛苦中挣扎，面目扭曲的尸体；一个冷血的焚尸者；一团白得耀眼的火光……她擦擦眼泪，珍重地取下几张照片，用硬纸包好，小心地塞到背囊里。

　　不能多停，要赶在天亮前到达丈夫的研究所。她在那堆灰烬前默哀片刻，驾车离开。月亮已经落下去了，晨色苍茫，刚好能辨认道路。她飞快地开着，拐过一个街角，忽然发现远处有汽车灯光！她急忙刹住车，停靠在路边，把车内的仪表灯也熄灭。刚刚作完这些动作，那辆车飞快地掠过这儿，车内灯光明亮，机器人的金属躯体闪闪发光。白文姬庆幸自己没有被发现，此后她开得更小心了。

　　武器研究所的情景和地面站一样，但外星人还没来清理过，十几具尸首横七竖八摆了一地。每个人都拎着一件武器，即使死前的痛苦也没能让他们松手。靠墙的武器架上摆放着一排轻武器，都擦拭得明光锃亮，弹药盘或能量盒也都已就位。看来，研究所的人们已做好了战斗准备。

　　她找到丈夫，同样扭曲的面孔，同样凝着血迹的五官，双眼圆睁着，弯腰曲背，似乎仍蓄力待发。文姬把丈夫揽入怀里，为他合上双眼，又撕下衣角耐心地为他揩去血迹。血早已凝结了，擦起来十分困难，她小心地擦着。

　　再不会有人轻吻她的额头，把她揽入宽阔的怀抱中了。再也不会有人在耳边轻轻说"我爱你"，在睡梦中轻轻揉搓她的乳房。她想起自己和丈夫对面坐在床上，脚掌对着脚掌，光屁股的小女儿在四条腿中转着圈爬，一边咯咯地笑。这些情景像利刃一样搅着她的心。

　　阳光已从窗户外投进来。她放下丈夫的尸体，小心掰开他的右手，拎起那支枪。虽说女人生来不爱舞刀弄枪，但被丈夫耳濡目染，她也知道不少枪械的知识。她知道这种枪是激光枪马丁2号，利用高能物质氮5（即5个氮原子所组成的氮的异构体）作能源，每个弹药盒可以击发10次，射程两千米，在500米内能射穿100毫米厚的钢板。估计这支枪的威力足以对付外星机器人了，除非他们是不死之身。

　　枪上已装好弹药盒，另外10个弹药盒装在丈夫身后的子弹带中。白文姬取下子弹带，围在自己腰间，拎着枪直起身来。丈夫和他同事的遗体该如何处理？她想了想，决定把他们留给外星人的焚尸队。她想，丈夫不会怪罪自己的。

　　忽然院外有汽车声！白文姬拎着枪，迅速闪到厨房，仍旧钻到橱柜内。同样沉重的脚步声，同样的机器人躯体，同样的刻板动作。屋内的尸体都拖出去了，外星机器人还到各个房间检查一番。白文姬把枪口慢慢顺正，轻轻地扳开保险。她看见了一双闪着金属光泽的脚，不过机器人没有打开橱柜，脚步声渐渐远去。

白文姬闪到窗前，外星人正在向尸体上撒白色粉末。然后返回车内，拎出激光枪，点燃焚尸的大火。机器人对着这堆大火又看了两分钟，钢铁组元组成的面孔十分冷漠，没有一丝表情。外星人准备离去了，这时白文姬已悄悄瞄准了机器人的胸膛，一个光点在他左胸上晃动。文姬犹豫着，不知道这儿是不是机器人的致命处，但她凭直觉做出决断：既然机器人与人类这么酷似，没理由认为这儿不是心脏。她咬着牙扳动枪机，一道耀眼的光束破空而去，訇然一声，在机器人胸前炸开一个碗口大的洞。机器人吼叫一声，枪身在空中划出一个弧形，瞄准文姬所在的地方。机器人开火了，但此时他的身体已慢慢向后仰倒，那束死光也随着在空中划着弧形，所到之处，墙壁、树干和尸体都被炸裂。机器人沉重地跌在地上，那支枪射完了能量，仍直撅撅地朝向天空。

　　文姬扣着扳机，小心地走近机器人。机器人已经死了，钢铁眼窝里的眼睛还睁着，无神地望着天空，钢铁组元的面孔是惊愕的表情。胸口有一个大洞，露出一些粉红色的类似肌肉的东西。白文姬冷笑着想，这些残忍暴虐、杀人如草芥的家伙，原来也并不是不死之身啊。她很想把外星人的尸首藏起来，以免打草惊蛇，但她拖着机器人的脚掌试了试，根本不行，这具钢铁身体重逾千斤。她只好把他留在空地上。

　　她向丈夫的骨灰告别，匆匆离开这儿。没有开车，白天开车太危险了。她顺着住宅区内的小路，借着树林的掩护，迅速溜到了另一幢大楼，开始寻找她的下一个猎物。

　　白文姬就这样开始她的复仇生涯。到处是人去室空的楼房，食物和弹药很充足，她身上的能量盒够她杀死100个敌人，用完之后还可以到丈夫的研究所去取。还有一点对她很有利——她知道到哪儿去设伏。只要发现哪儿的尸体未清理，她就可以埋伏下来，守株待兔。

天气渐渐热了，未清理的尸体已经腐烂，城市里到处弥漫着令人作呕的异味，外星人加快了他们的清理工作，到处是焚烧死尸的大火。在火堆旁边，白文姬共杀死了8个机器人。她的行动越来越熟练和自信。她过去所受的健美训练对她帮助很大，使她行动起来敏捷轻盈，有充沛的精力。

已经死了八个机器人，按说该引起占领者的警觉了，但好像外星人很迟钝，他们照旧忙碌着在各地清理尸体，并没有采取什么搜捕行动。这使白文姬暗自庆幸。

白文姬已经不满足这种复仇了，她要找到敌方的首脑所在，给他们来一个中心开花。她在一所住宅里找到了一只高倍望远镜，便带上它，潜入78层的工商银行大楼，从顶楼向市内瞭望。市内街道上汽车寥寥，看来外星人在这个城市的人数很有限。慢慢地她发现，这些汽车的行迹构成一个蜘蛛网，而蜘蛛网的中心是市中心医院，那里肯定是外星人的巢穴。

她开始一栋楼房一栋楼房地向市中心医院靠近，在这个过程中又杀死两个外星人。到了中心医院，她发现这儿正矗立起一座 A 字型的铁塔，已经建起近百米，大约 20 多个机器人在塔上忙碌，到处是电焊的弧光。巨大的塔式起重机缓缓转动着铁臂，把建筑材料送上去。已经建成的塔身方方正正，毫无美感，甚至可以说十分丑陋。这座塔是干什么用的？很久之后白文姬才知道，这是外星人的纪念碑和凯旋门，他们以此来庆祝对地球的占领，同时向上帝（当然是外星人的上帝）谢恩。这种形状丑陋的纪念物大概是这个野蛮种族唯一的审美情趣了。

几天来的成功袭击使得白文姬的胆子越来越大，虽然是白天，她还是借着建筑物的掩护向铁塔逼近。她潜入到与铁塔紧邻的一家工厂，悄悄攀上工厂中央的大水塔，架好枪支。那群钢铁蚂蚁还在忙忙碌碌，干得十分敬业，十分投入，配合谐调，就像一台精巧的机器。白文姬仔细寻找着猎物，发现一个外星人离同伴较远，便把枪口瞄准他，扣下扳机。一道强光一闪即没，那个外星人双手一扬，从塔上摔下去，隐隐能听到凄厉的呼声。

　　十分奇怪，这个机器人的跌落没有引起任何反应，没人去察看和救护伤员，塔上的工作节奏丝毫未减慢。白文姬十分纳闷，她想，在阳光下，敌人未发觉激光枪的光束倒是可能的，但同伴失手跌下，至少也得去救护啊！她这会儿没心思去揣摩这个谜团，瞄准另一个开了第二枪。又是一声惨叫，那人从塔上跌下，重重地摔在地上。塔上的工作似乎迟滞了半秒，但随即又恢复正常。

　　白文姬愤怒地想，这真是一个残忍的种族，他们不但对地球人残忍冷酷，即使同伴的性命也视如草芥。她这次瞄准塔式起重机的操作者，带着快意扣下扳机。操作者身子一仰，靠在驾驶室的墙壁上，慢慢倾倒。起重铁臂继续转动，吊着的重物碰弯了铁塔的构件，把另一个机器人撞得飞了起来，摔死在地面。

　　这时，铁塔上其余的机器人似乎得到什么号令，同时向水塔这边转身，望远镜中能看到它们冷酷的目光。然后，他们同时从铁塔上往下爬，动作十分敏捷。白文姬知道情况不妙，疾速爬下水塔，闪身到一个车间。这时天上已响起轰鸣声，几十架飞机（地球人的飞机）包抄过来，行列中有一架形状特异的外星飞行器。在这外星飞行器的指挥下，飞机轮流向水塔开火，塔身很快迸飞，蓄水从半空中汹汹地倾倒下来。

手持激光枪的外星人也已赶来，不过它们并没有进入工厂，都在铁篱外虎视眈眈地守候。水塔轰然倒塌，飞机开始以饱和火力分区域轰炸工厂，看来他们不准备让一个活物留下。眼看着爆炸点向这边逼近，白文姬急中生智，逃出车间，找到一个下水道的铁盖，用力掀开铁盖，钻了进去。

身后是轰隆隆的巨响，红光从下水道口射进来，灼热的气浪追赶着她。白文姬快速地向前爬。下水道很宽敞，弥漫着工业废水的刺鼻气味。身后的红光远去了，她进入黑暗之中，不过这儿毕竟不是9700米的地下，偶尔从井盖处透下几丝光亮，使她勉强看清前面的道路。

突然，后边轰然一声，下水道倒塌了，堵死了。现在已后退无路，白文姬便一个心思向前摸索。下水道的微光越来越弱，已经难以辨清方向。向哪儿走？也许她会困死在迷宫一样的管道内？忽然她的脚面感到水的流动，感到了的流向。她想，只要顺着水流走，总归能走到河边。于是，她脱下鞋子，时刻用脚掌试着水的流向。管道内污水不多，可能是城市已经停止活动，没有什么生活污水，所以下水道内一直保持着足够的空气，使她不至于窒息。

她在管道里走啊，走啊，不知道走了多长时间。她已经精疲力竭了，手中的枪支重似千斤，但她始终紧紧握住它。她又饿又渴，背囊还在，但背囊中的食物和饮水不知什么时候掉落了。脚下就有水，可惜不能渴。水流的声音百般诱惑着她，她几次想趴下去喝两口，但最终克制住自己。

走啊，走啊，她的双腿已经麻木，似乎比从9700米地下爬上来时更累，但强烈的求生欲望仍支撑着她。方向显然没错，因为管道变粗了，脚下的水越来越深，水面浸到腰部，浸到胸部，现在她已不是爬行，而是游行了。

水声越来越响，水流越来越急，她在拐角处稳住身子，探头向前查看。前面，污水已经充塞管道，没有可呼吸的空间了。但前边隐隐传来亮光，传来水流的跌落声。反正已后退无路了，白文姬把枪支和背囊理好，深吸一口气，向水中潜去。水流推着她向前游，20秒钟，40秒钟，她的呼吸已经十分困难，一朵黑云慢慢向她的意识罩过来，就在她快要绝望的时候，眼前忽然一亮，她随即跌落下去。

她急忙浮出水面，这儿不是河流，而是一个巨大的池子，四周池壁高高耸立，圈出四方形的蓝天。一道铁扶梯从水下一直延伸到壁顶。她猛烈地喘息着，手足并用爬上扶梯，等她接触到坚实的地面，心神一松，便晕厥过去。

繁星在天上闪烁，流云在弦月旁流淌，夜空高旷，晚风在私语。白文姬艰难地睁开眼睛，拼拢自己的意识。她是在哪儿？她睡在一座高高的墙壁上，不远处就是墙壁的边缘，夜里如果她翻个身，此刻已变成冤魂了。她心中一凛，腿脚发软，忙抓住身旁的铁栏。

枪支在腋下，硌得那儿生疼，她艰难地挪动着麻木的身体，把枪支顺到前边。浑身都疼，骨头像碎成千百块。周围是黑黢黢的建筑物，只有几扇窗户倾泻出雪亮的灯光。

没有人声，没有人的活动。

她已经悟出这是哪儿，城市西部紧挨河流的污水处理厂，面前是污水沉淀池。污水先在这里沉淀，随后通过生物净化和机械净化，排到河里去。这儿的工作是全自动的，所以虽然工作人员已经死光，工作程序仍旧进行着。

　　她走过天桥，经过密如蛛网的管道，来到污水处理厂的指挥室。宽敞的指挥室内，各种仪表灯仍在闪亮。没有人，也没有尸体，这里肯定已被外星人清理过了。她走进员工休息室，在卫生间的大镜子中看到自己。浑身脏污，头发锈成一团，衣服破烂不堪，两眼充满红丝，面容疲惫麻木。她苦笑一声，尽管已饥肠辘辘，但她仍先打开淋浴器梳洗一番。身上的衣服已不能再穿，背囊里的备用衣服也皱成一团，她在屋子里找到了几件男人的衣服穿上，尽管衣服很不合体，但站在镜前再度观察自己时，她又恢复了自信。

　　她在厨房里找到罐头食物和饮料，狼吞虎咽地吃饱，在值班床上沉沉睡去。这一觉她睡得很沉，醒来时已是朝霞满天。这儿是郊外，十几只水鸟在高高的树梢上鸣啭着，飞上飞下。这种不知名的水鸟，羽毛是翠绿色的，头顶有一片丹红，美得像一只精灵，久未见到生灵的白文姬贪馋地看着，感动得热泪盈眶。

　　又一次死中逃生的经历，再加上这几只生机勃勃的小鸟，忽然唤起她强烈的求生欲望。不，她的当务之急不是报仇，不是与敌人同归于尽，而是活下去，尽力活下去，想办法延续人类种族——她苦笑着摇摇头，如何延续人类种族？很可能这世界上已没有一个男人，而她又不会孤雌生殖，除非丈夫在她腹中留下了一颗种子。不过这一点不大可能，女儿还小，夫妻生活中，他们一直小心地采取避孕措施。现在她感到很后悔，她真不该避孕，真该留下一颗种子。

　　但是要活下去！命运既然能留下她，谁敢说没有别的幸存者？她要走遍全世界去寻找同类。即使人类只留下她一人，她仍要活下去，努力学习克隆技术，学习这种神秘得近乎巫术的技术，把人类延续下去。她要躲到荒凉的山区、沙漠或极地。外星人的数量不多，不可能控制整个地球，总会留下足以让她（他们）生存的空隙。她要学会像原始人那样的生活，茹毛饮血，保留文明的火种。

决心已定，她感到心境复归平静，同时也难以排除渗入骨髓的孤凄和悲凉。她开始在污水厂各个房间里搜集生活必需品。先在门外找到一辆越野性能较好的"城市猎人"牌吉普，砸碎车玻璃，意外地发现启动钥匙在那儿，这使她省去不少工夫。她把搜集到的罐头、饮料、衣物、工具一趟一趟地往车上搬，还找来几只塑料桶，把其它汽车的汽油都抽出来，放到自己车上备用。

她发现一间女性的居室，可能也是女性员工休息室。室主人一定是一位漂亮风流的女子，因为屋内处处是昂贵的法国香水、唇膏、薄如蝉翼的名牌文胸和内裤、连裤丝袜和半透明的睡衣。那个女人的半身玉照在梳妆台上，眉眼中有无限风情。白文姬在镜中看看自己身上不合体的男人衣服，犹豫着，最终把它们脱下，换上了这位不知名女子的漂亮裙装。

以后不会有人来欣赏她的美貌，但一个女人的爱美之心是十分顽强的。

汽车开出污水厂的大门，她停下来向人类世界告别。她的心地一片空明，要活，活下去，再寻找希望！吉普车一路向西北开去，那儿是深山区。她担心在无遮无掩的公路上开车，会被外星人发现，开了半天没见有什么动静，多少放心了，也许，外星人还未能掌握地球人类的所有信息系统，比如天上的探测卫星。

她开了整整一天，没有看过地图，只管往最荒僻的地方开。先是高速公路，再是一般干道、县级公路。汽油表指到了零，她停下来下车加了油，吃了一点食物，又继续开。她进入山区，在坎坷不平的山道上颠簸。夜色沉下来，她不敢开大灯，便借着朦胧的月光向前摸索。深夜，前边路断了，视野里尽是黑黝黝的山峰和森森的树木。她停下车，在后座椅上很快入睡。

　　她做了一些杂乱的梦，梦见到处去找自己的丈夫，终于找到了，一夜缱绻，丈夫给她留下一颗生命的种子。梦景变换，她躺在产床上，撕心裂肺的痛苦，然后是舒适的慵懒，一个可爱的婴儿躺在她身边。一岁的女儿来了，口齿不清地唤着弟弟，她冷峻地想，如果世界上只剩下这姊弟二人，也许他们不得不做夫妻？这个选择太艰难了，她想从梦境中逃脱……

　　她醒了，晨色熹微，面前是陡峭的山崖，茂密的树木。汽车停在一条满布鹅卵石的干涸河道上，侧后方是一个水潭，不大，却极深，清冽的潭水汇出重重的绿色，十几只小鱼在潭水中游玩，悠然不见。

　　眼前的美景驱散梦中的沉重，她取出食物，坐在鹅卵石的河道上吃了早餐。清冽的河水在引诱着她。一天的奔波使她风尘仆仆，胸前腋下都是腻腻的，于是，她取出盥洗用具，随身带上激光枪，来到潭边，脱了衣服，在清冽的潭水中洗去征尘。藏到石下的小鱼儿又悄悄返回，一只螃蟹也从石下爬出来，不慌不忙地在石面上横行。文姬用脚趾悄悄摁下去，摁住了蟹背，螃蟹惊惶失措地举起两只大钳。她松开脚趾，螃蟹飞快地逃掉了，在水中留下一串水泡。白文姬不由绽出一丝笑意，这是灾难来临后她的第一次微笑。

　　潭水太凉了，白文姬走到浅处，赤身立在山风中，就像一位风姿绰约的仙子。晨风吹干身体，她上了岸，穿上文胸，内裤——忽然她有一种悚然的感觉，她的直觉在警告，好像有人在盯着她的后背，冰凉的目光所到之处，她的皮肤微微战栗。她镇静着自己，用眼角的余光向身后看。果然有两个外星杂种！身躯比她见过的略矮一些，一男一女（女的铁壳胸部有两个凸起，使她一眼就辨出机器人的性别），他们身后的林中空地上，停着一架外形奇特的飞行器。

外星机器人没有动作，冷酷地默默注视。白文姬心中凄然，知道死神已经来了。她不慌不忙地穿好衣服，掠掠头发，忽然一个箭步向激光枪扑去，把枪支拎起来。但男外星人以不可思议的敏捷一步跨过十几米，劈手夺过激光枪，向着远处射光了能量，耀眼的红光烧灼着空气，光束所到之处，大树拦腰截断，轰轰隆隆地倒下来。外星机器人狞笑着（脸上的钢铁组元拼出这个狞笑），把枪支慢慢地拧成一个麻花，摔在她的面前。白文姬从背囊中摸出那把尖刀，明知这件武器对机器人是无效的，但她仍拼死向机器人眼睛扎去。机器人用胳臂轻轻一磕，刀刃在金属躯体上砍出一溜火花。她苦笑着停止搏斗，忽然反手一刀，向脖子上抹去。

但她未能如愿，男机器人敏捷地托住她的刀锋，夺过来，远远扔到潭水里，溅出一片水花。然后又冷漠地注视着她。白文姬觉得自己成了猫爪下的幼鼠，没有一点反抗的余地。她叹口气，转过身，纵身向潭中跃去。

这回是女机器人拦住她，女机器人伸出右手，慢慢扼住白文姬的脖子。白文姬觉得黑云渐渐漫过意识，在濒死的痛苦中，她反而有一种解脱的感觉。

她失去了知觉，但并没有死去。男机器人及时制止住女伴，简短地命令："把她带走。"便夹起白文姬绵软的身体走向飞行器。白文姬没有听到他说的话，否则她一定会惊骇欲绝。他的语音虽然怪腔怪调，但若仔细辨认，还是能够听懂的。

外星机器人说的是地球的语言，是英语。他说的是：

"Go with her."

第二章

被地球佬称作是中国郑州的大都市现在是 X 星球人的临时首都，72 层的银河大厦是占领军的总部，奇奇诺瓦五世就住在顶层。透过宽敞明亮的落地长窗，他每天看着 A 型塔逐日拔高，最终将要超过银河大厦。这是 X 星人的习俗，或者称作他们的宗教形式。他们每占领一个地方，都要修建一座纪念塔。塔的形状则依部族而不同，比如 A 型塔是奇奇部族的标志。100 年前在 X 星上的部族战争中，各种纪念塔频繁地毁了又建，建了又毁，直到 A 型塔最终布满 X 星时，奇奇诺瓦一世的部族胜利了，兼并了其他部族，组成了奉奇奇诺瓦一世为帝皇的部落联盟。

奇奇诺瓦五世来到地球已经 10 天，他乘着皇家飞行器看完了地球的建筑，它们都是美轮美奂的杰作，精致、典雅、动感，即使是外行也能体会到它们的精妙。而眼前这座 A 字塔却十分粗糙和丑陋，乌黑的钢铁桁架，蠢笨的造型，简直令他反胃。地球上凡驻有 X 星人的都市都在兴建 A 字塔，临时首都这座 A 字塔是最高的。奇奇诺瓦厌恶这种做法，但他没有阻止。即使贵为帝王，他仍不能不顺应习俗。

这次 X 星人占领地球十分顺利。母飞船停留在月球轨道时，地球佬没有反击；当密密麻麻的无人飞船分布在地球的同步轨道时，地球人仍没有反击。在那个瞬间，奇奇诺瓦五世曾猜想，地球佬是不是在布置险恶的陷阱。不过，在次声波袭击后，地球人在一瞬间痛苦地死去，他才知道地球佬根本无力反击。

X 星球的档案库中只载有地球人 300 年前的历史，那时，数万件核武器及太空武器耀武扬威地布满地球。他绝没想到，地球人的爱好在300年内发生了如此巨大的变化：所有的武器都销毁了，地球成了完全不设防的星球。他十分鄙夷这个变化，这些养尊处优的地球佬已失去年轻民族的强悍和血性，酸腐不堪，他们活该有这个下场。

从军事角度看，这次长途奔袭取得了彻底的胜利。当5000件次声波发生器同时起动时，地球上连一只哺乳动物也没能幸免，活下来的只是一些低等动物，如爬行动物、鸟类、昆虫等。后来，当各种迹象表明还有一个地球佬活着并在频频复仇时，他感到十分惊异。

御前会议的成员不多，帝皇奇奇诺瓦，帝后果果利加，掌玺令齐齐格吉，中书令葛葛玉成，侍卫长刚刚里斯。其中，帝后和侍卫长常常不发表意见，所以实际参加者只有三人。

掌玺令报告了近日的进展。他说，已经清理出50座地球城市，包括郑州、纽约、莫斯科、东京、新德里……其他城市和乡村由于人手不够，只有任那儿的尸体腐烂分解。不过由于占领军战士都注射了预防针，至今无一人生病。占领军共八万人，只有十人死于地球佬的袭击，现有七万九千九百九十人。

奇奇诺瓦说："把八万人平均分到50座城市，迅速繁殖工蜂族，要求五年之内繁殖到八百万人。有生育权的女贵族也要大力生育，每年必须生育一个。"

"遵旨。"

他看看帝后，帝后果果利加说："对，我也要生育。"

帝皇告诉中书令："你要尽快熟悉地球人的一切，我们过去的资料有很多缺项，比如电视中那是在干什么？为什么懦弱腐化的地球佬这时这么狂热？"

侍卫们打开电视，调出一个画面。一群人在疯狂地用脚争一个球，满场观众狂热地欢呼。中书令说：

"这叫足球比赛，是一种地球佬所谓的'体育运动'"

"什么叫体育？为什么我们过去的资料从未显示？总之，"他再次命令，"你要尽快熟悉地球上的一切。"

"遵旨。"

御前会议结束时，中书令恭敬地对帝后说："帝后，是您儿子抓到了唯一的女地球佬，他为帝皇立下赫赫功劳。"

帝后的钢铁面孔上堆出微笑："那天波波尼亚非要乘我的飞行器出去玩耍，还有他的女友吉吉杜芝。他们两人天天吵闹，又难以分离，我想清静，就让他们去了。没料到在一座山潭边正好抓住了女地球佬。"

"是帝皇和帝后的洪福。"

奇奇诺瓦问侍卫长："女地球佬押来了吗？你领我去看看。"

"押来了，就关在68层。"

牢房门前站着双岗。守卫打开门，宽敞的屋内只有正中央放着一张床。犯人睡在床上，昏迷不醒。她穿着地球人常穿的裙子，露出白皙光滑、筋腱分明的小腿和润泽的背部，胸部非常丰满，黑发较乱，但仍显得黑亮柔软。赤着双脚，脚掌呈粉红色，双手戴着一付锃亮的手铐。

奇奇诺瓦目不转睛地盯着她。与资料中300年前地球人的服饰相比，这个女人的服饰没有太大变化。在尚武刚勇的X星人中，这种过于性感的服饰是受唾弃的。X星人的美在于强悍、勇武、钢铁的光泽、钢铁的力量。不过，当他真正目睹一个地球女人的身体时，不由泛出一种非常复杂的感情。

侍卫长说："就是她，杀死了10个X星士兵。我们已检查过卫星照片资料，从第一次袭击，一直到最后一次，都是她一人干的。我们曾对她藏身的工厂进行饱和轰炸，工厂已彻底夷为平地，不知道她怎么逃了出来。"

侍卫长的声音没有一点感情，不过奇奇诺瓦能听出他对这个女人的钦敬。X星人是尊敬强者的。侍卫长说："王子是在她洗澡时把她擒住的。"

奇奇诺瓦严厉地说："是突然袭击？"

"不，王子等她穿上衣服才向她出手。"他说，"她非常柔弱，不堪一击。"

奇奇诺瓦向前走了一步，俯下身去，用钢铁手指摸摸她的手臂。皮肤十分光滑，肌肉富有弹性，手指修长，皮肤上有柔细的毳毛，这是个十分精致的女人。

地球女人的眼睛紧闭着，很长的睫毛盖着眼睑，眉峰微蹙，锁着深深的痛苦。奇奇诺瓦又摸摸她的脸部和鼻子，回头简短地命令：

"让她活下去！"

"是，陛下。"

他带着侍卫长离开牢房。

白文姬早就清醒了，但她一直假装昏迷，不吃不喝，想以此探查一些外星魔鬼的内情。屋里没人时她微微睁眼观察。她显然被带到外星人的老巢，这是一个很常见的办公环境，似乎楼层很高，窗外的蓝天白云显得很低，右边窗户可看到一个丑陋的 A 字型铁塔，与她最后一次袭击时见到的铁塔外形类似，但尺码上肯定大了好几倍。

不少人到牢房参观她，逮捕她的两个外星人也来过两次，他们很好辨认，尤其是那个男外星人，他的钢铁身体显然与一般外星人不同，做工远为精致。其他外星人都是黑色的，而他的身体却呈典雅高贵的银白色。

最后来的显然是最高首领，这可以从守卫的恭敬态度上判断。他们观看了很长时间，用奇怪的语言叽里咕噜说着什么。那个最高首领还伸手摸了她的手臂和面部。那时，白文姬用最大的毅力控制住生理的厌恶感，没有跳起来躲避。

听这些人说话时，她常常有一个奇怪的感觉。这是种陌生的语言，声调古里古怪，但她常常有种似曾相识的感觉。是发音？音调？节奏？她不知道，她努力辨认和揣摩，没有结果。

但不管怎样，这种奇特的熟悉感越来越浓。直到那位最高首领说话后，这个谜团才解开。最高首领说话较慢，很威严，发音较为典雅。他临走下了一道命令，白文姬忽然从中辨认出两个英语单词。

Let，Her。

他说的是英语！他们说的是英语！尽管他们的发音十分古怪。

一旦这层窗户纸捅破，她的听力就大大提高。她听到了随从的回话，

"是，陛下。"

白文姬感到极度震惊，这些外星机器人怎么可能说英语？曾有过的猜疑再次浮上心头，也许本来就不是外星人，而是某个说英语

的民族筹划了这个惊天大阴谋？这并非不可能，想想这些白人的祖辈吧，他们像屠杀牲口一样屠杀非洲人、印第安人、澳洲土人、印度人和中国人。当然那都是过去的事了，西方社会整体上早已摒弃了这种邪恶，建立了民主社会。但也许有一撮人重拾祖先的衣钵呢！

高强度的思考使她脑袋发木，她慢慢睁开眼睛。有人在说："她醒了。"她一眼认出这是俘虏她的那个男机器人，他一身银亮的盔甲与众不同。白文姬是第一次在这么近的距离内观察一个外星机器杂种。他的脑袋是光的，脸部是几十块钢铁组元组成，但也有眼耳鼻口，深陷的眼窝里是和人类相近的眼白和瞳仁。他说话时，口部的钢铁组元有规律地动着。他的身体很强悍，身高约两米，四肢十分强壮——在搏斗中白文姬对此已深有体会了。钢铁四肢的行动不算笨拙，但多少带着机器般的僵硬死板，缺少人类的优雅。这是一个罪该万死的凶手，不管他是什么来路，是来自于外星，还是一个狂人国家，白文姬的仇恨都不会减弱。

她目中喷着怒火，但机器人已没有昨天的敌意，显得比较平静。他招招手，守卫拎来一大筐地球食品，大多是各种罐头、方便面、饼干等。他指指食品，非常缓慢地说："食——品——你——吃。"

毫无疑问，他说的确实是英语，只是声调相当古怪，像是喇嘛在念经。白文姬已两天两夜没进食没喝水了，但她不准备吃这种嗟来之食。她目光冰凉地盯着对方，不说话，也不动弹。机器人再次重复道："你——吃。"他看懂她的蔑视，怒气像自来水一样说来就来：

"快吃！不吃——杀死！"

钢铁面孔堆出怒冲冲的表情。白文姬鄙夷地想，对于两天来以绝食求死的人，死还算是一个威胁吗？看来这个蠢脑瓜理解不了这一点。其实，死亡恐怕是自己最好的归宿，那就让他来杀死她吧。她伸手取过一瓶可乐，拉开铝环。机器人的怒容马上消失了，甚至露出胜利的笑容。这时，白文姬把可乐猛地泼到他的眼睛上。

机器人被激怒了，他呀呀怪叫着，伸出一只手卡住白文姬的脖子，轻而易举地把她举起来。白文姬呼吸困难，眼前发黑，意识迅速坠落……但她没有死。那个机器人把她扔到地上，他的怒气无处发泄，呀呀怪叫着，周围所有物品都成了他的出气筒。床被劈烂，墙壁也被他杵出一个大洞。他一路咆哮着离开牢房。

白文姬坐在地上，用手抚着脖子，艰难地喘息着。她知道这些机器人都是残忍暴虐的魔鬼，原想在激怒他后，他会立即下杀手的，但他为什么中途改变主意？牢房门又开了，一个女机器人走进来。白文姬认出，她是刚才那个机器人的同伴，那天在湖边俘虏自己时她也在场。女机器人冷漠地注视着她，目光一遍又一遍地刮过她的全身。白文姬被看烦了，她抓起一个可乐瓶砸到女机器人脸上，铮的一声，碰出金属声响。但女机器人没一点反应，仍然冷漠地注视着。

很久，她才悄然离去。

食品撒得满地都是。饥火在白文姬胃里凶猛地燃烧，但她已决定绝食求死，追随自己的亲人。她闭上眼睛，不再看这些摆在眼前的诱惑。这些天的遭遇使她的身心极度疲惫，尽管饥火正炽，她仍靠在墙上沉沉睡去。60亿人的冤魂在她梦中奔走呼号，搅得她睡不安稳。

在78层楼顶，奇奇诺瓦正和他的家人吃饭，其实，吃饭只不过是一个古老的仪式，是一种宗教式的行为。因为，早在100年前X星人已摒弃自然食物而改用能量合剂。一小瓶能量合剂可以应付一天的能量需求，而喝一瓶合剂只用 5 秒钟的时间。

奇奇诺瓦和帝后果果利加已经喝完了，但王子波波尼亚却迟迟不喝。奇奇诺瓦不解地看着儿子："今天是怎么啦？"往日他十分厌倦这种吃饭仪式，常常把能量合剂往嘴里一倒便离开饭桌。波波尼亚看到父王的问询，以桀骜不驯的目光与父王对视。奇奇诺瓦平静地说：

"你有话就说吧。"

"父王，是我捕获了那只地球母兽，唯一的一个俘虏。"

奇奇诺瓦微微一笑："那不是因为你的能干，纯粹是侥幸。不过，那的确是事实。"

"我要求奖励。"

"好的，你要什么奖励？"

"我要这只地球母兽，把她交给我。"

奇奇诺瓦略微犹豫后答应了："可以，但不能杀死她。既然上帝给我们留下一个俘虏，就让她活下去。"

"放心，我不会杀她，我对她很感兴趣。我还有第二个要求。"

帝皇皱皱眉头，帝后看看丈夫，柔声说："你说吧。"

"为了不让母兽饿死，我找了不少地球的食物。我想知道地球佬到底吃的是什么东西，所以我想尝一尝。"

奇奇诺瓦紧皱眉头。到地球前，基于中书令葛葛玉成的建议，他曾颁布一条法令，严禁 X 星人袭用地球人的生活方式。中书令说，"地球佬的生活方式是腐败，是堕落，是醉生梦死。如果不加制止，它会把 X 星人很快腐蚀掉。不妨看一看地球的历史吧，比如——中国人，他们的生活方式（文化）曾腐蚀了羌人、匈奴人、鲜卑人、女真人、蒙古人和满族人，让一个个骁勇善战的强悍民族变成了只会吟诗作赋的纨绔子弟。所以要严禁！"

奇奇诺瓦不大知道地球的历史，他只会打仗和杀人。但他相信中书令，那个固执的老东西，所以他痛痛快快地批准了中书令拟就的法令。可现在呢？虽然他对儿子不苟言笑，其实心里还是很溺爱的。他不好直接同意，便看看帝后，帝后立即说：

"仅此一次！"

波波尼亚立即从身后拎过来一只小袋，里面装有品种繁多的罐头，罐头上全是四四方方的中国字，什么"五香驴肉"、"红烧鱼块"、"松籽银鱼"之类，波波尼亚狡猾地说："我已经吃过了，吉吉杜芝也尝过了，我今天拿来请父王和母后尝一尝。"

奇奇诺瓦不想让儿子难堪，便夹了一块五香驴肉在口中咀嚼，帝后也挑了两样尝尝。他们没尝出什么味道，便摇摇头，表示要结束这顿饭。波波尼亚把剩下的食品大口吃完。"非常美味！"他大声说："你们再尝一次就能体会到了！"

波波尼亚和吉吉杜芝在游玩途中遇到一场暴雨，暴雨实在太大了，没办法观察道路，他们只好暂停飞行。

两人蜷在飞行器内，粗大的雨柱敲击着透明罩盖，在周围地面上打出一片水花，雷声隆隆，紫色的闪电从黑云中直劈地下。他们好奇地看着这场暴雨。X星上从没有这样的暴雨，那儿的天空总是布满浓云，雨总是濛濛的，太阳只是浓云后边一团发亮的、边缘不清的东西；没有星星月亮，没有蓝天和彩云。因而，他们对于太空的想象从来都是阴郁的，色彩暗淡的。

暴雨结束得非常迅猛。转瞬之间，黑云飞走了，天空又恢复了澄碧的蓝色，几朵白云追随着撤退的黑云悠悠飘来，太阳又以火辣辣的热度照射着大地。波波尼亚重新启动飞行器，在低空沿着地形曲线灵活地上下翻飞。

波波尼亚自从来到地球后，一直驾着飞行器四处游玩。有时他不带吉吉杜芝，但大多数时间是两人一道。他对地球上的特异风景很感兴趣，这里有蓝天，有看得清清楚楚的太阳，有各种树木，还有飞鸟和昆虫、鱼类。这些在 X 星上都没有，那儿只有微生物和数目稀少的几十种植物。

吉吉杜芝忽然惊奇地说："那是什么？"他扭头向后看，看到天上扯起一个半圆，赤橙黄绿青蓝紫依次排列。半圆很大，通天彻地，显得既大气又精妙。波波尼亚不知道这是什么玩意，看来它是一种自然现象。他努力搜索关于地球的知识，但是找不到关于它的资料。这个玩意确实很漂亮，两人目不转睛地盯着。波波尼亚忽然说：

"那只地球母兽应该知道的，回去问她！"

吉吉杜芝说："不，我们要朝它飞过去，我要抓住它。"她指着那个半圆说。

波波尼亚已经调转机头踏上归程："不，我要回去。地球母兽三天没吃东西了，我不让她死。"

吉吉杜芝很气恼，她早就看出波波尼亚对女俘虏有非同寻常的兴趣，但她没有反对，顺从地跟他回家。

整整一天时间没人来这间牢房，守卫守在门口，从不向内张望。白文姬绝食四天三夜了，已经十分虚弱。男机器人带来的食物、饮料抛撒一地，白文姬闭眼不看，顽强地抵制着它们的诱惑。她盼着死神快来带走她的生命，不愿意在外星魔鬼的囚禁中苟延残喘。

那个男机器人又来了，守卫跟在他后边，带来更多的食物。有熏鱼罐头，袋装烧鸡，八宝粥，梨、西瓜，还有一些不能食用（或不能生食的）药材、茄子、土豆等，看来外星机器人没有这方面的鉴别能力。守卫把食物堆在她身边，悄悄退出去。白文姬冷漠地转过脸，知道男机器人又要劝她吃饭。但这次男机器人先把白文姬扯到窗边（他的神力根本无法抵挡），指着窗外急切地问：

"那是什么？"

他指的是东边天空上的一弯彩虹。衬着湛蓝的天空，这具阿波罗神弓显得神妙非凡。白文姬不由扭头看看男机器人，他的钢铁面孔还是那样令人憎厌，但钢铁眼窝里的眸子中，分明是孩子般的好奇。白文姬不想理睬他，但不知为什么她还是回答了，

"这是虹，是水珠折射阳光形成的自然现象。"她用英语说道，"你们也能欣赏它的美丽？你们这群杂种！"

男机器人忙不迭地点头（他可能没听懂最后一句诅咒），又把白文姬扯回床边，指着那堆食物说：

"饭——你——吃，快吃。"

他巴巴地望着她，目光像家犬一样愚鲁和耐心，钢铁组元甚至拼凑出巴巴的笑容——如果这能称作笑容的话。看见白文姬没有动作，他急切地重复着：

"吃——四天——没吃饭。"

白文姬忽然受到触动。在此之前她一直认为，这个机器人让她吃饭，只是为了留一个活的战利品，留一个研究对象，看来事实并

非如此。也许他是对一个孤苦伶仃的地球女俘虏生出怜悯之情。一道亮光划过她的脑海，她当然不会利用他的怜悯来苟活，但这里似乎有某种值得思索的东西。她忽然改变主意，不想即刻就死，死是最容易做的事，而她应该活下去，至少要弄清这些外星人的来历，弄清地球上还有没有幸存者。她取过一瓶牛肉罐头，拉开封盖，大口大口吃起来。男机器人显然没料到她会轻易改变主意，立即变得兴高采烈，围着她转来转去，盯着她的嘴巴傻笑，只差没有摇尾巴了。

白文姬冷眼看着他那鄙俗的动作，觉得十分悲哀。看吧，就是这些粗鲁鄙俗的外星杂种灭亡了高雅睿智的地球人，成了胜利者。历史太不公平了——不过，既说到历史，她倒想起历史上有很多类似的事例，像希克索人灭了古埃及，多里安灭了希腊，蒙古灭了南宋。历史在很多时候就是为野蛮人书写的。

她吃完了，静等着下一步，而那个可恶的机器人确实没让她久等。他几乎是急不可待地打开了白文姬的手铐，说：

"脱——快脱——我看。"

血液一下子冲上白文姬的头顶。她从被捕后就做了最坏的打算，就是没想到在机器人中也有色狼！莫非他们也安装有性程序？这当然是可能的，否则他们不会在机器人中分出男女的差别。波波尼亚看出她的反抗，立即显出怒容，伸手来扯白文姬的衣服，不耐烦地说：

"脱——脱！"

白文姬闪开了，不愿他的脏爪子碰到自己，但她知道反抗是无用的。这些机器人的神力她已领教过了，他们可以轻易地制服一头大象。在这当儿，文姬甚至愤恨地想：好吧，让你们这群丑东西看看地球女人的胴体，让你们看吧！

　　她脱下裙装，脱下半透明的文胸，脱下精致的内裤。现在她昂首立在中午的阳光下，乳胸挺立，柔发蓬松，腰部和臀部拼出美妙的曲线，光滑细腻的皮肤闪闪发光，脖颈细长，小腹平坦，腿部肌肉坚实，筋腱分明。波波尼亚贪婪地盯着胸部，盯着半圆的乳房和挺立的乳头，看得如痴如醉。自从在湖边见到这个地球女人的裸体，他就念念不忘。这是从基因深处泛出的本能，是自然界最强大的力量。他慢慢向白文姬靠近，脏爪子慢慢伸向那对乳房……就在白文姬反抗之前，一道黑影从牢房外闪进来。黑影的动作太快，白文姬只听见她的怒吼，辨出她是常和波波尼亚在一块儿的女机器人，随后一支强劲的铁手扼住她的颈部，她很快陷入昏迷。脖子上的压力猛然一松，她艰难地呛咳着，从昏迷中苏醒。醒来后她看见男女机器人像恶狼一样怒目相视，刚才肯定是波波尼亚把她从女机器人的手里救出来，在两人的争斗中，女机器人肯定吃了亏。两个机器人僵持很久，在喉咙深处咆哮着，然后，女机器人狂怒地跑了，周围的物品都成了她的出气筒，一路上尽是嘎嘎吱吱的破裂声。

　　是波波尼亚救了她，但这丝毫不能减弱她对波波尼亚的仇恨，她冷冷地盯着他，看他还会做出什么丑恶的举动。但波波尼亚并没有什么举动，他只是专注地盯着白文姬的乳胸，目不转睛地盯着。他的手又想伸过来抚摸，但中途停止了，然后……

　　此后的事态发展超出白文姬的心理承受能力。波波尼亚的两只手交叉着伸到肋下，在左右腋下同时按了一下，他的身躯，不，是他的外壳慢慢裂开，先是头部裂开，露出另一副面孔，然后整个身躯裂开，另一个小身体从外壳中滑出来。

　　那是一个十二三岁的男孩，身高只有 1 米 6，与粗壮强悍的机器身体形成鲜明的反差。男孩瘦弱纤细，头颅硕大，额头很高，两只眼睛特别大。身体丑陋污秽，但分明是人形，不，分明是一个人！男孩看看白文姬，再比比自己，再看看，再比比，他的表情变得很困惑，甚至有一点羞愧，他不再是狰狞强悍的外星魔鬼了，而是一个浑身脏污、柔弱自卑的人类孤儿。

从机器外壳裂开的一刹那，白文姬的心脏突然停止跳动，开始嘎吱嘎吱地碎裂。多日的困惑解开了，为什么这些机器杂种颇为人形，为什么他们的钢铁怪脸能做出人的表情，为什么他们的枪支甚至手铐都是地球上曾经有过的样式，为什么他们能说英语——而白文姬还曾怀疑这场灾难是某个白人国家一手策划的，她曾为自己的多疑偏执感到羞愧……原来，这些外星人确实是从外星来的，但他们正是人类的后代或侧支！

他们对外展现的是钢铁躯体，实际上只是一种体力增强器，是一种伺服机械。机器外壳中有强大的能源，它能把穿戴者的动作成正比的强化。这不是什么新鲜玩意，在地球上，20 世纪早期就已经发明了。只不过这项发明在地球科技史上一朵转瞬即逝的小浪花，始终没能形成大气候。倒是与体力增强器相仿的远距离操纵机器手得到长足发展，但机器外壳——谁愿意每天穿戴一副丑陋僵硬、令人难受的外壳呢。

X 星是一个无根的种族，是一个没有历史和起源的种族。

X 星是一个富饶的星球，这里有着和地球类似的大气层、温度和土壤，这儿已进化出了微生物和绿色植物。但没有高等动物，更没有人，是一个尚在沉睡中的星球。

X 星人的历史是从 300 年前一艘宇宙飞船突然降临 X 星开始的。

X星人从光盘上学到了这段历史，认识了X星人的上帝。上帝曾悄悄造访太阳系的地球行星，悄悄采集足够的人体细胞，通过这艘飞船带到X星上大量克隆。上帝为这十万个同时降生的生命准备了相当于地球20世纪90年代的知识和生活条件，然后上帝就走了，一去不返。

上帝为什么这样做？是偶发童心？是想做一个社会进化对比试验？还是一个深藏祸心的大阴谋？还有……上帝究竟是谁？他住在哪里？X星上从没人认真追究过这个问题。

上帝走了，十万个克隆胎儿从机器子宫里诞生。上帝给他们留下能干的电脑奶妈和机器人保姆，奶妈和保姆尽职尽责，向他们传授了相当于地球20世纪90年代的知识：历史、物理、化学、生物、医学、军事……电脑奶妈的硬盘储量几乎是无限的，地球上的知识应有尽有。可惜，由于某个扇区的偶然损坏，这些知识中缺少宗教、文学、音乐、体育……的大部分知识。这一点对X星人社会心理的形成起了致命的影响。

在富饶的X星上，在电脑奶妈和机器人保姆的看护下，这个无根种族爆炸般地增殖，一代一代繁衍。当第一批男女克隆人成年后，也出现了男女结合的有性生殖，这些人大都成了贵族；但更多的仍是无性生殖，由无性生殖繁衍出来的群体，被称为"工蜂族"。这是一群毫不怜惜生命的杀人蜂，既不怜惜自己的生命，也不怜惜别人的生命，因为，作为成批克隆的"工件"，他们的生命来得太容易了。

这个种族很快达到极盛，他们成长得太快了，太顺利了，没有经历过地球人类的盛衰沧桑，艰难困苦，因而膨胀了他们的狂妄和浮躁。他们就像是疏于管教的富家子弟，把那些需要耐性才能理解的高雅文化逐渐忘却，却畸形的发展了武器科技。他们的半光速飞船，超大型次声波发声器及激光枪，都超过地球人的水平。

而在其他方面，他们却在退化。X星人分成几十个好战的部族，经过70年血腥的战争，统一在奇奇诺瓦一世的麾下。他们抛弃了地球20世纪90年代的政治体制，选择了最适合他们的制度——君主制。

这个好战的部族统一了X星，下一步他们该去找谁战斗呢？电脑奶妈曾说过，太阳系中有一颗蓝色的行星是他们的祖庭，那儿有蓝天白云，绿树红花，叮咚山泉……也许是基因的作用，冥冥中有强大的力量吸引着他们，他们渴望回到梦中家乡，寻找上帝赐给他们的肥美之地。只是他们从未想过与地球人和平共处。地球人必须全部消灭，为新主人让出生存空间。

经过一代人的准备，30年前，一支武力强大的铁骑在奇奇诺瓦五世的带领下离开X星，乘半光速飞船杀向太阳系。

这些内情，白文姬很久以后才完全知道，她一点一滴地探问，收集，拼出事件的全貌。不过，当那具人的躯体从机器外壳中滑出的一瞬间，白文姬电光石火般悟出历史的主要梗概。那时她至少已确定两点：第一，这些机器人肯定来自于外星球，这是毋庸置疑的，他们身上带有太多的"异味"；第二，这些面貌体形与地球人酷似的外星人肯定与地球人有渊源，他们肯定是地球人的后裔或侧支。

她的血液在刹那间被仇恨烧沸了。从前她当然仇恨他们，但那是人类对兽类的仇恨，现在她得知，是人类失散多年的儿女忽然回来杀死家人！60亿死不瞑目的冤魂啊。狂怒中她猛扑过去，扼住了波波尼亚的喉咙，虽然她明知自己根本不是他的对手……

但她想错了，失去外壳的波波尼亚十分虚弱，根本没有还手之力。他在白文姬的手中挣扎着，很快两眼翻白，身体软绵绵地垂下来。牢门开了，一道黑影扑过来，是女机器人吉吉杜芝，白文姬被揪起来，扔到墙角，脑袋撞在水泥墙上，失去了知觉。

等她醒来时，波波尼亚已经不见了，连同他的外壳。不过白文姬很清楚他没有死，因为，就在自己被揪住之前，一种奇怪的感情忽然涌来，使她停止了用力。在她的手指之间，那个羸弱的身体太像一个人类的男孩，一个失去母亲照料的瘦小的孤儿，她无法下手杀死一个孩子。虽然明知道自己的想法是农夫的仁慈，但她就是下不了手。波波尼亚这会儿走了，守卫也退回去了，吉吉杜芝虎视眈眈地盯着她。白文姬已经筋疲力尽，已经倦于仇恨，她挣扎着起来，理理头发，声音嘶哑地说：

"快把我杀死吧，你这条母狼，为什么不动手？快来呀。"

吉吉杜芝没有动手，围着白文姬转一圈，又转一圈，专注地盯着她。即使是赤身裸体，即使是衰弱无助，这个地球女人仍保持着一种尊严，一种光辉，令你不由不产生敬畏。她浑圆的乳房饱满坚挺，白嫩的皮肤下是淡蓝色的血管，乳头呈暗红色，骄傲地挺立着。看着这一切，吉吉杜芝心中一个遥远的前生之梦忽然苏醒，每个婴儿呱呱坠地混沌未开时，都具备寻找乳头和吮吸的本能，这种本能不用通过父母传授，是基因密码通过种种机制转化而来，所以它是人类最牢固的潜记忆。X星人已经抛弃了自然哺乳，X星女人的乳房在机器外壳的禁锢下已经趋于退化。但基因的力量是最强大的，白文姬的裸体立即唤醒早已湮灭的潜记忆：妈妈的温暖，睡前的咿唔，富有弹性的乳房，甘甜的乳汁……

吉吉杜芝呆立着，不知道该怎么办。她以X星人的野性狂热地爱着波波尼亚王子，当然不允许别人抢走他。这段时间她早已觉察到，波波尼亚对这位地球女俘房有一种奇特的关切。她怀着强烈的嫉妒，时刻盯着她。不过这时嫉妒心退潮了，代之以对的是那具完美躯体的崇拜。

吉吉杜芝犹豫地抬起双手，在自已左右肋按了一下，她的外壳也裂开了，露出一个发育不良的身体，苍白赢弱，十分污秽。耳郭和鼻梁在外壳的长期压迫下显得平板，头发纠结成饼状。她的身体还没发育成熟，还显不出女性的丰腰肥臀，但胸前已有两团小小的凸起。这是一个十二三岁的将成年的女孩。

那具高达两米的钢铁外壳分成两半摊倒在地上，吉吉杜芝很不习惯裸体站立，怕冷似的缩着肩膀，来回倒着脚。白文姬发现女机器人的目光中不再有兽性，不再有残忍，而是艳羡，是敬畏，是迷茫，是惭愧。她的小脏手胆怯地伸过来，慢慢触到白文姬丰满的乳房，白文姬不由哆嗦一下，一道电波顺着乳头神经射过来，在心头划出一道闪光。无疑，这些半机器的 X 星杂种已经兽性化了，但至少他们还知道地球女人的胴体是美的，女人的乳房——更确切地说，是母亲的乳房，对他们还具有冥冥的感召力。他们也知道为自己在机器外壳禁锢中的肮脏身体而羞愧。吉吉杜芝的雌性嫉妒心十分强烈，十分兽性，但至少她还是以男女之爱为基础的。

这么说，他们身上还有未泯灭的人性？

白文姬犹疑着，不知道自己该怎么办。X 星杂种是人类不共戴天的仇人，他们该千刀万剐。白文姬想起地面站和武器研究所那些身体扭曲的尸体，想起女儿，仇恨立即把她的血液烧沸，眼前阵阵发黑……她强迫自己冷静下来。她想，这些 X 星人是人类的直系血亲，是留存人类文明的最后希望。她当然恨他们的残忍暴虐，但是……想想人类历史吧，想想白人对黑人、印第安人和澳洲土人的屠杀；

想想那些足够屠杀全人类几次的核武器——那时人类算是进入文明社会了吧，可文明的政治家们为这些杀人武器编造了多少雄辩的谎言！

人类还是幸运的，在艰难的发展中终于获得自我约束的力量。核武器被销毁了，所有武器被彻底销毁了。人类终于克服兽性，获得理智。不过这也是百年前才达到的。这些残暴的 X 星人……不就相当于几百年前的人类吗。

想想这些，白文姬的仇恨没有那么强烈了。她想，这些人性尚未彻底泯灭的 X 星人，总有一天也会告别兽性的。

吉吉杜芝不习惯于没有外壳，瘦弱的裸体在风中瑟瑟发抖。但她忍耐着，呆呆地看着白文姬。她期望着什么？恐怕她自己也不甚清楚，不过，显然是想和白文姬建立起另一层次的交流。白文姬沉默了很久很久，终于慢慢伸过手，去抚摸吉吉杜芝的头发。在她缓缓伸手时，吉吉杜芝一直像一头狼崽子那样紧张地乍着颈毛，等到白文姬把手按上去，她浑身一激灵，似乎立即要串跳起来，但她强制住自己，慢慢平静下来。白文姬轻轻抚摸着她的脏发，问：

"你——叫什么名字？"

"吉吉，吉吉杜芝。"

"那个男孩呢？"

"波波尼亚。"

白文姬缓缓地说："吉吉杜芝，我知道你喜欢波波尼亚，知道你想变得和我一样漂亮，让波波尼亚永远喜欢你，对吗？"

吉吉杜芝狂喜地点头。

"也许，你还想做母亲，让一个胖乎乎的孩子吸着你的乳头入睡？那好，我可以教你。现在你应该去洗澡，明白吗？洗澡，沐浴，清洗掉身上的污秽，让你的头发变得光亮柔软。我会教你穿人类的衣服，穿女人的时装。时装，懂吗？就是最新样式的女人的衣服，女人的衣服决不会一成不变的。还要教你使用香水和唇膏，教你保养皮肤，保养乳房。你很快就会变漂亮的。但你首先要下定决心，永远抛弃这具钢铁外壳。"

吉吉杜芝听懂她的话，至少听懂大意。她扭头看看地上的钢铁外壳，显然，她不愿意抛弃它，因为它已成了身体的一部分。白文姬知道她的心理，仍坚决地说：

"去吧，和波波尼亚商量一下。我还会教你们地球人的礼仪，地球人的风度，但你们不能穿着机器外壳去学这些，机器外壳与这些东西是水火不相容的。究竟该怎么办——你和波波尼亚决定吧。"

吉吉杜芝走了，很长时间没有返回。大约一个小时后，牢门忽然打开，守卫探进头，语调生硬地说：

"你——可以——出来。"

她走出牢房时，守卫已经撤走了，屋内空荡荡的。这间住宅的原主人显然是一位书画家，屋内布置的古色古香，很有情趣。正厅中挂着花鸟鱼虫四扇屏，博古架上摆列很多古玩，屏风旁放着将近一人高的祭红花瓶。在卧室的合影相上，祖孙三代人其乐融融地笑着。书画间里有许多已完成的书画，书案上用白铜镇纸压着一张宣纸，纸上只写了两个大字"空明"。墙上挂着七八种中国乐器，有横笛、琵琶、二胡、古筝……白文姬仿佛看到相片上那位白须飘飘的老人在挥毫作画，他的脸上浮着恬然的、与世无争的笑容。

可惜，这种文人雅趣永远成为历史了。她怅然取下一把二胡，调弦试音。二胡很不错,音质清亮优美,她坐下来,顺手拉出一串乐音,这是"光明行"的旋律,于是她静下心来,演奏二胡名家刘天华的这首曲子。

她听见钢铁的脚步声,眼角余光看到波波尼亚和吉吉杜芝进来,站在她身后入迷地听着。白文姬拉得很投入,一直把曲子拉完。转回头,看见两人非常惊奇地盯着她手中的二胡。波波尼亚问:

"这是──什么?"

"二胡,一种中国乐器。"

"什么是乐器?"

"乐器就是……用吹、拉、弹、拨等方式能发出乐音的东西。在 X 星上是不是没有乐器?"

"没有。"

"没有音乐?你们会不会唱歌?"

从两人迷茫的表情看着,他们对这些基本的概念没有任何的了解。

"那么体育呢?打篮球,踢足球,跳高,赛跑,划船……"

两人摇着头。白文姬怜悯地看着他们,轻声叹息道:"我可以慢慢教你们的,很快你们就会知道,世界上有许多事情比杀人更为高尚和愉快。不过你们首先要脱下这具铁壳,你们做出决定了吗?"

波波尼亚和吉吉杜芝肯定已商量过了,他们没有犹豫,同时伸手在肋下按了一下,机器外壳分成两半,带着沉重的声响摊在地下。现在她面前是两个裸体的少男少女,瘦弱污秽。他们似乎没有羞怯的概念,眼睛直直地盯着白文姬看,等候她的吩咐。

白文姬领他们来到卫生间,这套住宅是双卫生间,每人一个。她在浴池里放了热水,又把香皂、洗发液、沐浴液、洗澡巾找出来,耐心地告诉他们使用的方法。做这一切时，她心中觉得发酸，觉得发苦，因为这令她回忆起为呱呱洗澡的场景。

两人照她的吩咐，胆怯地跨进浴池，淹没在氤氲的水气中。白文姬在两个浴池之间来回走动，教他们如何洗浴。波波尼亚这会儿舒服地仰卧在水中，只露出脑袋。白文姬在门外看着，心中突然起了冲动，她想冲进去按着波波尼亚的脑袋淹在水中，那样可以轻而易举地结束两人的性命。然后她将继续自己的复仇事业。她已了解外星人的真相，知道在机器外壳中是相当羸弱的肉体，她会找出机会消灭他们的……白文姬犹豫着，叹口气，放弃了自己的复仇计划。毕竟，这两个兽性十足的年轻 X 星人已显露向善之心，爱美之心，自己要做的不是杀死他们，而是教化——尽管她知道这种教化比杀人更为困难。

她到衣柜里为两人找到尺码合适的衣服，给吉吉杜芝预备的是一件露背连衣裙，一双襻带很细的中跟皮凉鞋，内裤和文胸。为波波尼亚准备的是一双网球鞋，白色运动裤，T 恤衫。两人都洗完了，连身子也不知道擦，湿淋淋地来到客厅，等待白文姬的安排。白文姬让他们回到各自的卫生间，她去帮他们穿戴齐整。

她的主意是对的，当波波尼亚和吉吉杜芝看到焕然一新的对方时，眼中都露出惊喜的表情。他们穿着衣服还很不习惯，动作显得僵硬，但无论如何，这和洗浴前那两具污秽的躯体不可相提并论。现在，少男少女的性器官都被掩盖住了，但这种掩盖反倒更能引起神秘的想象。白文姬拍拍手，把他们的注意力唤回：

"好，我不想耽误时间，马上就开始我们的教程。第一课是教你们如何走路——像地球男人、女人那样优雅地走路。随后教你们健美操，使你们的身体变得强健而优美。我还会教你们乐器，教你们各种知识……现在我们开始吧。"

第三章

转眼半年时间过去了，皑皑白雪代替了夏天的林木葱茏。X 星人在地球牢牢扎下根，他们接管和控制了原来的电力系统、交通系统、邮电系统，当然也包括最重要的食物生产系统。不过他们对食物生产系统作了改造，那些现代化的食品加工厂不再生产火腿、牛肉罐头、三明治、饼干、可口可乐等，而是纯一色地生产能量合剂。地球太富饶了，生产的能量合剂足够 300 亿 X 星人食用，所以自从他们在地球安家之后，工蜂族便以几何级数爆炸般地增殖。

不过，一种颓废、无所事事的风气迅速蔓延开来。在长途奔袭地球之前，X 星人曾作了最坏的打算（想想光盘上所显示的地球上的发射井、太空激光武器、电磁炮和杀手卫星吧），他们曾打算把战争进行 10 年，打算死去十分之九的战士。但他们没想到地球人会如此不堪一击。现在——他们干什么？敌人已全部消失了，自动化生产线源源不断地送出能量合剂，而他们一天只能喝一瓶，如此而已。他们还能干什么？那具强健的机器外壳还有什么用？

不过，X 星人很快找到了寄托——酒。原来世界上还有这么美妙的东西，可以让人忘掉一切烦恼，沉浸在虚幻的神奇的境界中。酗酒之风在 X 星人中迅速传开，茅台、五粮液、二锅头、法国威士忌、雪利酒、青岛啤酒……街上到处是步履不稳的行人，地上横躺着拎着酒瓶的醉汉。

还有些 X 星人则是寻找另一种寄托。他们大多是贵族子弟，是波波尼亚的朋友和伙伴。他们看到波波尼亚形体上的变化，更看到吉吉杜芝和白文姬的魅力——天哪，原来女人还能有如此的魅力！于是他们也逐渐加入白文姬的学生队伍。他们大都舍不得完全丢弃钢铁外壳，不过他们很识趣地把外壳留在白文姬的门外，穿着地球人的服装走进教室。白文姬对此佯装不知道。

紧张的教学对白文姬也是一种麻醉，可以让她少想失去的亲人。有时她会陷于深深的怀疑和自责，不知道自己的所作所为是不是对地球人的背叛。她所尽力教化的是些什么人？个个是双手沾满地球人鲜血的刽子手啊，不过她必须克服这种怀疑和自责，她相信自己干的是唯一正确的事，她要使这些杀人狂脱胎换骨，延续地球文明。

但她无法排除心中的孤寂。她常常想起一位与自己同名的古人蔡文姬，她在战乱中陷身于匈奴人中，有家难回，被毡衣褐，食膻闻腥。蔡文姬是著名文学家蔡邕的女儿，本人也具有极高的文学修养，这和匈奴社会的野蛮构成强烈的反差。在痛苦中麻木不算痛苦，在痛苦中能自省才算是真正的痛苦呵。蔡文姬把有家难回的悲愤凝于她的名作"胡笳十八拍"中，昭示于后人。

白文姬想，比起蔡文姬来，她要更为不幸。蔡文姬身边还是人类，而她周围的 X 星人很难称作同类。在对他们授课时，她总是不能排除心中的仇恨，有时，她会把一片杀气带到乐曲中。她在这种极度矛盾的心境中煎熬着。

春天来了。这天白文姬停止授课，让学生们离开，她带着波波尼亚和吉吉杜芝去郊外春游。田野里生机盎然，杨柳枝头是新生的嫩叶，桃花夭夭，梨花赛雪，无人耕种的田野里仍然铺着绿色的麦苗，麦苗是去年散落在地的麦粒长出来的，显得杂乱无章。燕子也已归来，在没有主人的空宅里衔泥作窝。路过一片松林时，白文姬忽然急喊刹车，她跳下去在松枝间搜索着，很久才怅然回到车上。刚才她似乎看见一只松鼠在树间探头，但下车后没找到，也许它是被行人惊跑了。如果她没看错，那它就是次声波袭击后唯一存活的哺乳动物。

看来，大自然在这次浩劫后开始恢复元气了。

山路上行车不多，偶然见一辆车停在路边，一个醉醺醺的机器外壳人卧在汽车旁。还见过一辆汽车中有一对不穿外壳的男女，他们是白文姬的学生，也是来春游的——现在白文姬的一举一动都是他们模仿的对象。不过他们没来打扰老师，远远地开到另一条岔路上。

后来三人发现，有一辆汽车始终跟在他们后边，波波尼亚放慢速度，等那辆车追上来。驾车人是中书令葛葛玉成，穿着机器外壳，目光冰冷地盯着这边。这时中书令也放慢车速，与他们保持着一定距离，不过他似乎并不在意波波尼亚已经发现他的跟踪。

白文姬疑惑地看看波波尼亚，波波尼亚不在乎地说："是葛葛玉成，他一直反对我和吉吉杜芝跟您学习。"

"他今天来干什么？"

"不管它，他只是一个工蜂族，敢找麻烦我就……"

他想起白文姬不喜欢听粗野的话，把后三个字咽到肚里。

他们来到山中一块平地，绿草如茵，洒满不知名的小黄花和小紫花，蝴蝶和野蜂在花丛间穿行。波波尼亚和吉吉杜芝把车上的食物、桌布搬了下来。看着他们的背影，白文姬不禁感叹道，少年人是幸福的，他们有一具不受陈规束缚的自由之身。仅仅不到一年的时间，波波尼亚和吉吉杜芝从形体上已完全摆脱机器人的僵硬，他们衣着光鲜，动作潇洒轻盈。尤其是吉吉杜芝，长发柔滑光亮，胸脯也变得丰满，很难把她同一年前那个野性十足的女机器人连在一起。

中书令葛葛玉成也把汽车停在旁边，下了车，叉开双腿坐在草地上，虎视眈眈地盯着他们。波波尼亚和吉吉杜芝没有理睬他，又从车上搬下来简便炊具。虽然今天是野餐，但白文姬准备得十分丰盛，各种佐料、配菜满满摆了一地。她对波波尼亚和吉吉杜芝说：

"你们去玩吧，我来准备午饭。"

两个孩子跑走了，白文姬点燃炉灶，开始炒菜。她干得十分专心，一点也没注意几米之外那个叉着双腿的家伙。她在绿茵上铺好桌布，把一盘一盘炒好的菜摆放上去，菜香向四周弥漫。然后她喊孩子们回来吃饭。

波波尼亚和吉吉杜芝急不可待地伸手去抓菜，"真香！"白文姬止住他们，让吉吉杜芝去请中书令入席。吉吉杜芝去了，但葛葛玉成冷漠地摇摇头，从怀中取出一瓶能量合剂一饮而尽，然后仍目光冰冷地盯着这边。吉吉杜芝走回来，恼怒地说：

"不要理他，那是个老顽固，决不会改变食谱的。"

白文姬递过去刀叉，自己则使用筷子。两个孩子大吃大嚼，说："真香！这些菜都叫什么名字？"白文姬介绍说，"这一盘是糖醋鲤鱼，这一盘是手抓羊肉——可惜用的羊肉是罐头肉，如果用鲜肉才好吃呢，只是地球上的羊都在那次袭击中丧生了。""她说这一盘是金钱发菜，这一碗是龙井竹荷汤，都是山珍野味。这些菜肴与你们的能量合剂相比怎么样？你们还会喝能量合剂吗？"

波波尼亚和吉吉杜芝笑着摇头——这是真正的笑容，不是钢铁组元拼成的怪笑——说他们永远不会再喝那令人作呕的能量合剂了。

"那么，机器外壳呢，你们还会再穿吗？"

两人心虚地互相看看，没有回答。白文姬一月前曾发现两人偷偷穿上机器外壳，当强大的力量又回到身上时，两人都狂喜地叫喊着，用力踢墙壁，拗断铁椅，发泄着力量的快感。白文姬没有制止他们，叹息一声离开了。她相信两人一定听到了她的叹息。半个钟头后，脱了外壳的波波尼亚和吉吉杜芝又回到教室，闭口不提刚才的事，白文姬也佯作不知。

在那之后，波波尼亚和吉吉杜芝没有再穿过机器外壳，他们毕竟年轻，很快就抛弃了X星人的野蛮和残忍。白文姬在开始教化他们时，只是一种无奈的选择，也带着从"内部瓦解敌人"的阴谋，但现在她开始真正喜欢这两个孩子了。

野宴十分丰盛，尽管两人饕餮大嚼，餐桌上还剩下不少食物。波波尼亚忽然端起一盘牛排向葛葛玉成走去，听见他死缠活缠，非要葛葛玉成尝一口，但中书令态度威严地一再拒绝。最后，波波尼亚无奈地回来，低声骂道：

"我如果穿着机器外壳，非把这根牛排捅到他喉咙里，这个老东西！"

吉吉杜芝怕白文姬生气——她知道白文姬一直讨厌提机器外壳这几个字——担心地看看老师。白文姬没有生气，扭头看看阴郁恼怒的中书令，笑了起来。波波尼亚和吉吉杜芝也开心地笑了。

葛葛玉成知道笑声是冲着自己来的，愤怒异常。X星人，尤其是奇奇部落的战士是不允许这样放肆的，他们只能规行矩步，目不斜视。他们应该喝先人造出的能量合剂，而不应该吃这些乱七八糟的东西。葛葛玉成是工蜂族，按说是没有可能位居高官的，但帝皇奇奇诺瓦赏识他的才干，把他从卑微的工蜂族中破格擢拔，直到有了今天。所以他对奇奇帝皇感恩戴德，忠贞不贰。

他比任何人都更敏锐地看到白文姬的危险。不错，她只是小王子的一个女奴，是地球人唯一的幸存者，她即使有再大的力量，再深的机心，也无法让地球人和地球社会死而复生！帝皇奇奇诺瓦就是这样看的，当葛葛玉成向他进言，要约束波波尼亚和吉吉杜芝的行为时，帝皇付之一笑，把这看成是小孩子的胡闹。

不，不能再让这个巫婆留在波波尼亚和吉吉杜芝身边了，她已经在悄悄改变X星年轻人（首先是贵族青年）的时尚，也许某一天，她会把所有X星战士都变成只会穿衣打扮、吃喝玩耍的废物。

葛葛玉成站起来，怒视着那个美貌的地球女人，上车走了。

第二天，白文姬正在健身房里领孩子们训练，侍卫长刚刚里斯忽然来了。他站在大厅入口处，一言不发，盯着这群赤身露体的青年。慢慢地，青年们发现他，也看见他的怒容，便一个个悄悄溜走。只有波波尼亚和吉吉杜芝留下来，跟着白文姬把这节课做完。

三个人用毛巾擦拭着汗水，向刚刚里斯走去。刚刚里斯恼怒地转过脸，不愿意看他们半裸的身体。他们（波波尼亚和吉吉杜芝）竟然不穿外壳，穿着这么短的衣服，裸露出肌肉丰满的四肢，女人露出丰满的半个胸部，在他们身上还能看到X星人的样子吗？难怪葛葛玉成那个老东西要向帝皇进言。刚刚里斯是帝皇的家臣，波波尼亚和吉吉杜芝是在他眼皮下长大的，他不忍心两人被盛怒的帝皇处罚，于是偷偷跑来送信。

但是很奇怪，尽管他认为白文姬的穿戴打扮是邪恶的，仍忍不住想看。她的身躯凹凸有度，拼成美妙的曲线。她的动作潇洒轻盈妩媚，一举一动，一颦一笑都让男人动心，而且这种动心不光是肉欲方面的，它含有更深层次的内容。刚刚里斯是个纯粹的武士，没有什么深刻的见地，但他分明感到对白文姬的敬畏，虽然心中有怒气，但是礼节上仍不敢怠慢。

波波尼亚说："刚刚里斯，你来干什么，也想参加我们的训练吗？"

刚刚里斯瞪他一眼，愠怒地说："葛葛玉成已经把你们告下了，帝皇勃然大怒，估计很快就会召你们进见，你知道帝皇的脾气，怒气上来时他是不会念及父子情分的，你们要赶紧想办法。"

波波尼亚眼中顿时闪出杀气："这只老工蜂！我现在就去穿上外壳，赶去宰了他。"

白文姬生气地喊："波波尼亚！"

"老师，没关系的，他是工蜂族，王子杀死工蜂族是不会受处罚的。"

白文姬痛心地说："你忘了我的话？你还想穿上外壳？在我心目中没有什么工蜂族，杀人都是罪恶！"

波波尼亚怒气未消，但顺从地停住了。刚刚里斯再次交代："快想办法！"他不能在这儿多停，匆匆离去，吉吉杜芝走近白文姬，低声说：

"老师，让我们穿上外壳，万一……我们能保护您。"

波波尼亚说："对，穿上外壳，我和吉吉杜芝保护您！"

四只眼睛望着白文姬，等她的吩咐，白文姬沉思片刻，嘴角绽出微笑：

"不，不必，不要穿外壳，相反，要穿上最漂亮的衣服，打扮好，用最好的风度去见你们的帝皇！"

波波尼亚和吉吉杜芝很担心，他们知道帝皇奇奇诺瓦暴戾的性格，也许这次的公开顶撞会让三人都送命。但既然白文姬老师已经决定，他们自然要听从，X星人是从不珍惜生命的。

三人梳洗打扮，换好衣服，帝皇派来的侍卫也到了。侍卫宣读了诏令，又悄悄对波波尼亚说，帝后让转告他们，这次见帝皇一定要穿上外壳。波波尼亚威严地说："知道了，你先回去复命，我们马上就到。"

　　侍卫走后，白文姬请波波尼亚稍待一会儿，她走进自己的卧室，在一张全家合影前点上一束藏香。青烟袅袅上升，屋内弥漫着浓烈的异香。波波尼亚和吉吉杜芝跟进来，不解地盯着那束香，白文姬低声解释：

　　"这是地球人悼念死者的礼节。我的家人去世快一周年了，我不知道周年来临时我还能否回来，所以把纪念提前。"

　　她说得很平静，她的悲伤已经磨纯，没有尖锐的刺痛。波波尼亚和吉吉杜芝互相看看，赫然垂下目光。一年前，X星人突袭得手后，他们像所有X星人一样兴高采烈，那时他们从没想到，60亿地球人的死亡是很痛苦的事。现在他们感到内疚，但两人拙于世故，不知道该如何安慰白文姬，只有尴尬地沉默着。

　　白文姬看到他们的赫然，心中涌起一股暖流。看来她的决定没有错，至少在波波尼亚和吉吉杜芝身上，已显示出人性复苏的迹象。她抛掉悲伤，对两个孩子说：

　　"走吧。"

　　帝皇奇奇诺瓦跟前仍是御前会议的老班子。帝后担心地看着盛怒中的丈夫，不知道那只老工蜂进了什么谗言，但显然丈夫十分震怒。说实在话，她对波波尼亚和吉吉杜芝也很不满，来到地球近一年来，他们完全被那个地球女人迷住了。他们公然脱掉外壳，穿着奇形怪状的地球佬的衣服；他们不再服用能量合剂，吃那些名堂繁多的地球佬的饭菜；他们甚至不常回到母亲身边，却一天天泡在地球女人那里。但尽管不满，波波尼亚毕竟是她的儿子，刚才她暗地嘱咐侍卫传了话，现在她担心地等待着。

波波尼亚和吉吉杜芝来了，帝后果果利加惊慌地发现，他们不仅没穿外壳，反倒穿着更为光鲜的地球佬的衣服。波波尼亚穿着浅色长裤，紧袖绣花衬衣，吉吉杜芝穿着背带式短裙，皮凉鞋，两人手拉手含笑走进来。果果利加无法形容他们的步态，但她不得不承认，这种步态很轻巧，很有弹性，很好看，与 X 星人那僵硬的机器人步伐完全不同。

这么多天来，她第一次仔细观察波波尼亚和吉吉杜芝，发现两人的体格变化了，头发蓬松光洁，胸部和胳膊变得丰满。甚至连他们的目光也变了，变得自信聪敏，没有了 X 星人的愚鲁和残暴。

在他们之后是那个地球女人，她穿着一件洁白的露背晚礼服，衣裙曳地，面含微笑，走起路来就像在水面上漂浮。她的乳胸十分丰满，把衣服顶得胀鼓鼓的。纵然以一个女人的眼光，她也看出了白文姬绝顶的漂亮。白文姬紧紧吸引着帝皇、掌玺令、侍卫长的眼光——甚至中书令也逃不脱她的吸引，不过他用仇恨把这种吸引力抵消了。

奇奇诺瓦阴沉沉地盯着白文姬，白文姬则坦然地迎注他的目光，屋内气氛紧张。很久，奇奇诺瓦才冷冰冰地问：

"是你教唆王子和吉吉杜芝不穿机器外壳？"

白文姬平静地说："对，他们有这么漂亮的体形，为什么要禁锢在机器外壳中呢，毕竟，你们在 X 星的祖先，即第一批地球的移居者——并没有穿外壳。"

"你一直在教他们学一些乌七八糟的地球佬的东西？"

"我在教他们学很多东西，至于是不是乌七八糟，你们可以让王子和吉吉杜芝演奏乐器、唱歌、做健美操，然后再给出评价。"

奇奇诺瓦沉默了很久，突然问："你想让他们变成彻头彻尾的地球佬——以此来实现你的复仇？"

波波尼亚和吉吉杜芝的心猛地悬起来：这话说得够重了，它足以构成杀人的理由。但白文姬并没显出惊恐，她悲凉地说：

"一年前，我的亲人和60亿地球人在一夕之间死于非命。为此，我曾杀死10名X星人为他们报仇，如果可能，我会杀死所有的X星人。但后来我的想法变了，我想，让X星人脱离野蛮，继承地球文明，这才是我最该做的事，毕竟你们也是地球人的后代啊。"

波波尼亚不知道这些话会不会惹恼父王，他紧张地观察着。帝皇冷着脸沉默了很久，忽然换了话题：

"你还教唆波波尼亚和吉吉杜芝食用乌七八糟的地球食品？"

白文姬微微笑了，知道胜利已经在望："对，那是些非常美味、非常丰富多彩的食品。我相信只要你们尝一尝，就会厌弃那刻板的能量合剂。地球上一位古人说过，'夫人情不能止者，圣人弗禁'。你们为什么要禁止人们口腹的享受和精神上的享受呢。"她挑战地说："请帝皇允许我为大家做一顿饭菜，大家吃完后再做结论吧。"

满屋的X星人为她的话感到吃惊，他们想帝皇马上就要勃然大怒了。但帝皇只是沉默着，很久才说："好，你去做吧！"

满座皆惊，白文姬则欣慰地笑了，知道自己的策略已经胜利。她并不是没一点把握地冒险，在此之前，她已经知道波波尼亚曾让父王吃过地球的食品，而这位帝皇并没表示反对；还有，在帝皇与她在牢房的第一次见面中，白文姬从他的目光里看出了对美的爱慕。
所以她知道奇奇诺瓦并不是一个顽固透顶的家伙，从某种程度上说
还是比较开明的。

　　帝皇派侍卫去白文姬家里取来各种食品原料和佐料，白文姬换
下礼服，开始到厨房里掌厨。在准备饭菜时她交代波波尼亚和吉吉
杜芝为大家演奏乐器，两个孩子都相当聪明，仅仅学习一年时间，
乐器演奏已游刃有余。白文姬在厨房里忙碌时，能听到波波尼亚的
笛子独奏——鹧鸪飞；吉吉杜芝的小提琴独奏——梁祝。他们的演
奏还不流畅，时有凝滞之处，但足以让人享受到音乐的美感。

　　她很快炒了十几盘菜，由于原料全部取自罐头，菜肴的色香味
难免打点折扣，但总的说来还算一应俱全，有拔丝山药、鱼香肉丝、
蟹羹、枸杞竹笋、松仁玉米、回锅蹄膀、葱爆三样、扣三鲜等。侍
卫临时找来一个大饭桌，把菜摆上去。白文姬从厨房出来时，见厅
堂里紧张的气氛已消除，波波尼亚和吉吉杜芝依偎在帝后的钢铁身
躯旁，正讲解着各种乐器的名称，而帝皇、帝后乃至掌玺令、侍卫
长都很感兴趣地听着，只有中书令十分恼怒——那个钢铁面孔上的
怒容看起来真滑稽！但他却无可奈何。

　　白文姬为波波尼亚和吉吉杜芝发了筷子，为其他人发了刀叉，
微笑着请大家进餐。大家都盯着帝皇，帝皇终于用叉子叉起一片竹笋，
放在嘴里慢慢咀嚼，面孔上没有什么表情。帝后、掌玺令和侍卫长
也都拿起了刀叉，只有中书令脸色阴沉地干坐着。

　　吃了一会儿，波波尼亚调皮地问父王：

　　"父王，白老师炒的菜好吃吗？"

　　帝皇哼了一声，没有回答，他把注意力引向中书令："葛葛玉成，
你也吃！"

中书令犟劲地说："我决不吃地球佬的食物！"

帝皇的脸色慢慢变阴："你敢违抗我的命令？"

"我宁可违抗你的命令，不愿坏了祖先的规矩！"

周围的人为他捏了一把汗，帝皇怪异地笑笑，说："好，我成全你。来人！"

两个钢铁侍卫应声赶到，把中书令夹在中间。眼看饭场就要变成杀人场，白文姬皱着眉头向帝皇转过脸，尽管讨厌中书令，她也不想中书令为此丢掉脑袋。但帝皇已经下令了，不过这个命令是那么匪夷所思：

"来人，撬开他的嘴巴，把饭菜往里面塞！"

两个侍卫兴高采烈地执行命令。中书令和他们同属于工蜂族，但他们素来对这个眼睛朝天的老家伙没有好感。他们起劲地撬开他的嘴巴。抓起菜肴往里硬塞，很快就把中书令弄得狼狈不堪。

中书令大声喊："别塞了，我吃！我吃！"侍卫住手了，中书令气愤填膺地喊道："我吃！坏了祖宗规矩，罪不在我！"

他恼怒地闭上眼睛，把菜肴胡乱往嘴里填。奇奇诺瓦哈哈大笑，周围的人也都笑了。

饭毕，帝皇命令侍卫随中书令回家，要监督他食用地球佬的食物至少三天，不吃就照样处理。然后，他像是随意地宣布了一条诏令：

"从今天起，不再限制 X 星人食用地球食物，也不再明令禁止 X 星人脱去外壳，毕竟战争已结束了。"

白文姬望着帝皇，感触万千。她知道这道命令的意义，X 星人幸而有了这么一位开明的君主，今后一定会慢慢脱离野蛮，接受丰富多彩的地球文明。她确信，X 星人会在地球牢牢地扎下根，对此，她不知是应该高兴还是悲伤。

　　又是一年过去了。奇奇诺瓦所捅开的小小蚁穴已经变成滔滔洪流。几乎所有年轻的 X 星人都脱去了钢铁外壳，穿着地球人的时装，吃着地球人的食物，唱着地球人的歌曲，实施着地球人的社交礼节。在一切方面，他们都如饥似渴地向地球人学习。白文姬知道这并不是她的一己之力造成的，而是因为地球文化的力量。与 X 星人的半野蛮文化相比，地球文化博大精深，它的诱惑力是无法抵挡的。

　　当然，白文姬本人也大大加速了这个过程。

　　X 星人都是直接从地球信息库中去学习。当然，在书籍、音像资料不足以说明的地方，他们也常常请教白文姬。白文姬戏谑地说，"自己成了八十万禁军总教头。"一般来说，X 星人的问题还没难住过她，因为这些问题大多是常识性的东西。

　　白文姬太忙了，以至于忘掉悲伤，亲人死亡的第二个纪念日在平静的气氛中度过。

　　这一天，侍卫长刚刚里斯突然造访。他穿着钢铁外壳，这说明他在轮值，因为平时他也把外壳脱去了。他的个子很魁梧，脱下外壳几乎没使他身高降低，他非常年轻，是一个英俊的方脸膛大汉。自那次御前会议之后，他对白文姬十分敬畏，也许仅次于对帝皇的敬畏。他常来找白文姬请教一些问题，这个勇猛彪悍的汉子在白文姬面前竟然十分腼腆，常常红着脸，垂着目光，说话显得有点慌乱。

　　白文姬清楚刚刚里斯对自己的情意，她很珍惜这一点。

　　但刚刚里斯今天表情紧张，急迫地说："白老师，帝皇正在开御前会议，他要废掉帝后！"

"废掉帝后？"文姬吃惊地说，"为什么？"

刚刚里斯没有答话，直视着白文姬。白文姬知道了，不由得苦笑。这一年来，帝皇常常召她去，或者轻车简从地来到她的住室长谈，贪婪地询问地球的各种知识。他也脱去机器外壳，个子矮小，又黑又瘦，一双眼睛炯炯有神，充满自信。他的思维十分明晰，虽然他和白文姬总是站在不同的角度上去思考，但对一般问题常常有着相同结论。几次长谈后，两人已建立起很深的默契。

也许这种默契里包含了一个男人对一个女人的爱意，白文姬能看出这一点，却从来没想过它。她在努力帮助 X 星人摆脱野蛮，继承地球文明。她相信自己这样做是正确的，但是，毕竟他们是些双手沾满鲜血的野蛮人，怎么可能同一位野蛮人谈婚论嫁呢。

她没想到事态会发展到这一步。这是典型的奇奇诺瓦的处事方式，他从没向白文姬表白过爱意，但他要废掉帝后，然后捧着帝后的桂冠来向她求婚！白文姬苦笑着，简短地吩咐：

"快带我去御前会议，快一点！"

今天御前会议的人数扩大了，有几个人白文姬并不熟悉。屋内气氛紧张得快要爆炸，白文姬进去时，掌玺令正在侃侃而谈。侍卫长悄悄告诉白文姬，他属于帝后的果果部族。

"……我们以果果部族之名，再次请求帝皇收回成命。帝后并无失德之处，突然把她废掉，恐怕人心不服。"

奇奇诺瓦冷冷地说："我意已决，不要多说了！"

掌玺令平时十分老成，但今天像是换了一个人，他冷笑着说："帝皇废后，是为了那个地球……女人吗？"他原想说"母狗"，但平时他其实对白文姬也是十分敬重的，便临时换了词。

帝皇根本不理不睬，帝后也在座，她的目光中蕴含着愤怒和屈辱。不过她看白文姬时，目光中并没有多少敌意，因为她知道这不会是地球女人的主意。

掌玺令双目喷火，声色俱厉地喊道："帝皇！您是想逼果果部族的战士穿上钢铁外壳么？"

帝皇勃然大怒，恶狠地说："你想威胁我么？来人！"两名穿着机器外壳的侍卫迅速上前，架住掌玺令的双臂。"把他架出去宰了，我要叫你没有机会穿上铁壳！"

掌玺令愤怒地喊："果果部族的血是不会白流的！"

帝皇恶毒地笑了，简短地吩咐："停下！就在这儿掐死他，不要让他流血。"

侍卫毫不犹豫地掐住他的脖子，很快他的面庞变得青紫。帝后腾地站了起来，另两名侍卫迅速扑过去，阻挡住她。

千钧一发之际，白文姬高声喊道："住手！"

几名侍卫都住手了，扭头看看帝皇并没有做什么表示，便乖巧地退下去。白文姬把快要昏厥的掌玺令扶到椅子上，悲愤地说：

"你们已经杀死60亿地球人，还不满足吗？还要自相残杀吗？"

这句话说得很重，把大家震住了，包括奇奇诺瓦。他暗自后悔，今天处事过于鲁莽了。白文姬又走到帝后那儿，扶她坐下面带微笑说：

"帝后，我早就想找您商量一件事。波波尼亚在我那儿已经学了两年，十分聪明可爱，我想收他为义子，您答应吗？"

帝后从怒火中清醒过来，明白了白文姬这些话的含意，默默点头。白文姬回头走向帝皇：

"那您就是我的义兄了。义兄，我替波波尼亚求个情，不要废掉他的母后，不要杀害他的舅舅掌玺令，行吗？"

奇奇诺瓦暗暗感激白文姬为他挽回大局，他也知道"封白文姬为帝后"的打算是不可能实现了。从白文姬的所作所为看，她绝不会同意。他果断地点点头。

白文姬笑容灿烂："很高兴一场误会消除了，喂，掌玺令，还有你的事情呢。波波尼亚已经十八岁了，是否该为他选妃了？我看吉吉杜芝就很合适。你说呢，要不要在这次御前会上讨论一下？你们开会吧，我该退场了。"

帝皇过来拉住她，心怀感激，但没有形之于色。"我宣布，从今天起，白老师成为御前会议的固定成员。你坐下吧。"

白文姬没有推辞，微笑入座。周围的人都以尊敬的目光看着她。

第四章

白文姬在 X 星人社会中生活了近 50 年，赢得社会的普遍尊重。作为御前会议的一员，她一般不大发表意见，但只要她发表意见，常常就是会议的定论。她的学生数以十万计，而"白老师"便成为一个专有称呼了。

不过她的心境并不平静，每年 5 月 26 日，她会在亲人的灵前点上两束香，悼念自己的父母、丈夫和女儿，也悼念 60 亿地球人的冤魂。这时,内心深处常常出现一个声音:"你以德报怨,帮助双手沾满鲜血的X星人脱离野蛮,进入文明时代;你帮他们避免自相残杀,在地球上牢牢站住脚跟。你的所作所为对得起60亿冤魂吗?"

她相信自己做着正确的事,但她无法消除这种自我谴责。

她还常常感到渗入骨髓的孤凄,虽然她桃李遍天下,虽然波波尼亚和吉吉杜芝一直待她如生母,虽然她与奇奇诺瓦、果果利加、刚刚里斯都是要好的朋友,但她仍免不了这种孤寂之感。毕竟,她是唯一的地球人,而X星人尽管在迅速融入地球文明,毕竟他们是外来者,他们身上还带着深深的X星烙印。

她在这种矛盾的心境中生活着。不过,她从没懈怠过自己的工作,直到75岁那年她撒手人寰。

人寰,这个词儿没用错,因为在她去世时,X星人已基本融入地球文明。年轻人衣着入时,弹奏着施特劳斯、莫扎特、李斯特、刘天华和阿炳的琴曲,吟着济慈、泰戈尔、李白的诗句。沙滩上,女郎们尽情展露她们迷人的曲线,婴儿们趴在母亲的乳房上尽情地吮吸。工蜂族几乎在一夜之间消失了,他们全都恢复了自然生殖方式。X星人贪婪地学习地球人的一切知识,当然也包括历史。在X星人的历史书上,坦率地记录下那个血腥的时刻,并把它视作新地球人的原罪。不要奇怪他们的变化如此之快,他们只不过是向岔路上走了一段后,又回到本来的人生之路罢了。

白文姬去世半年后,年迈的奇奇诺瓦也去世了,波波尼亚继任为奇奇诺瓦六世。登基后他立即颁布一道诏令,追封白文姬为国母,千秋万代享受新地球人的祭祀。她是新地球人的始祖,是新世纪的女娲。地球上原先建造的A型纪念塔被拆除了,代之以白文姬的塑像。

奇奇诺瓦六世还把诏令发回 X 星，在母星上也建造了白文姬的雕像。

雕像是以 50 年前的白文姬为模特，也就是波波尼亚第一次见到白文姬的时刻。一尊裸体的母爱女神，饱满的乳房，美极了的胴体，遥望着远方，平静的目光中微含凄凉，似乎在召唤远方的孩子……只有一点与塑像的基调不大符合——她的手腕上戴着一副银光闪闪的手铐。

新地球人是以这种方式表示永远的愧疚。

燕垒生

铁血年代

僵尸鬼肆虐世界

"是这家吗？"

我掏出通知对了对门牌号。没有错，确实是这家。我点了点头，让她走在前面。

其实谁在前都没什么，只不过，让这户人家开门后见到的是一个女子，可能心里要好受些。

她按了按门铃，里面传出来一个人趿着鞋的声音。我有点百无聊赖地看看四周，不知为什么，突然很想抽烟。只是就这么点时间，做事时抽烟总不太好吧。

门开了，一个男人探出半张脸看了看我们。

她用尽量平静的声音问道："请问，这里是邓宝玲的住宅吗？"

这男人有点狐疑地看了看我们，脸一下变得煞白，道："你们……你们是……"

她还想解释什么，我有点不耐烦地走上前，"我们就是。请邓宝玲女士快和我们走吧。"

"她还在梳洗，请你们……稍微等一下吧。"

我站在她身后，刚想说什么，她已经抢先说："没关系，让她慢慢来吧，我们等她。"

那男人有点如释重负地道："那，请进来坐坐吧。"

她走了进去。尽管对她那种心慈手软有点不满，我还是跟着她走了进去。在13个行动组中，她是唯一一个女子，我毕竟还得随着她点。

这邓宝玲家里并不是太富裕，但整理得很干净，墙上还挂着几幅廉价的中国画复制品，倒也并不恶俗。

一进他们家客厅，刚坐下来，我便说："请邓宝玲稍快一点吧，我们还要赶时间。"

男人低着头，道："好，好。"

他抹了把眼角的泪水，这时，内室的门开了，一个只有十二三岁的男孩子走出来："爸，妈说……"他一见我们，像是被砍了一刀一样，叫了起来，"爸！你说过不去叫他们来的！"

男人没说什么，我的女同事站起身道："小朋友……"

那小男孩冲过来，想要去扑她。我站起身，一把抓住他的手腕，他的手乱抓着，两脚还向我腿上踢来，嘴里叫着："不许你们把妈妈带走！"

我把这男孩拖开几步，顺便看了看手腕上的探测器。还好，并没有信号，这男孩还是个正常人。我抓着他，对那男人道："请把你儿子管好吧。"

那男人又抹了把眼泪，一把抱住这男孩，道："小康，听话，妈妈是跟叔叔阿姨住院去的。"

"你骗我！大人说过，妈妈要被烧掉的！我不要妈妈被烧掉，爸，爸，你去打他们，去打啊！"

这男孩像一头凶猛的小兽一样，在那个男人手里挣扎着，还想着冲过来打我们。男人死死抓着他，即使男孩拼命咬着他的手。

"小康，别闹。"

内室里，一个女子又走了出来。我有点惊愕，几乎有点妒忌这男人了。

这邓宝玲居然是个美人，婚前她身边一定聚集了一大帮献殷勤的男人吧。虽然她现在已不再年轻，依然还有着很大的魅力。

"请问，你是邓宝玲女士吗？"

我也听得到自己语气里有点惋惜了。

"是的。我准备好了，我们走吧。"

那男孩已经不闹了，突然，他大哭起来，叫道："妈！妈！"

邓宝玲蹲到男孩跟前，摸了摸他的头，道："小康乖，要听爸爸的话，妈妈会经常来看你的。"

她站直了，对我们道："对不起，让你们久等了。"

她的镇定令我也不禁有点佩服，我侧了侧身子，让她先走过去。

门关上了。门里，还传来那男孩的哭声。邓宝玲突然用手掩住嘴，无声地抽泣着。我的女同事表示关切："没事吧？要不，再看看你儿子？"

这是违反纪律的，可是，我也没有阻止她这种女人气的做法。我坐在驾驶座上，敲了敲方向盘。如果她还要回去看看，我就不发动车子了。

"不用了，多见几次也没用，还不是一样。"

邓宝玲坐进了车子的后座。等女同事坐到副驾驶座位上，我按了下启动钮。

　　车开了。在离开那幢楼前，我眼角扫到了大楼上，不少窗子都开着，也几乎千篇一律，每个窗前都有一些目光呆滞的人看着我们，不带什么感情，只是看着。这幕场景，许多年前曾经在噩梦中见过，我没想到居然会有成为现实的一天。

　　这车是特制的，前座和后座用强化玻璃隔开，是专门运送感染者的。当我开动车时，后座就完全被封死了，与外界一点气也不通，完全是一个密封的铁箱，要是待久了会憋死人的。其实，不少时候连这点空气也不需要，后座的杂物箱里放了几颗氰化物胶囊，这是专门给那些不那么坚强的人准备的。我向局长提过几次意见，要求别把氰化物胶囊放在车上，可以下车后由我们提供，不然把死尸弄出这个铁箱子是很困难的。可局长说这是上级的意思，上级说要尊重公民自己的选择。

　　开着车，在肮脏的大街上走着，我的心里却是一阵阵寒意，很不祥地想到小时候看过的一个希腊神话——推着石头上山的西西弗斯。我现在做的一切，与西西弗斯不也很像吗？在那些大街小巷里，每时每刻会出现多少感染者？我们又能处理掉多少呢？

　　我心里有点烦，打开了车里的全方位激光音响，顿时，传来一阵柔美的江南丝竹之声。

　　那是女同事爱听的音乐。我不由看了看坐在边上的她。在她脸上，没什么表情，只是，眼神有点儿茫然。

　　处理场马上就到了。我打开后座的车门，邓宝玲走了出来。我注意到，在我手腕上的探测器显示屏上，格数又上升了一格。

　　"到了，请服药吧。"

　　邓宝玲手里已经抓了一颗药，但她像是没听到，只是看着远处。

　　处理场原先是个垃圾填埋场，现在好久没用了，长出了不少草和灌木，看上去倒比以前正常开工时干净得多。因为是秋天，草木都半凋了，没什么生气，对面一阵风吹过，扬起一片尘土。邓宝玲近乎贪婪地看着四周的一切，忽然，像是自言自语地道："你们放了我吧。"

　　我皱了皱眉，道："不要想这些了，放了你，你也没几天好活，却有可能害死一大群人。你总不想这样吧？"

　　邓宝玲转过头，看着她，道："小姐，你就发发善心，放过我吧，我保证不会害人的。"

　　她没说话。这些话我们听得多了，我从怀里摸出一张照片，道："你看看这个吧。"

　　那是一张未公开的新闻照片，是好些年前一个体内食尸鬼已经孵化的感染者的样子。那时感染者不多，这个感染者不知为什么逃过了每周一次的大检查，可能是家里的亲属帮他瞒下来的吧。结果，当邻居听到从那家人房中传出凄惨的叫声，通知警察来时，在那户人家里，人们看到了如同最恐怖的噩梦中才会出现的景象。因为太过血腥恐怖，尽管这照片可能是让感染者自愿结束生命的最好武器，市长也严禁发布，只是让我们带在身边，给那些事到临头失去勇气的人看看。说实话，带着这么张照片在身边，我也很不舒服。

　　邓宝玲看了看照片，像看见一只蟑螂或者死老鼠一样，一下扔到一边。我多少有点幸灾乐祸，道："好了，请快点吧。"

　　邓宝玲闭上了眼，一下把那颗胶囊吞了下去。

氰化物，几百年来一直是一种使用频率很高的毒药。虽然随着科学的发展，自杀的手段也日新月异，但氰化物作为干净、迅速而无痛苦的自杀方式，依然受人青睐。

　　看着她的身体慢慢变得僵硬，呼吸停止，我从杂物箱里取出一瓶高能燃烧剂倒在邓宝玲的尸体上。这具尸体虽然失去了生命，但还是有些魅力的。从某种意义上来说，邓宝玲在这时死去是一件好事，至少她留在世上的一切都还会让人有好感。如果她的丈夫和儿子能幸运地活到自然老死的时候，他们也许会想念这个美丽的妻子和母亲吧，而不是像想起一个噩梦。

　　我取出枪，扣动了扳机，一道火光喷出，邓宝玲身体一下子被火舌吞没。在火光中，她的身体开始拼命扭动，发出尖厉的声音。当然，这声音并不是她发出的，可是听起来却像是她在挣扎喊着救命。我饶有兴味地看着这具会动的尸体化成灰烬。

　　我注意到，女同事闭上了眼，不敢去看。我不由暗暗笑了笑，女人到底还是女人，不论她装得多么坚强。这让我有一种莫名其妙的优越感。

　　28世纪的人类，也许仍然保留着很久以前那种男尊女卑的思想。

　　天色已经暗了下来。今天我们已经跑了三次，完成定额了。只是，我也觉得那不过是自欺欺人而已。连前些天的新闻里也说，感染者已达3.2%，以1000万人计算，该有32万人之多。可按我们的进度，13个行动组，每天处理40人上下，全做完的话那要多少年？有时我觉得，我们更类似于安慰剂而不是特效药。

　　天空中划过一颗流星，在那一块宝蓝色的天空里，只不过一瞬，但我好像听到了玻璃破碎的声音。女同事垂下头，嘴里默念着什么。

我笑了："流星早灭了。"

"是。"她抬起头，我看见她眼里，依稀有点儿泪光。

"你还相信这些？呵呵，长不大的女孩。"

"好吧，我们走吧。"她说着，飞快地用手抹了一把眼睛。我本想说两句打趣的话，可是，心头一酸，没有说出来。等她坐进车，我踩了下油门，又打开了车上的音响。

她是总局技术部主任老计的女儿。老计的兴趣，一是发明各种东西，二是喝酒。我刚进总局行动组时，她经常穿了一身旧衣服来给老计送饭。那时我也才20出头，看着她16岁的身体像只有十一二岁那么干瘪，做梦也想不到8年以后她会以总局第一美人的身份成为我的同事，而且是在这个一般人无法忍受的行动组里。

虽然我们是同事，私下却从没有交往。不过，我还是从别人嘴里听到了她家里的事。老计的妻子早亡，有一段时间他颓唐至极，而她那时才5岁，居然就撑起了一个家，每天一早去买菜，回家洗一下，在比她还高的灶台上做两个人勉强能下咽的菜——当然那是指她小的时候，后来她的厨艺已经够好的了。

如果我不是亲眼看见，我也想象不到在她那看似柔弱的身躯里会蕴涵着这样的坚强，以至于以说怪话出名的我，也无法对她多说几句挖苦话。

我们回到了市中心。车开过大街，迎面一辆慢悠悠的车开过来。那是市电视台的宣传车，一个听上去掩饰不住惊慌的声音从车上传来，"紧急通知，紧急通知！请所有市民立刻收看收听电视广播，市长即将发布紧急通知！"

我看着那辆漆得像救护车一般的宣传车开过。不知道那些政客又想出什么花样来了，可能又要发药品吧。宣传车开过好几次了，有时发布的是异想天开的新疗法，有时提出的是毫无可行性的建议。不论哪一类，过不了多久都被证明没有任何用处。

我手腕上那兼用作通讯器的探测器突然又发出了尖厉的声音。我看了看，道："要集合。今晚上到底出什么事了？"

一回到总部，门口总台的七号大声道："行动组，马上去会议室集合，就等你们了。"

我和她走进会议室，整个特勤局的人似乎都到齐了，行动组的人坐在最前面几排，整整齐齐。可是，我注意到第六组的古文辉却不在，和他同一组的柯祥坐在靠过道的椅子上哭得像个泪人一样，文秘室的"花瓶"正在用纸巾擦着他的眼。我不太看得惯他这种有龙阳之好的人，就坐在了另一边。

"老王，出什么事了？"我坐下后，悄声问坐在前面的第四组的王世德。

王世德回过头，小声说："你不知道吗？古文辉被寄生了。"

尽管我一向不喜欢古文辉（当然，他也不喜欢我），但不能否认，他确实是个很称职的人。我们这 13 个特别行动组 26 个成员里，他是出类拔萃的一个，比我的能力强多了，这一点我也不得不承认。他和柯祥两人总是安安静静地携手走在大楼里，让我见了也直发毛。可是，昨天还在让我发毛的人，今天就不见了，实在让我感到空落落的，也有点叹息。

"不是有治疗的办法吗？"我们身上都带着老计研制的疫苗，在刚被寄生的十分钟内，趁虫卵尚未进入循环系统，可以杀死它。

王世德的脸上满是无奈："在古文辉身上失效了。"

局长和老计走了进来。老计手里抓着一卷录像带，他走上台，打开录像机，灯灭了，墙上露出一个亮块。老计站在阴影里，慢慢地说着："大家也知道了，六组的古文辉在今天执行任务时，受到一个感染者的袭击，尽管他及时使用了疫苗，但是发现疫苗已经失效。我们已经为他做了全身换血，可是，在他血液里，还是发现了食尸鬼的幼虫。你们看，这是他的血液样本放大图。"

那亮块是一种淡红色，当中有一些褐色的小长条在不停地蠕动。这些小长条看上去毫不起眼，可是，有谁知道，这种不过 0.03 毫米的幼虫子，竟然会在人身体里长成近一厘米长的成虫。

黑暗中，王世德道："不能再次全身换血吗？"

老计道："不可能了。这些幼虫在人体内已经开始繁衍，我估略计算了一下，每条幼虫两小时就会分裂繁殖一次。这种以几何级数增长的方式，我想大家也应该知道后果，一条幼虫在 8 小时后，就成为 16 条；20 小时后，成为 4096 条。比以前的速度快了许多。"

有人惊慌地说："那……也就是说，一旦被食尸鬼咬过后，就是死路一条了？"

老计站在屏幕的边上，只看得到他的身影。他慢慢地说："理论上，的确如此。"

在剩下的二十几个行动组成员中，发出了惊呼。以前，疫苗都发到成员手中，人们尽管对食尸鬼一样害怕，却并不太担心。老计的话，等于是把最后一线希望也打破了。

局长在黑暗中站起身，刚想说什么，突然有人站起来，抢过话头，道："局长，我要辞职。"

像连锁反应发作，一下子又站起来了好几个，这种局面局长也许也没料到。

灯亮了。

我看见了局长脸上的憔悴和不安。

"大家静一静，"局长晃着手，"请听我说一句。"

人们静了下来，他毕竟还留有以前的威信。在灯下，我看见他的头发已白了许多。

"刚接到通知，本市已列入极度危险名单，特勤局已被当局撤销，所以大家不必辞职，过一会儿去财务室领补偿金，听候遣散。"

我叫了起来："这怎么行？火灾大了，怎么把救火的先撤了。"

他看了我一眼，苦笑了一下，道："政府已决定放弃本市，给了十天时间疏散人群。"

有人道："这消息公布了吗？"

"市长正在下紧急通知。老计，把电视信号接进来。"

老计还没说什么，那个花瓶突然尖声哭着，叫道："我不要看，我要回家！"

以前，花瓶发出这种神经质的叫声时，总会有不少护花使者一拥而上，可现在，也许所有人都惊呆了，没有人理睬她，每个人都木然坐着。老计在桌前转了一下，市长的模样在墙上出现了，以前气宇轩昂的他，现在那样子更像一个泄了气的皮球。

这消息是循环播放的，市长正说着："……发扬人道主义精神，争取能抢在事态恶化以前离开本市。"说到这里，他已经把身体靠在椅背上，像是如释重负，画面一跳，却又正襟危坐地说，"全体市民请注意，鉴于目前那种寄生虫已经失去控制，即日起，本市在四周已设立了五百个检查站，并开始发放离境许可证。所有接到离境许可证的市民可就近接受检查，确认正常后即可离境。请大家不要惊慌，所有检查站都是24小时开放，一定让所有健康市民离开本市，以防发生无法弥补的遗憾。大家要发扬人道主义精神……"

我没再听市长的讲话了。事实上，会议室里也已乱作一团，也听不清市长在说什么了。我也学着市长的样子把身子靠在椅背上。

一开始，谁也料不到，一种小小的寄生虫会造成这样的后果。也许，这世界真的已到了末世吧。

那花瓶叫道："局长，快给我许可证！快给我！"边上还有几个人也围着局长。局长手忙脚乱，大声道："许可证不是由我发布的，请自行去市公安局领取，每人限领一份。"

我摸了摸口袋，袋里的烟还有半包。总算有时间抽烟了，我想。

我把烟在盒面上敲了敲，叼到嘴边。

如果以前在这里抽烟的话，一定会扣罚奖金的，但这时恐怕也不要紧了。我点着烟，吐了个烟圈。现在几乎所有人都围着局长，局长费力地向外走，一边说着什么。这里吵得像个菜市场。我注意到，只有三个人没动——老计、柯祥，还有她。

我没有和别人一起去财务室，而是到了局长室。我没敲门就闯了进去，局长正在收拾东西，只是抬起眼看看我，似乎也没有在意我的无礼："你领好钱了？我们走吧。"

我没动。

他看看我，诧异道："有什么事吗？"

"为什么不坚持到最后一刻？从小你就教育我，做事绝不能半途而废。做人，就要做得像个英雄。"

他笑了，笑容里带着无尽的苦涩。

"你走吧。有些事，不是人力所能摆平。"

我看着他，想看出他眼神里的怯懦，可是他却坦然地看着我。在这个培育了我十多年，让我接受教育的人身上，我只能看到他的坦然。

"如果你愿意再做一点事，就和我一起到检验处去吧。这十天，大约要检查几百万人，人手缺得很。"

我终于退却了。我低下头，喃喃地说："好吧。"

"在这种形势下，有谁能只手挽狂澜？不要太英雄主义了。你先回去吧，明天我通知你。"局长拍了拍我的肩，想再说什么，最后还是没说。他自顾自整理办公桌，把那些过时的文件拿出来堆成一堆。

我退出局长室，不少人已经骂骂咧咧地从财务室走出来。以前一向很肃穆的特勤局，现在几乎像个娱乐场所。

我走进财务室，出纳小姐白了我一眼："你怎么来得这么晚？都最后一个了，害我也一直等着。"

我拿起笔："对不起。"伸手在液晶书写板上签了自己的名字。电脑里，已经有一长串名字了吧……我放下笔时，道："老计他们也拿了？"

她道："老计早就来拿了，而且把他女儿那份也拿走了。"

她也拿了？我心中不禁有点失望，但马上明白，难道拿属于自己的工资也错了吗？我是有点求全责备了。

走出大门，在马上要离开时，我不禁回头看了看。这幢高大的特勤局大楼马上就要成为空楼了。我叹了口气，又摸出一根烟，点着了。

街上人来人往，各种牌子的磁悬浮轿车依然不停穿梭在大街小巷。只是，这一切都像一块画布被抹上了一种错误的颜色，尽管景物还和以前一样，却总透出一种病态的感觉。

第二天，局长叫醒了我。他带我到市区边界的检验处报到。自从公众知道出了一种寄生虫，几乎一夜之间，这个市的四面都设起了电网。自从昨夜市长的紧急讲话发布以来，出境的人几乎像狂潮般拥来。五百个出境口不算少，却也有些不够用了，每个人都希望早日离开。以前那电网外五步一哨十步一岗，擅自外出者就地正法。现在可以合法外出了，那些有钱人都有点迫不及待了。

对于偷越出境的人，军队接到命令，格杀勿论。以前很繁忙的空中出租车也停开了，军队每个士兵都配备有小型激光制导对空导弹，可以说想偷一辆空中出租车私逃的人，绝对是死路一条。假如真有一个病人逃出去，极有可能造成连锁反应，使得全国爆发一场大灾难。

我加入的是化验组。我不太会摆弄仪器，给我的任务是采血。为了防止作弊，所有出境的人一律要经受辐射扫描、验血、消毒三道手续，我的任务是在每个人臂弯处的静脉上现场抽出 20 毫升血，注入试管后放进自动检测仪。

食尸鬼只寄生在人身上，没有发现别的动物感染过，这类似于某些寄生虫只寄生于某一种牲畜身上一样。但为了防患于未然，所有宠物一律不得带出，一切随身衣物都要经过高温消毒，即使是正常人，也要经过严格消毒才能外出。通过的人欢天喜地坐着军用卡车前往郊外的火车站，等着离去。自从发现食尸鬼以后，政府极为重视，几乎是一夜之间，城市就军管了。以前外出手续非常复杂，现在却以前所未有的高效率运作。只是我总觉得，这种检查方式未免过于简陋，难以保证绝对正确，万一有一个漏检的，只怕会引起难以预料的后果。但我向上反映后，得到的却只是一个标准的官方回答："您的意见已收到，近期将进行讨论，感谢您对政府工作的支持。"

我现在的工作，也就是叫人撩起袖子，然后，把注射器针头刺入他的动脉，抽取20毫升的血。仅仅如此，如果这也叫工作的话。

轮到下一个了。他穿着一件笔挺的西装，料子相当高级。他撩起袖子，我像一台机器一样，精确而无聊地把针头刺入他的手腕。他把袖子放下，道："请问，什么时候能知道结果？"

"很快，请稍等。"

我用他的血液样本压住他的申请单。那些人大多像他一样，急不可耐地想要离开这个地方。这个人文质彬彬，看上去很像个有文化的人，可是他的表现和那些操皮肉生意的浓妆艳抹的女人、大腹便便的官僚差不多。其实他完全不必担心，我的手腕上戴着探测器，如果他体内已有食尸鬼寄生，探测器一定会有反应的。

"能不能快一点？我急着要走。"

"很快的。"我没抬头，忙着给下一个抽血。这时，自动检测仪突然发出了蜂鸣，在那边敲图章的人跳了起来，冲到检测仪前。

我有点奇怪地看了看那台机器。

那人抽出了一张申请单，念道："成凡，成凡是哪一位？"

我转过头，又有一个不走运的人了。检验处的门口装有一架高灵敏度的探测仪，那些已经有危险的被寄生者根本走不进来，只有那些刚被寄生的人，因为虫卵密度很小，才能躲过门口的探测器，可是，却逃不过这台号称准确率高达 99.96% 的血液样本检测仪。食尸鬼以体液交换方式传播，尽管科学家宣称蚊虫叮咬不会传播，可我却知道监狱里的囚犯就有被寄生的，因此，患者也许自己也不知自己已被寄生。有时我真有点幸灾乐祸——以前如果来一次全民彻底大检查，其实完全可以即时消灭那种寄生虫，正是上头那些人莫名其妙的想法、新疗法、新药品，反反复复，朝令夕改，使得每周一次的例行检查成为一纸空文，以致我们这 13 个特别行动组的一切努力都成了徒劳。

这时，我看见了那个人。他脸上，是一种惊愕和恐惧混合在一起的奇特表情。我刚想说句什么，他突然向我扑了过来。

这是不正常的现象。此人体内的虫卵并未孵化，不然不会通过大门口的探测仪的。这时的人，并没有危险性。只有那些体内食尸鬼已经从蛹中孵化的人，才会像晚期狂犬病患者一样见人就咬，另外几方面的症状和狂犬病也很类似。

我根本没有防备，但严格的训练让我的反应比他快得多。我的右手一把托住他的下巴，他白白的牙就在我的虎口间合拢，咬了个空。他的双手乱抓着，我把右手向外送了送，叫道："保安，快按住他。"

突然，我的臂部微微一疼。两个身强力壮的保安已死死按住他的两条胳膊，他的腿还在拼命踢着，踢得化验台上的东西也在乱震。

我这时才发现，他在乱抓的时候，把一个针头扎入了我的胳膊！

我的心一下抽紧。如果这是个用过的针头，谁知会不会带有食尸鬼虫卵？但马上我就放心了。

用过的针头都扔进了化验台下的一个高能焚烧炉里，立刻烧掉，化验台上的针头都是经过严格消毒的，没有用过，肯定是安全的。我拔下了针头，上面还带着一点血。

我的制服是不透气的，但到底不是铠甲，一根针头还是轻易就扎透了。我撩起臂上的衣服，手臂上一个小小的针孔里，正冒出一滴圆圆的血珠。我挤了一下，用吸管吸了些血放在载玻片上，做了个样本，交给在一边的手工化验员，"快给我化验一下。"

不管怎么说，绝不能大意。我拔出腰刀，把刀尖贴在那针孔边上，如果化验员说我血液中已有虫卵，我会立刻把那儿的一块肉都绞下来。

那个成凡已经不再踢打了，保安还不敢放开他。危险分子完全可以立刻交给警方消灭——也许，他们也已经把他列为危险分子了吧。可是我知道，他目前思维完全正常，他要咬人，不过是一时神经有点错乱吧。

"一切正常。"

化验员抬起头看看我，我不由松了一口气。

那个成凡不再挣扎，坐在地上抽抽搭搭地哭。每一次申请都会在中央计算机里留下基因信号，这次出不去他以后别想再出去了。可是，尽管他差点要了我的命，不知为什么，我却没法恨他。我走出化验台，走到他身边，蹲了下来，"想开点吧，就当一切都是天注定的。"

他抬起头，笔挺的西装已经一塌糊涂，"对不起，我妈得了重病，我一定要回去看她。"

我沉吟着。每个人都有这种那种的理由，可是，规定却是死的，绝不能变通。局长告诉我，一定不能弄错一个。

"这样吧，我再给你化验一个血液样本，再给你用人工看一看。"

他一把握住我的手，想站起来，那两个保安还是死死摁住他，我说："放开他吧。"

我带他到化验台前，那两个保安跟了过来，一左一右地夹着他。正在排队的下一个道："喂，有完没完，我都等了半天了。"

人太多，各个取样的窗口都挤满了人，我这儿本来就还有不少人，因为闹了这么件事，新来的不许再排了，可已经快轮到的人却不肯走开。我赔笑道："请不要着急，很快。"

成凡撩起左袖，我在他另一条手臂上取了20毫升血，又做了个血液样本，一边安慰他道："机器并不是很准确，说不定会出错。"

"不会错的。"他的眼里充满了绝望，却还带着一点明知不可能还想再试试的希望。我能对他说什么，说他可能属于机器出错的0.04%吗？我只能对他说："希望机器出错了，机器也会出错的。"

这样的话，连我自己也觉得虚伪。

这里，第二次化验结果出来了。化验员没说什么，递给我一张化验单。

每立方厘米血液中检验出虫卵12个。

这个数字并不多，如果是以前的，老计和他的同事们研究出的疫苗可以治好。可是，现在，这个数字没什么意义，就算每立方厘米只有一个，患者一样是被判死刑了。

他听到这个结果，眼里亮了："可医治的极限数字是每立方厘米 50 个吧？"

"是。"我不敢跟他说，这个数字已经作废了。

"那我还能治好？"他的兴奋很真诚，"谢谢你，谢谢你。"

"什么时候都不要放弃希望。"送他出去时，我言不由衷地说。

看着他的背影，我的心头一阵颤抖。欺骗是什么？古代一个哲人说，"欺骗如果是善意的，那比恶意的实话要好。"可是，一个空幻的希望，又有什么用？什么时候都不要放弃希望？可是，当没有希望时还要人抱有希望，那只是种残忍。

回到检验台前，我开始给下一个抽血。

检验处的人，24 小时不断，分为 3 班。我这一班到下午 5 点就下班了，本来检验处的人都实行军事化管制，每个人都有宿舍，但我是第一天报到，还没分配给我。

回去的时候，看着街上变得空空荡荡，我心里一阵阵凄楚。说不清那是什么滋味，事不临头时总是很达观地想，天塌下来压的也不是我一个，可是真正碰到这种事时，每个人还是惊恐万状。

生命，毕竟还是最宝贵的。

路过一个正在大甩卖的小店，我用几乎白拿一般的价钱买了两瓶酒。我想去看看局长，我贪杯的毛病是跟局长学的。工作后，我一个人住，好久没去他的住处了，可他毕竟是我的养父。

街上到处都在大甩卖，到处都是卖多买少，几乎每一个人，都已经开始绝望了吧？我有点不祥地联想到沉船。记得局长在我小时候跟我讲过一个故事，别的都记不得了，只记得他说，船将沉时，船上的老鼠会早于人感知，争先恐后地逃命，即使是跳下水也在所不惜。那些扛着大包小包的人，也让我联想到那群老鼠。

　　局长的住宅在城西，那是一片高层人物的住宅，我在那里度过了生命中最难受的 12 年，整日忍受身边那些趾高气扬的大人物的眼神，也让我过早地敏感。

　　门房还没走，盘问了我许久，才让我进院子。他一定不再记得许多年前那个老是因为可笑的自尊而和一大群养尊处优的高干子弟打架的少年了，他感到奇怪的也许只是居然有人送礼只送两瓶酒吧？

　　局长住的也只是一幢公寓楼。要住独门独户，他的级别还不够，不过近 200 平方米的大房子，在寸土如金的时代，也不是常人所能想象的。我按响了对讲门铃，可是没人回答。

　　局长睡了？

　　我看看楼上。他那间屋子的灯亮着，一定在啊。我又按了下门铃。等了半天，却听得有人嗵嗵地跑下楼来，有个穿着风衣、戴着大帽子、像做贼一样的人走出来。当然，我不至于傻到真会以为那是个在平民公寓里常见的"白日闯"。大概，那是个为了早日得到出境证而来送礼的人吧，只不过，此人羞耻之心未泯。

　　他推开门，匆匆地走了，走过我身边时似乎顿了顿，我没在意。我拉住门，又按了下门铃。尽管我有房门钥匙，可礼貌总得有吧。

　　还是没人回应。

　　我心中有了种不祥的预感。局长不是个颟顸的人，如果听到了，早就该回答了。难道会……

　　我冲上了楼。

　　局长住在四楼。我在门上敲了敲，还是没人回答。我摸出钥匙，刚插进匙孔，鼻端突然闻到一股淡淡的火药味。

出事了！

门一开，证实了我的预感，我看见局长倒在地上，胸口是一摊鲜血。

我把酒放在地上，直奔过去，抱起他的头，叫道："出什么事了？"

他的瞳孔已经扩散，似乎想说什么，可是，已经永远不会再说什么话了。

"谁，是谁干的？"

我毫无顾忌地大声叫着。尽管我一向只当他是我的养育人，现在，却觉得他的确是我的父亲，是我的恩人。

他没有回答我。我也知道，这一枪正中他的心脏，他几乎是毫无痛苦地死去的。凶手一定是个受过严格训练的人，以我受过的那点半吊子军事训练，都看得出那人开枪时，手非常稳，一枪命中左胸。

忽然，边上一间紧闭着门的屋内，发出了点响动。我的心头一下燃起了怒火。我摸了摸裤腰上的火焰枪，尽管那并不是一把制式手枪，但在近距离内，也足以要人的命。

我走到门边，握住门把手。门反锁了，我扭了两下，门没开，退后几步，猛地上前，一脚踹去。

门开了，一个面无人色的老妇人发出了尖叫。

那是局长的保姆。

我有点失望，突然，门外已经闯进了两个五大三粗的保安。

"什么事？"一个保安道。

我刚想说话，那个保姆尖叫着道："他……他杀了先生！"

我吃了一惊，但马上发现，我手上握着一把手枪，还一脚踢开了门，确实像个凶手，如果换个角度，我也会认为这么个人是凶手。我刚想解释，那两个保安取出了警棍，道："把枪放下！"

我迟疑了一下，一个保安猛地冲上前，一棍向我打来。我本能地用手一挡，只觉手腕处钻心似的疼，可能他打断了我的手腕，火焰枪一下掉到地上。我左手刚握住被打的右手腕，那个保安又是一棍，"啪"的一声响，那个探测器被打得粉碎，碎玻璃、小螺丝之类的东西一下嵌入我的皮肉中。还不等我叫出声来，后脑勺又被重重打了一下。

警察局局长把火焰枪还给我，道："手腕不要紧吧？"

我试了试，虽然还疼，却只是因为缠着绷带有点不灵便，其余的没什么不正常。我收好火焰枪，问："局长为什么被杀？"

"不知道。"他端过两杯茶，自己喝了一口，"现在是非常时期，公检法也彻底瘫痪了，如果调查一下，犯罪率一定几十倍于以前。唉，也没法，警察已经走了一半，现在只能维持一下最基本的治安。"

我猛地站起来，"难道，局长的死，只能是个无头案了？"

他没有看我，只是喝着茶，半晌才道："的确如此。"

"那个保姆怎么说？"

他苦笑了一下，"她一口咬定你就是凶手。事实上，她说凶手先和老于说了半天话，后来还争吵起来，突然就是一声枪响，而她从头到尾都只是躲在自己房里，听到枪声才从钥匙孔里向外张望了一下。"

我喝了口茶，道："她看见了什么？"

"她说就是你的背影。"他喝了口茶，"她一口咬定，那个持枪的人就是你，太肯定了，甚至说你就一直站那儿，直到踢开门想进来杀她。要不是我检查了你的枪，我都要相信她了。"

我有点绝望地道："难道，没别的线索了？"

"没有了。"

看着我那副绝望的表情，他拍了拍我的肩，道："老于和我是几十年的老朋友，你也是我看着长大的，你的心情我理解。只是……"

"我知道了。"我打断了他的话，根本没有顾及礼貌不礼貌。他道："检验处你也别去了，快走吧，我给你开张离境许可证，明天你做个检查就走。"

走出警察局，我的泪水再也按捺不住了，直往外流淌。

天空中，星光闪烁，不时有几颗流星滑过天空，也仿佛泪水。我从口袋里摸出了那张许可，细细地撕得粉碎，对着风撒去，看着那些碎纸片飞得到处都是，又渐渐地落在地上，像一群受伤的飞蛾。

沿着马路，我独自走着，摸了摸口袋，里面还有一包烟。我摸出了一根，点着了，让辛辣的气体充满肺部，又长长地吁了一口气，把那些烟气全吐出来，似乎这样可以让我忘掉痛苦。路边，一家快打烊的店里，正放着很久以前的一首英文老歌《Take My Breath Away》，那是一部很久以前的美国电影里的插曲，也许店老板没注意到这歌的名字是那么晦气吧，放得欢天喜地，天旋地转。每个人都忙着整理东西，争取用最少的重量带走最值钱的东西。每一个人想的，也只是尽快离开。

据说，船上的老鼠在沉船前，会争先恐后地离开船只，哪怕四周是茫茫大海。或许，人和老鼠，并没有本质的不同。

当嘴里吸进来的烟变得灼热了，我把烟头扔在地上，用脚踩灭了。

这时，我才发现，又来到了单位门口。大门紧闭着，局里竟然还开着灯。

"啊，你也来了。"

我回头，看见老计的女儿正提着一个饭盒，站在我身后。我道："你还上班？"

"我爸还在实验室干活，我给他送饭。"

"老计还没走？"

她点了点头，道："我爸说，他还想找找变种食尸鬼的对症药。"

"还有人在局里吗？"

她的脸有点阴沉，道："整个局里，就我们两个了……对了，还有古文辉。柯祥一开始来过几次，现在好久没来了。"

古文辉体内的食尸鬼大约还没孵化，他被放在实验室的隔离罩中，尽管没死，也已经没有知觉了。这是他的要求，把自己的身体献出来当实验材料。对于这一点，我多少有点敬佩他了，我想如果我处于他的位置，可能不会如此通达。

"老计还在吗？我看看他去。"

她掏出钥匙打开大门，我跟她走进去。只有走廊上开了一小排灯，以前那种肃穆已经荡然无存，现在，整幢大楼就像废墟一样，空旷冷清。在走过局长的办公室时，我不由自主地一阵心疼。

物是人非，世间最难堪事，无过于此。

老计的办公室还亮着灯。她推开门："爸，有人来看你了。"

老计正坐在一台显微镜前看着，抬头见是我，笑道："你来了？坐，坐。还没走吗？"

"还没走。"我不想告诉他，局长被杀了。

"来，喝酒，喝酒。"

老计贪杯这一点，和我有点像。老计女儿在一张小桌子上摊开了一张旧报纸，把拿来的一点熟食和酒放在桌上，自己拿了个小烧杯，给窗台上一盆植物浇水。老计把杯子给我，自己找了个干净的烧杯，倒了两杯，道："先干一杯吧，就当预祝我成功。我这个女儿，什么都好，就是不肯陪我喝酒。"

我端起杯子："老计，你真的不想走吗？"

他呵呵地笑了两声，拈了片猪头肉："你还不是一样。"

我端着杯子，眼却看着别处："我只是还有事没办完。"我不敢面对着他，怕他看到我眼底的泪光。

"说这些做什么，先喝酒吧。"他喝了口酒，"你要是乐意，来帮帮我吧，实验太烦，现在我也找不到人手。"

我几乎没有考虑，就说："好。"

我没有后悔，却也不觉得自己有多少了不起。我看了看她，她在一边掩饰似的忙着收拾东西，可我也看得出，她的眼里带着些欣喜，手忙脚乱中，水都洒到了盆外。

老计的实验实际上也没什么难度，从古文辉身上取得食尸鬼的蛹后，用各种人类已知的抗生素之类的各种药物进行测试。可是到目前为止，还找不到一种可以有效杀灭食尸鬼的药物。我的任务，也就是帮助老计调配各种匪夷所思的药物。有些东西，要是中世纪欧洲的那些野蛮医生见了，只怕也要摇头，但我们已经没有退路了。

做完一天的实验，毫无进展。我和她告别老计，离开了局里。

街道上几乎没有人了。深秋的街道，本来就有几分萧条，现在更是显得衰败不堪，到处都是落叶，夹杂着废纸。

她走在我身边，一声也不吭。这些天，她已经完全没有了以前那种英气，纯粹成了一个小女人。不知为什么，我突然说："你有没有想过离开？"

她抬起眼，有点吃惊地看看我："当然想过。我劝过我爸，做那种事，并不是我们的责任。"

我笑了笑："你那么劝他，他肯定不会听的。"我也明白老计。老计的性格和我有些相像，都是认死理的人，打定了一个主意，就再不会改变了。说不清这是不是个好的脾气，反正，我已经不愿意再改变了。

她看着天："你说，你们的实验有成功的可能吗？"

我站住了："不管怎么说，那已经不是我们个人的事了，那是为了整个人类。"

"是吗？"她冷冷地笑了一下。一阵风吹过，一张撕破了的报纸像小狗一样擦着地面滑到我的脚后。

"你不相信？"

"我只是希望你们能够成功。"

她深深地叹了口气，加快了步子，向前走去。我看着她的背影，突然感到一阵心酸。

一个年代有一个年代的英雄。如果我做不了这个年代的英雄，那只要无愧于心就是了，但我还是想做一个英雄。我默默地想着，忧郁地摸出一根烟，点着了，烟气冲入肺中，呛得很。

几天过去了，还没有一点进展。

老计和我每天都在喝两盅之后，再像古代炼金的巫师一样想出一些匪夷所思的药物。只是，每天的几十次实验都以失败告终。杀死食尸鬼的唯一方法是提高热度。烧死患者防止传染，我们一直在这么做，似乎用不着我们花那么大精力去发明，可任何活人都承受不了能杀灭食尸鬼的温度。麻烦的是，虽然在低温下食尸鬼发育很迟缓，但古文辉体内的食尸鬼仍然一天比一天大。可能马上要孵化了。

一旦孵化，那么只能进行毁灭。我们贴出过征求志愿者的告示，也在硕果仅存的电视台里发了一回广告，可患者大概早不看电视了，根本没人应征。我怀疑还有一个原因是，老计那广告写得太吓人，什么"征求实验对象，保证毫无痛苦"，好像实验对象是要开膛破肚一样。

广播里又通知了一回，由于城里人口越来越少，检查站不再24小时开放，改成早7点到晚11点开放，倒像是个便利店。

其实他们也不必多说什么，留下来的，除了患者，就只剩下我们三个傻瓜了吧。不知城里还有别的傻瓜没有。

我没把真的傻瓜计算在内。

第二天，我一大早就起来了。起床时，阳光明媚，今天是个好天气。梦中我又回到了过去，那时特勤局还没有成立，我所服务的，只是一个做些维护治安工作的国家机构，而局长还是那机构的负责人。那时，老计女儿刚进局里来，只是一个因为长期营养不良而发育得不太好的女大学生……

为什么想这些？我觉得有点好笑，可是，现在我经常会回忆起过去。因为局长之死的缘故吧？

　　我无言地穿戴好，从食品柜里翻出点营养食品，对付着吃了一点。这些天，这城市像一个漏了的浴缸一样，每时每刻都有人像水一样流出去。本来过去一大早这宿舍区就吵得要命，现在却安静得甚至有点儿死寂。

　　走到离局总部大楼还有几十米的街道拐角处，远远看见有个提着皮包的人站在门口。我走近了，有点儿忐忑不安。感染者体内的食尸鬼孵化后，人会有一段时间的疯狂，因人而异，从两小时到两天不等。以前，早期病人被发现后送医院，当不能治疗后送回家由家人看护，到一定的时间则由特勤局人道毁灭。但现在对患者的管理已完全失控，有时在街上走我都担心，会不会碰到一个食尸鬼已孵化的病人在我后脖子上咬一口。

　　好在食尸鬼孵化后的人很容易从动作上看得出。由于食尸鬼破坏了神经中枢，患者走路都像喝醉了一样，类似于古老的恐怖电影里的丧尸。现在提皮包的这人虽然有点儿失魂落魄，但动作很平稳，就算是被寄生了也没到危险的阶段。只是，这个人看着实在很熟悉，可我就是想不起来了。

　　当我走近他时，那人正好抬起脸，我看了看他，吃了一惊"柯祥！"

　　柯祥以前胡子总是刮得干干净净，衣服一尘不染，说话细声细气。可现在，却大概可以用"男人中的男人"去称呼了，他衣服皱巴巴的，胡子也有好些天没刮了，和流浪汉差不多，只是他的脸还是白白净净的。

　　他也吃了一惊，我们几乎同时说："你没走？"

　　以前我们几乎没说过话，现在，我发现我其实也并不像以前那么讨厌他。我道："你没拿到许可证吗？"

他有点儿失神地说："今天才拿到。下午要走了，我想……我想再看一次文辉。"

他那种含情脉脉的语调以前我听了就想吐，可现在却觉得那也是人之常情。也许，那也是种爱情吧，即使我不理解，但我也没权力去取笑别人，毕竟，每个人都有权选择自己的道路。

他有点儿自嘲地笑了笑："你大概在心里笑我吧。"

我不好说什么。尽管仍然觉得他的话有点儿可笑，可还是说："进去吧。"

他有点迟疑，问："阿雯在吗？"

我笑了："当然在，你怕她吗？"

"不是。"他垂下头，"她不让我见文辉。"

我打开门："进去吧，我带你去。"

我也看过古文辉，他在低温下一直保持假死状态，在玻璃罩里显得很安详，像睡着了一样，不知老计的女儿为什么不让柯祥见他。

关上门，我领着他走到实验室前。实验室在二楼，门正对着大厅。那门没锁上，我们时常要从古文辉身上取一点标本。当然，实际上只是用一个注射器抽取一点血液，没有想象的那么可怕。

柯祥把皮包放在门外，人站在玻璃罩前，像呆了一样看着里面的古文辉，他眼里淌下了泪水。我没有打扰他，轻轻地退了出去。

掩上门，里面偶尔传来一声抽泣。柯祥在追思过去吧？我下意识地看了看手腕，腕上那兼手表用的探测器早被那两个保安打碎了，什么也没有。

五秒钟数一次，数到一百，总该出来了吧。我想着。

"一，二，三……"

"你在这里做什么？爸在找你。"

老计女儿的声音突然在我耳边响起，我吓了一跳。我数到哪儿了？好像是六十到七十之间。我抬起头，却见她正在楼下。

我趴到栏杆上，小声说："别那么大声，柯祥在和古文辉做最后的告别。"

"什么？"她的声音大得吓了我一跳。

"大概有几分钟了吧，我数到六十几了？"

"快进去看看！"

我这才想起，古文辉已经快孵化了，会不会出什么事？我一把拉开门。

门里，柯祥已经打开了玻璃罩，抱着古文辉坐在实验桌上，古文辉的头枕在他的腿上。听见我进来，柯祥冲我笑了笑。

我走上前去，喊道："你《王子与睡美人》看多了吗？快把古文辉放回去吧。"

他没理我，还是抱着古文辉。

我抓住了他，一把将他拖了起来。他像一条小虫子一样在我手下蜷缩着。

"你疯了吗？你知不知道，你会害死这里所有人的？"

柯祥被我抓得喘不过气来。他抬起头，满面泪水，说："我不能看着他被关在那个玻璃罩里，像一只动物……"

我狠狠地抽了他一个耳光。我没有留情，他白净的脸上登时出现了五个手指印。他抬起头，看着我，悲哀，痛苦，却没有乞怜。

我推开他，想冲到控制台前重新关上强化玻璃罩。趁着古文辉体内的虫卵没有孵化，现在还来得及。

"不要动！"柯祥喊道，手里多了一把火焰枪。我没有理他，伸手要去扳那个开关，突然，一道火光掠过我身边，我只觉得手臂一阵刺痛，一下缩了回来。

火焰枪是利用一种高能可燃气体来发射火焰的，其实就是个火焰喷射器。对付那些虫子，平常的子弹没什么用，而火焰枪可以在两米以内烧穿一块两厘米厚的钢板，是很有效的武器，不过用它来对付人却并不太好。柯祥这一枪没有对着我开，但余热还是使得我的右臂肘部的衣服燎掉一块，皮肤上起了不少水泡。

"快让开，我会开枪的！"

柯祥跑了过来，枪仍然对着我。

"混蛋！你难道要把我们全害死吗？快听我的，把他关起来，趁他还没孵化。"

"然后呢？等你们把他研究完了，就把他当成一堆废物，烧成灰烬？"

我努力让自己不要发作："你把他放出来，难道他就有救了？"

"我不管，"他的眼里，泪水大颗大颗地流出来，"反正我不能让他再关回那个玻璃罩里。"

这时，我看见实验室的门口出现了她的身影。她有点儿焦虑地看着我，我悄悄向她点了点头，她也点了点头。

火焰枪射程不远，但从门口射过来足够了。我看见她掏出了火焰枪，对着正背对着她的柯祥。

可是，不知为什么，我看见她的手在发抖，一直没有开枪。

这时，本来平躺着的古文辉嘴里发出一声低哼，柯祥欣喜若狂，把枪插到腰间，在实验桌前弯下腰去，看着古文辉的脸。

"文辉，文辉，我是阿祥啊，是我啊，你还认识我吗？说句话吧！"

他乱叫着。我的手摸着枪。这是个好机会，他全无防备，我开枪的话，可以在半秒钟里把他的脑袋烧成焦炭。可是我却实在下不了这个手。毕竟，柯祥还是个正常人。尽管我已不把患者当人，可杀正常人，我还是做不到。

古文辉的嘴里突然发出了不像人类的惨叫。他的头抬起了两三寸，从他嘴里喷出来的，不是血，尽是白色的小虫子，喷得满身都是，蠕蠕而动。

我一把抓住柯祥的肩，道："小心，他孵化了！"

由于温度升高，古文辉的孵化提前了。

柯祥哭叫道："文辉！"他不知哪里来的力气，一下子挣脱了我的手，向古文辉跑去。

我浑身像浸在冰水里，一动也不能动。柯祥跑近古文辉身边，哭喊着："文辉！文辉！你能听见我的话吗？"

古文辉的双手举了起来，伸向自己的眼睛。由于他体内的食尸鬼比正常孵化时数量不知多了多少倍，在他的眼睛里，一段白白的东西正拼命挤出来，血和脑浆混在一起从眼眶里往下滴。柯祥伸出手臂，似乎想要揽住古文辉，却又不敢。我退到门边，对柯祥叫道："笨蛋！他体内的虫卵已经孵化了，快跑出来！"

不知他有没有听到我的喊声，我不见他有动作，古文辉却发出一声撕心裂肺地惨叫，抱住了头。可是，整个头像熟透了的苹果一样掉了下来，倒好像是他把自己的头摘下来的一样。他的身体就像个没扎上口的口袋，一下倒在地上。脖子处，已是一个空洞，从里面，像倒出水一样，一大堆白色的蛆虫直喷了出来。柯祥躲闪不及，被劈头盖脸地浇了个透，他嘴里恐惧至极地叫着，两手在脸上乱挥。

不，我的心像被针刺了一下。那不是在挥，而是在——拔！

他的手抓着脸上的虫子，而那些小虫子却像钻进豆腐的泥鳅一样，直钻进他的皮肉里，他拔出一条，另一条又钻了进去，一张脸上，马上和一个正在忙碌的蜂巢一样。那些虫子不只是钻进去，还有些从里面钻出来，在脸上游走。他的脸一下子千疮百孔。

她在我身后发出了尖叫。

柯祥转过头，张开已经变得破碎不堪的嘴，含混地说："救……救我！"

他的嘴唇已经只剩了两层皮肤，两颊上满是孔洞，血却流不出太多，那些虫子钻得非常快，一些在他的皮肤下穿行，从下巴直到脖子，他的皮肤上一些小小的鼓包在很快地移动。他的手在拼命摸着腰上的火焰枪，由于食尸鬼已经穿透了他的脑部，他的神经也已反应迟钝，摸了几次都只是摸个空。终于，他拔出了枪，对准自己的头。

这时，那些蛆虫一样的食尸鬼在枪上爬得到处都是，水一样掉下来，有一些开始向我爬来。我不忍再看，扭头关上了门。

实验室的门密封性能很好，可是也隔不了热。我几乎一下子就感到门板开始发烫。

她掩着脸，在那儿抽泣着。我拍拍她的肩，道："走吧，老计在等我们呢。"

回到老计的办公室，他正坐在桌前聚精会神地看着一份内部资料。看见我们进来，他抬头道："怎么了，怎么这么吵？"

我看了看她，她没说话，我道："柯祥来过了。"

老计的脸略略抽动了一下，对她说："你为什么放他进来？古文辉自己交代过，他太容易冲动，不能让他来的。"

"不关她的事，是我带他进来的。"

老计问："他走了吗？"

我叹了口气："死了，他殉情了。"

老计一点儿也没体会到我话语中的幽默感："那么古文辉呢？"

我一下回过神来，有点儿过意不去地说："他的尸体已经被我烧了。"

"烧了？"老计站起身，冲到我跟前，一把揪住我的胸口，"你知不知道，他是个最好的实验对象，烧了他，我的实验怎么办？"

没想到干巴瘦的老计力气会这么大，他抓着我时，我一动也动不了。她在一边道："爸，你别怪他，柯祥疯了一样要把古文辉放出来，那时古文辉已经孵化了，如果不烧了他，那些食尸鬼会马上感染我们的。"

老计放开了我，一下子像苍老了 10 岁。我道："要不，我们再征求一个志愿者吧……"

老计看着我，脸上满是嘲讽："等我感染了，你拿我来做实验吧。

烧得怎么样了？"后一句是跟她说的。我道："烧起来后我们没有去看过。"

老计像没听到一样，还是对着她。她看了看我，小声道："门还关着，我们怕还有食尸鬼没死，没去看过。"

老计走出门去，我和她跟在老计身后，有种无颜以对的惭愧。虽然我并不知道古文辉有过这样的交代，但毕竟是我放柯祥进来的，总不能用不知者不罪来搪塞吧。

二楼的实验室门口，还在散发着热气。实验室因为要化验食尸鬼样品，局长怕出万一，特意让人加工过，密封性很好，很耐热。食尸鬼只有用高温才能杀灭，柯祥虽然用火焰枪大烧了一把，对屋子也没什么损伤。老计打开门外的加热开关。实验室本身也安装了加热装置，可以在瞬间加热到五百摄氏度的高温，以防备有没死的食尸鬼漏网。等了一会儿，老计关掉开关，道："阿雯，开门时你守着点。"

她拔出火焰枪来，我见她的手有点发抖，说："我来吧。"

里面的样子肯定不会好看的。老计却没理我，见她还是有点迟疑不前，厉声道："快点，要是里面还有食尸鬼，千万不能放过。"

我有点生气，但还是拔出枪来，站在门的另一边。我看看她，她的嘴唇有些发白。

她实在不该干这一行。

我正胡思乱想着，门开了。先是一股热气，随之是一阵焦臭，她的头直直地对着我，根本不敢向里看。老计却已走了进去。

我探过头。里面倒没有想象的那么狼藉。食尸鬼在 100 多摄氏度的温度就已经死亡，500 度高温，都已经成焦炭了，地上到处都是

165

黑点。恐怖的只是地上那两具焦黑的尸骸。古文辉的尸体本就已不成样子了，而柯祥的尸体上，只有上半身的衣物被烧得黑黑一片，下半身只沾染了些食尸鬼的焦尸痕迹。只是本来放在实验桌前的记录数据也被烧得只剩下一堆灰了。

老计戴上了手套，取出一根合金的小棍子，在那堆灰黑色的遗骸中翻着。看着他那副样子，我真有点佩服他的胆量，但也更觉得内疚。"老计，我很抱歉……"

蹲在地上的老计看了看我："别说这话了，请你还是走吧。"

我被他这一句噎得说不出话来，把火焰枪往腰上皮套里一插，扭头便走。她在我身后叫着："等等……"

老计喝道："这种沉不住气的人，别叫他。"

我没有回头，只听她小声地埋怨着老计。

如果她追上来，我会留下来的。我想。

可是，她没有追上来。

我走出大门。街上已经快一个月没有清洁工来打扫了，废纸垃圾到处都是。幸好人也大多离开了，如果还像以前那样有那么多人，弄得这么脏一定会暴发瘟疫的吧？我走出大门时，多少有点留恋地想回头看，可到底还是没有回头。

街上，很少有人走过。能走的都走了，还在等候离去的人，想必除了万不得已不会上街。现在，在街上大模大样走的人，可能大多是感染者。

我低着头，只是走着。我已不害怕那些感染者了。说来也好笑，当我们还在到处寻找感染者时，那些被感染的人往往都令人觉得怪异而恐怖，可现在看看，倒也没什么两样，只是比普通人看上去更脆弱，更憔悴。如果我感染上了，大概也就这么一回事吧。

我走了一段，忽然又听到了那首《Top Gun》的主题曲。还是那家店里吧，那种有点儿煽情的歌声，听起来也那么具有讽刺意味。

我站住了。眼前的一切都像死了一样，除了那首歌，就只剩下风声了。我下意识地摸了摸口袋，烟早就没了。还有什么地方可以买烟吗？我有点茫然地看看四周。

除了那个正放着歌的小酒店。

我走过去。门虚掩着，透过玻璃门，看得到几个人正在喝酒。吧台上，有个人正在调酒，柜台上的一个玻璃柜里，还放着几包烟。

这景象倒和以前没什么两样，除了那些喝酒的人，每个人的脸上，不是麻木就是绝望。

我走到吧台前说："请给我一包烟。"

那调酒师正摇着酒："自己拿吧。30元。"

这时候买东西还要给钱，而且价格还那么贵，我有点想不到。我摸摸口袋，这些天都没有用钱的习惯了。幸好，口袋里还有一些钱，我数了30元，抓了一包烟，撕开包装，用食指一弹烟盒的底部，一支烟跳了出来。

这时，一个已喝得醉醺醺的人走来，在吧台上扔了一张纸币，"再来一杯吧。"

那调酒师灵巧地收好钱，倒了一杯酒。

我倚在吧台上，点着了烟，吸了一口，笑道："你还要钱来做什么？"

他看了看我，道："钱可以买东西啊。"

"你还有机会可以买东西吗？"

他的手还在摇着那两个不锈钢罐子："我没有机会了，可我的妻子和孩子还可以。"

他看着吧台里，嵌在墙上的一张小照片。上面，一男一女和一个男孩子，笑得很灿烂。背后是阳光和草地，繁花似锦。

"他们都出去了。"他爱不释手地摇着手里的罐子，"一出去就打电话回来，告诉我外面很好，让我不用担心，只是后来也联系不到了。这些钱我不能用了，但却可以让我的妻子和孩子过上好一阵子。人总要死的，就算我马上要死了，可我还得养家糊口。何况现在我还没死，还是个商人，你说是吗？"

我吐了一口烟。他的神情安详而坦然，倒好像在谈论什么与己无关的事。我道："也许你是对的吧。"

这时，有个喝得已有醉意的汉子叫道："老板，再来一瓶，56度的。"

走出酒店，我有点茫然。生死于人，本来也是常事吧，可像这位酒店老板那么看得开的倒也少见。

走到桥上，一张落叶正飘下来，擦着水面掠了一阵，又像被吸住了一样贴在水面上，顺水流去。这条河本来被污染得很厉害，淤泥积得几乎要堵塞河道。这些天来，水量倒增加了。我把烟头扔进河里，又摸出一支烟，刚凑到嘴边，突然肩头被撞了一下，那支烟也掉在地上。我扭头一看，是个醉醺醺的流浪汉，手上拎了一瓶酒。他见我看了他一眼，瞪大了眼，道："看什么看，我是感染者。"

我有点儿本能地想要摸火焰枪，可是马上放下了手，叹了口气，道："我还没被感染，对不起。"

这话可能让他也有点奇怪，"什么？"突然，他叫道，"哈，是你啊。不去检验处上班了？"

"早不去了。"我看了看他，但实在认不出来，道，"你是哪一位啊，恕我眼拙。"

"我是成凡。"

"成……凡？"我依稀记得前些天那个被我查出感染了食尸鬼的不幸者。不错，他穿的还是那件衣服。才没几天，他身上那身西装也肮脏得像从垃圾箱里捡来的。

"你检验得没错，"他向我露齿一笑，却又那么凄楚，"就这几天，我血液里的虫卵数量，已经达到了每毫升130多个。"

我不知说些什么好。古文辉和柯祥的死，我并没有太多感慨，但这个人明明知道自己要死了，却偏偏像个自暴自弃的醉汉一样在街头晃荡，却更让我不安。

"你为什么不到那个检验处去了？"

我只是苦笑，道："我只去了一天，前些日子我在老单位里。昨天，我又和以前的同事吵了一架。"

"为了什么？"

"他在研究解药，结果那个实验对象的朋友自作多情来救这个实验品，弄得一团糟。实验的对象没了，资料也烧得差不多了，我同事心情不好，责怪我了。"

成凡忽然道："不能补救吗？"

我叹了口气，"实验对象都没了，实验怎么继续？谁也不肯在没死前把自己的身体捐出来做实验，等孵化后你没知觉了不能反对了，可身体状况又没法实验了。"

"我肯捐。"

我以为自己听错了，看着他。只见成凡一张已经又脏又瘦的脸正对着我。我道："你要想清楚，如果解药研制成功了，你还有一线生机，但你去做实验的话，就再没机会了。"

他把手里的酒瓶扔进河里，河水发出一阵恶臭。他道："我妈昨天去世了。"

在他的眼里，滴下了一滴泪水。我有点抱歉地说："对不起。"

"没什么对不起的，"他擦了擦眼，"我想通了，反正迟早要死，如果用我的身体能做出解药来，那也是值得的。"

我看着他，心头一阵地激动。

我领着成凡回到局里。实验室的门开着，看得到老计在里面。我领着成凡走上楼，兴高采烈地说："老计，我给你带来了个病人。"

老计正在拼凑几张烧得焦黄的纸片，抬头看了看我："什么？"

"这位成凡先生是个早期感染者。他自愿做实验对象。"

老计一下站起来，有点激动地说："是吗？成先生，你可是人类的功臣啊！来，我还有一个备用实验室。"

这时，我看见老计女儿出现在门口，脸上有点喜色。也许，我这手将功赎罪做得很漂亮，我几乎要向她比画一个"V"字手势了。

老计领着他走到另一间实验室里。这实验室比被我毁掉那间要简陋得多，我也有点理解老计为什么会发那么大火了。老计掀开了实验室中间床位的玻璃罩，道："睡上去吧。"

成凡躺到床上，有点惴惴地问："不会很痛苦吧？"

"如果你的意识清醒的话，那种痛苦和恐怖没有一个人受得了的。不过我会让你吸上十分钟的一氧化碳，你就会脑死亡，那就不会再有感觉了。"

"什么？煤气？"

成凡像被蛇咬了一口一样，坐了起来。我在一边道："成凡，反正你的生命也没有多久了，贡献出来，如果解药能搞成功，全世界都会感谢你的。"

他看了看床上的一根输气管，打了个寒战，"我想……我还是不要……"

我有点恼火："成凡，你怎么婆婆妈妈的？在外面你大义凛然，我还被你感动了。事到临头又怕了吗？有什么好怕，反正你也没几天好活了。"

他转过头，看了看我，哭丧着脸道："可是，你没说要煤气中毒死掉……"

老计在一边道："那只是脑死亡，你一点痛苦也没有的。"

"你又没死过……"

我有点不耐烦了，掏出火焰枪来喝道："懦夫！拿出点男人的勇气来，别三分钟热度，给我躺好。"

成凡看看我手中的枪，哭丧着脸要躺下。突然，实验室的门被敲了敲，我扭头看了看，她站在门口，脸也有点扭曲，见我转过头来，她的左手按住我的枪，右手重重打了我一个耳光，一下夺走我的枪，扭头对成凡道："对不起，先生，你不愿意，那是你的自由，请你走吧。"

我捂着脸，看着成凡猥猥琐琐地走出去。等他一走，我喝道："你为什么放他走？"

她瞪着我和老计，脸涨得通红，骂道："无耻！你们这种做法，就算做出解药来，你们心里难道不惭愧吗？"

老计虽然是她父亲，却让她说得头都低下了。我道："可是，这本来就是他自己愿意的，我又没强迫他，谁叫他反悔。"

"他可以自愿，那就可以反悔。"

"可他是感染者，没多少时候好活了……"

"就算只有一天好活，他也是人，不是实验用的豚鼠！你有做一个英雄的权利，可他也有不做一个英雄的权利！"

这话像铁块一样砸在我头上。我怔怔地看着她，好像不认识了一样。

她把手里的枪放到我手上，扭头走了出去。

半晌，我觉得一只手放到我肩上。我回过头去，却是老计。他叹了口气："对不起，刚才我很失礼。"

"没什么。"我有点心不在焉地回答，心里，却还是她那句话给我的震惊。从小受到的教育都告诉我，在非常时刻，我应该挺身而出，堂堂正正地做一个英雄，从来也没想到过，一个人其实也有逃避的权利，那并不是过错！而对旁人的逃避妄加指责，那才是犯罪。

离开局里，我跟在她身后。

以前我都以为我比她高出一筹，但现在却觉得自己好像是在她的阴影里。

"走那么慢做什么？"她站住了，看着我。我快走几步，走到她身边。

"对不起。"她低着头，又像以前一样，小声地说着。

我摸了摸脸，笑了笑："那不算什么。"我倒没说，从小到大，我没被人打过几次。局长从不打我，第一次被人打耳光还是15岁那年一位市领导的公子骂我是野种，而局长是哈巴狗。那个耳光给这小公子换来了左臂骨折，也害得局长从那以后一直没再升迁。

走过那家酒店，这回橱窗里放了一台电视机，里面正播放着新闻。某地粮食丰收，某地开展赈灾，某地又召开了一个国际性会议云云，全都是好消息。那些以前十分熟识的地名，现在听来，恍若是在另一个星球，似乎整个世界到处都在蒸蒸日上，这里却在垂死挣扎。

"明天，我们都走吧。"

我迟疑了一下："老计大概不会同意吧？"

她没说什么，只是抬头看了看天。碧蓝的天空，除了几缕因斜阳而变得五颜六色的云彩，什么也没有。天空依然安详而宁静。

"据天文台计算，下周三将出现狮子座流星雨。这种天文景观难得一见……"

那台电视机里，现在那个正襟危坐的女播音员正面无表情地播报着一条新闻。这条新闻虽然并不是为这个地方的人播送的，可这儿一样看得到。

街上空空荡荡，见不到几个人。能走的都走了，暂时还没走的，也多半不敢上街，现在到处都有被寄生的人。说来可笑，以前如临大敌时，一旦知道自己被寄生，人们就惶惶不可终日；而现在，更多的是今朝有酒今朝醉，那些体内食尸鬼尚未孵化的人多半在酒馆喝酒。我跟着她，不敢离得太远，也不敢靠得太近。

她站在那酒店门口，看着橱窗里的电视。现在电视里正播放一些以前的流星雨照片，美得很不真实。在一片宝蓝色的天空里，星陨如雨，有如一场焰火。

我看着她，问："你很喜欢流星？"

她只是从鼻子里"嗯"了一声。我笑道："如果我们早早就出城了，现在就可以一身轻松地看那场流星雨。"

我虽然是带着笑说的，但实在希望她能够给我一个正经认真的回答，可是她却像没听见，脸还是对着那电视机。我有点讪讪地笑了，像是对自己的嘲弄，却也多少有点自怜。

天不知不觉地暗了下来。我看见她回过头，在黑暗中，她的眼睛亮亮的，发着光，电视机里的光让她的脸也一明一亮，象牙色的皮肤好像也更有光泽。

第二天，我一大早就到了局里。从古文辉身上最后抽取的样品只能再做两次实验。如果没有实验者，那我们的工作就毫无意义了。

老计还在埋头干着，我看看四周，她不在。我问："老计，阿雯哪里去了？"

"她去征求志愿者去了。"

"什么？她去哪儿征求了？你为什么不让我和她一块儿去？"

他看看我，没说什么，只是道："她要自己去。"

也许他还对我烧掉了古文辉耿耿于怀吧，也许他认为我是个成事不足败事有余的人。我不管那些了，大声道："老计，你知不知道，现在这城市里已经是患者占绝大多数，万一她出了什么事该怎么办？"

他又低下头，在一张纸上计算什么，道："不会的吧……"

我有点焦急。这时，却听见大门口有人在拼命敲打着门。那种敲门声绝不会是她的，这连老计也听出来了，他抬起头看了看我，我却没他那么沉得住气，飞快地向大门口跑去。

大门口有个小窗子，我打开那小窗看了看，只见一张男人的脸，他有点儿局促不安地说："请问，这里是特勤局吗？"

"以前是。你有什么事吗？"

那男人突然道："你是上次来我家执行任务的那位先生吧？"

我根本记不清他是谁了，道："你有什么事吗？"

他让开了一点，嘴里道："是这样的……"

他不用说什么，我已经打开了大门。

在他身后的一辆磁悬浮汽车上，老计的女儿像昏死过去一样，半躺在车座上。

我几乎是冲出门去，跑到小车前，摇了摇她的头："快醒醒！快醒醒！"

像是回答我一般，我赫然发现，她的手腕上，那探测器的红灯正闪亮着，一闪，一闪。在她的手背上，有一个新被咬破的伤口，还在流血！

她被感染了！被食尸鬼感染的初期，有一段时间很嗜睡，那正是第一种症状。

我转过身，猛地揪住那男人的胸口，吼道："这是怎么回事？谁感染她的？"

那男人像是一只小老鼠一样，尖声叫道："不是我！不是我！"

"那是谁？"

我只觉身上的血都似乎要燃烧了，一种杀人的欲望充溢在心头。那男人的脸上满是苦色，半晌才道："是我儿子。"

我一把抽出火焰枪，指着他的头道："把你儿子叫出来！不然，我把你的头都烧焦！"

那男人像是要哭出来一样，从那辆小车后座走下来一个怯生生的男孩。不用探测器，我也看得出，他已经被感染好几天了，恐怕再过几天就会孵化。

没有孵化的病人也会感染人了吗？我顾不上考虑这个，把枪对准了那男孩，他的脸本就惨白得没什么血色，现在更是面色如土，喊道："爸爸！爸爸！"

那男人还没说什么，她突然动了动，我冲到车前，猛地一脚，把那男孩踢到一边。这一脚够他受的，他嘴角一下咳出了血来。我扶住她的头，道："怎么样？怎么样？"

她抬起头，看见了我，笑了笑，道："别怪那小男孩，让他们走吧。"

我扭头看了看，那小男孩正挣扎着爬起来，而那男人还站在一边动也不动。我强压住心头的怒气，对她说："好吧，我扶你出来。"

我扶着她进门，那男人在门口欲言又止，我喝道："快滚，趁我没变主意！"

那男人怔了怔，道："很对不起。"男人扶起地上的男孩，慈爱地抱起他放进车后座。

我突然想起来了，他就是邓宝玲的丈夫！自从邓宝玲走后，他的样子一下子憔悴了许多，怪不得我都认不出来了。

我转过身，道："喂，你儿子已经被感染了，你尽量少和他接触。"

那男人抬起头，苦笑着说："那是我儿子。"

他发动汽车，开走了。我抱着她，她的头发有几缕搭在我手上，痒痒的，她却像睡着了一样，动也不动。在我怀里，她像睡着了发魇似的，突然小声地咕哝了一句："别拿我做实验，我怕！"

我看着她的侧脸，第一次发现，原来她真的那么美丽，就算被担忧和恐惧所笼罩，也只是更加楚楚动人。

如果这一刻能永恒，那就让永恒凝固于此吧，下一刻永远不要来临。

我想着，眼里已满是泪水。

我抱着她，一脚踢开门，喊道："老计！老计！"

老计从房里跑了出来。一见我抱着她，他的脸色也变了。我叫道："快！她感染的时间还不久，能有救吗？"

老计撩起她的袖子看了看，道："是外伤引起的，大约半小时，食尸鬼还没有开始分裂。"

我一喜，道："那么，全身换血还可以救她？"

老计突然抱住头，痛哭道："我真浑！我非要留在这儿，现在这市里哪儿还有医院？！"

我道："别灰心，检查站里一定有库存血的。如果不行的话，直接用超音速飞机送她去邻市，不过十分钟路程。"

老计的眼亮了起来。我抱起她，吼道："快！快把车开出来！"

老计没有在意我这么对他吼叫，飞快地从车库里开出一辆车来。我抱着她上了车，老计也钻进来，道："我来扶着她吧。"

▌未来 ——•

我把她放在边上的座位上，老计扶着她，我不要命地把车倒出大门，一下子开到了最高挡。

这车并不很先进，最高只能开到时速300千米。我一出大门，马上换挡，这车吼叫一声，指针马上跳到了最高。老计在一边叫道："快点！快点！"

快点的话，我们三个全要成肉泥了。我心里说着，嘴上却没说。我也希望能更快一些。

我们的车离检查站还有好几百米时，检查站里面突然发出了一个很大的声音："HJ7322号车主，马上减速，否则我们将采取行动。"

我一时还不明白，一道紫光从车窗边掠过，一下把车镜都打掉了。我吓了一跳，马上明白，检查站一定把我们当成是疯狂出逃的暴徒了。曾经有过先例，有个被检查出体内带有食尸鬼的病人被拒绝出境后，开了一辆汽车撞向检查站。当时，那车被驻守的军队在离检查站还有两百米远的地方打得千疮百孔，而那个亡命徒是被人从车里分好几次一块块"请"下车的……

我把车速降了下来，打开左窗，把一只手伸出去，胡乱晃着，嘴里喊道："别开枪！我们没有恶意！"

那声音顿了顿，道："请立即下车，不得靠近检查站两百米以内。"

那两百米外已画了条白线。我停了车，道："老计，帮帮我。"

一下车，老计刚把她抱下来，我马上背着她，发疯一样向检查站奔去。在门口，五六个全副武装的士兵把激光枪对准我，检查站里那声音还在说："请马上放下你背上的东西，慢慢走进来。"

东西？我有点生气，冲着大门口喊："什么东西，你们看清了，这是个人！"

那几个士兵还是用枪指着我："那么……进来吧。"

我背着她走过检查大厅。两个星期以前，我曾经在这儿工作过，现在却作为一个申请出境者来了。门口，看得到以前拉着电网的地方，都挖了又深又长的壕沟，外面不时有人在巡逻。一进门，探测器一下子铃声大作，这使得那几个士兵更是如临大敌。他们穿着全套的防生化服，看上去可笑得很。

我把她放到检查台前的一张椅子上，道："我要求给她立即做全身换血！"

那个检查人员哪里见过这场面，有点惊慌失措地道："不……不行啊，我们这儿没这个条件。"

"立刻送邻市啊，快，她体内的食尸鬼还没分裂，现在还来得及！"

那检查人员看了看我，嗫嚅道："那是不可能的。"

"什么不可能？难道你们见死不救吗？"

这时，有人在边上说："他说得没错，这是不可能的。"

那是一个全副武装的军人，看肩章，也是有军衔的。我怒吼着："你们军方的超音速直升机到邻市只用十分钟，她体内的食尸鬼分裂大约还有一小时，完全来得及的！"

他笑了笑，道："不是条件不允许，而是这件事是不可能的。"

"什么？"

我只觉心头怒火熊熊，即将爆发。这时老计慌慌张张地冲了进来，看见我这样子，他道："怎么了？"

"他们不同意用直升机送她去医院。"

那军人很和蔼地道："两位，你们想必明白，我是个军人。军人以服从为天职，我的职责就是不能放走任何一个患者。"

看着他那彬彬有礼的样子，我心头的怒火再也按捺不住了。

不，我绝不能让她死！

老计还在和他商量什么，我伸手到腰间摸出了火焰枪。可还没等我说出威胁的话，那个军人跨上一步，扣住我的右手，十分老练地下了我的枪，交给边上一个士兵，然后对我说："请不要冲动。"

他放开我，退到一边。我甩了甩手，直起腰叫道："你们打死我也没关系，可你们一定要救她！"

那个军人向我鞠了一躬，道："对不起，我是军人，只能按命令办事。上级指示，任何病人都不能离开本市。"

"这算什么狗屁命令！"我骂道，"难道连救人也不准吗？"

那个军人打了个立正，道："是的，命令之外，一切事都不允许。你们是否要做检查？"

我恨恨地道："混蛋！你们这帮混蛋！"

还没等我有什么动作，那几个士兵一起用手中的激光枪指着我。

不知过了多久，我都不记得我是怎样把她抱进车去的，也不记得我是怎样把车开回去的。等神志渐复时，我才发现我睡在值班室里。

那是老计的住处，这些天我常和老计在这里喝酒。我翻身坐了起来，记忆还东一鳞西一爪地支离破碎，好像世界也一下破碎了。我扶着头，努力回想着。

突然，我想起了一切。她还在吗？我看了下四周，值班室里就我一个人。她和老计在哪里？我心头一阵沉重，跳下床。

桌上，她养的那盆菊花已经快开了，几个蓓蕾鼓鼓的像马上要爆开，从裂缝里露出里面的黄色花瓣。

也许，什么事也没发生过，一切只是我的一个噩梦？

可是，我的记忆告诉我，事情本是如此。

我站到地上，走出值班室。突然，脚下被绊了一下，那是一个皮箱。

柯祥的皮箱。他死后，这皮箱便扔在这里了。被我绊倒后，皮箱也打开了，里面有几件衣服掉了出来。我弯下腰，把皮箱里的东西收进去。

在衣服中间，是几张全息照片。一拿出来，高分子树脂纸上马上出现了柯祥和古文辉的合影。柯祥搔首弄姿的样子实在令人好笑，可不知为什么，我却只觉心酸。

这两个人已经成为过去式了。

我叹了口气，把东西收好，锁上了，走到门边，拉开门。

门一打开，她正站在门外，作势要推门，我一拉门，她的手推到了我胸前。她看见我，微微一笑，道："你醒了？"

我没有回答她，只是忧郁地看着她包着纱布的手。现在过去几个小时了？她血液里的食尸鬼幼虫正在飞快地分裂繁殖吧，像那些无所事事的禄蠹。不知为什么，我更想到那些从小看惯了坐在高级轿车里，出入都有随从的趾高气扬的人。那些人现在在哪儿？也许，在市长的命令发出后，他们就第一时间离开了这里，现在住在另外一个地方，继续他们的趾高气扬去了。

她也发现了我在注视着她的手，只是微微一笑，道："别多想了，这是命运。"

"胡说！"我抬起头，逼视着她，"这不是命运！你也不相信命运的！"

█ 未来 ──•

"如果一件事我们无法挽回，那就当那是命里注定吧。来，我爸有话要和你说。"

我跟着她走去。老计在院子里，站在车边收拾着一个箱子，一见我来了，抬头道："你来了？我们走吧。"

我有点怔怔地看着他，道："去哪儿？"

老计把一沓钱包起来，放在包里，道："离开这个城市啊。"

我看了看她，她面色如常，好像什么事也没有。我道："阿雯也走吗？"

她道："我是不能离开的，你们走吧。"

"什么？"我几乎有点怒视着老计了，"你要把你女儿扔掉？"

我踏上一步，怒视着他。如果老计说出什么不中听的话来，我想我一定会一拳打去。她伸手按了按我的手背，道："别这样，是我让爸走的。"

我看着老计，喝道："你难道不知道，如果找不出解药，那她就没几天好活了吗？"

老计苦笑了一下："你真以为我们还能做出解药来吗？我那种逞英雄的想法，已经害了我的女儿。"

我虽然想狠狠一拳打向老计脸上，但却只觉浑身无力。的确，要找出解药，绝不是我们这样胡乱试验就能找到的。我松开了拳头，"你真的要把她扔下来吗？"

老计还没说什么，她道："别把我想得那么没用，你们留下来，不过是赔上自己的命而已，还是趁早走吧。"

老计已经收拾好东西，道："阿雯，我们走了。"

她看着老计，这时，我才看见她眼角有了泪水。她道："爸……"

老计摸了摸她的头，眼里落下泪来。突然，他哽咽着道："爸要走了，爸太没用。"

老计转过头，对我说："我们走吧。"

我没说话，也没动，只是摇了摇头。

不管怎么说，就算我活着不是一个英雄，那我也要死得像个英雄。

老计在车里道："快走吧。阿雯，爸……爸要走了。"

我看见她冲着车挥挥手。我把手背到身后，侧身看着院子里一棵树。秋天到了，这树的叶子落得差不多了，光秃秃的，只剩一些瘦棱棱的树枝。

老计发动了车。等他的车开出门，我转过身。她站在后边，眼里满是泪水，脸上却又带着几分欢喜。

我笑了笑，道："我想继续老计的工作，你愿意帮助我吗？"

她笑了，还带着泪水，眼神里也有点慌乱，"如果……如果我只有一天好活了呢？"

"如果我们只有一天好活，那么就把这一天当一生好了。"

我重又转过身看着那棵树。木叶尽脱，落得一地金黄。只是，当明年满树争荣时，我们是否还能看得到？

日子像是凝固了一样。我抽取了她一些血液，试着和老计一样，把一些药物滴在里面，在电子显微镜下观察吸血鬼虫卵的变化，一旦有什么变化，马上记下来，改变浓度，加上别的药物。可是，只有亲手做的时候才知道，原来看似简单的实验，竟然如此复杂且枯燥无味。我必须仔细观察血液里的变化，又必须排除虫卵的正常生长引起的形态改变。这些工作，以前都是老计做的。如果不是她在跟前，我真会对临阵脱逃的老计破口大骂。

食物不算少。由于人口急剧下降，冷库里的食物根本消耗不完。何况，大概病人也不会因为口腹之欲去吃饭了吧，大多数病人喝的酒恐怕比吃的饭还多，相比较而言，没酒喝倒让我更难受。

时间在不知不觉中过去。当我把最后一个样本放进高温消毒柜里时，才发现已是黄昏。外界的供电虽然没断，电视电台也都还能收到，只是，过于稀少的人口让周围都静得如同死城。她正在给那盆花浇水，现在有一朵菊花已经半开了，像是做得很精致却破了一个口子的扁球，从里面露出几根金黄色的丝。

"今天还好吗？"

她抬起头，看了看我，没说什么，只是撩起袖子，露出探测器来。那探测器上的红色指示灯又快了不少。奇怪的是，她血液样本中食尸鬼含量并不很高，也许那些食尸鬼的分裂速度又加快了。照这个速度下去，再过两三天就会孵化了。

我有点儿忧心忡忡地看着她的手，脑子里却浮现出这只雪白的手臂上，爬满了蛆虫一样的食尸鬼的样子。

"别为我担心，"她微微地笑了笑，"这一天总会来的，不过是早一点和晚一点的区别而已。"

我有点儿冲动地走过去，拉着她的手。她的脸有点微微发红，垂下了头。

"明天，你还是睡到那备用实验室吧。"我努力让自己的声音听起来温柔一点。她抬起头，脸涨得通红。她没料到我说出的是这句话吧。

"不，我不愿意当实验品。"

我看着她的脸，抚摸着她稍有点蓬乱的头发。这个亲昵的动作，如果是以前，那一定是我求之不得的，可是现在我更觉得心底有一阵阵痛楚袭来。

她的头发依然乌黑发亮，有一点香味。我说出这种话时，也真有点儿像是要打碎一件精美工艺品的那种感觉。

"我想活着，就算只有一天好活，那也把这一天当成一生。"

这是我说过的话。我说这话时，想到的只是永远也不放弃。可是从她嘴里说出来，却有着无比的凄婉。

我放开她的手。别人这么选择，我一定会不屑一顾的。可她是那么说的，我又能如何？我总不能像对成凡一样拔枪对着她的头命令她睡到实验桌上吧。

窗外，阳光照进来，在地上投下一片金黄，却被窗棂分隔成一块块的。

"出去走走吧。"我重又拉起她的手。她的脸又浮上一层红晕，柔顺地跟着我出了门。

门外，街道空荡荡的，一个人也没有，到处是废纸和破旧的衣服。今天的晚霞特别灿烂，也许明天又是个晴天。当不再有人迹时，那些丑陋的建筑也有了种颓废的奢华。

拉着她柔软的手，我们都没有说话。

这并不是爱情吧。我想着，我心中只有对她的同情。可是，我却知道我是在欺骗自己。可如果这是爱情的话，那么这种爱情来得也太不是时候了。

一路上，店铺一律关着门，有些被人砸开了，可里面也没什么东西。走过那桥，那间酒吧也已经关了。那个乐天的店主可能已经孵化了，但现在孵化也不是什么稀奇的事，患者多半是躲在家里度过最后的日子。等待死亡来临的日子，一定非常恐怖，孵化的那一段时间，人完全失去意志，只会像得了狂犬病一样乱咬。

她也会那样吗？

我看了看她的脸。她脸色白了一些，不过还算正常。我无法想象她最终的那样子。

桥上，风吹过，冷而干，像陌生人的眼色。夕阳已经半落，天边的晚霞有些惊心动魄的美丽。她靠在我身边，像是有点发抖。我垂下头，小声问："冷吗？"

她点了点头。我解开外衣，把她拥到怀里。她又颤抖了一下，像是很冷。

也许，那是爱情吧。爱情，毕竟还是在这个最不适合的时候来临了。

"你在想什么？"

她突然轻声问道，声音很平静。我说："《霍乱时期的爱情》，马尔克斯。"

这是一部古典小说，几年前还没有爆发灾难时我读过，那时也只是觉得仅仅如此，早就忘得一干二净了，现在却突然想了起来。她没再说什么，只是温柔地偎在我的怀里。

"如果我快要孵化了的话，那就杀了我。"不知过了多久，她突然说，"不要手软。"

天暗了下来。天空是遥远的深蓝色，月亮就像镶嵌在一片蓝色丝绒上的金黄色卵石，美得如同梦境。在月亮的边上，无数点星光掠过，我在泪水中看到的，也同样如梦境一样美。

我看着天，今天是流星雨的日子。小时候，曾经彻夜不眠，只为了看一眼那满天如花雨缤纷的美景，现在，那种景象只会更让我痛苦。

我的喉头像哽住了什么，说不出话来。

"杀了我吧，不要让我变成那种可怕的样子。"

我的泪水大颗大颗地落下来。我都不能相信，我还能流出那么多泪水。

"你不是常说你是铁石心肠吗？你不希望我成为那些虫子的食物吧？"

"别说这些了。"我喃喃地说着，泪水无法遏制地流着。什么英雄业绩，什么舍生取义，在我心里，似乎都已经变得那么可笑。

泪水滚烫。在泪光中，满天的星仿佛同时倾泻下来，听得到玻璃碎裂一样的声音。

两天后，她自杀了。她的遗书里让我把她的尸体烧成灰烬，交给老计——如果可能的话。

我提着皮箱，里面只放着她的骨灰。按她的意思，我把她的骨灰放在一个她最喜欢的细瓷花盆里，用胶纸封住了口。

如果说我当时决定不和老计一起走时，还自以为能当一个英雄，那么现在我只能承认，我们都不是英雄，也做不了英雄。

我不是英雄，那现在就别自不量力地想当一个英雄了。

开着车，行在空荡荡的街上，一切都死寂得可笑，似乎做什么事都有点不合时宜。我提着箱子，在街上东张西望着。离检查站有不少距离，我却并没有什么欣慰。这个城市不知是不是我出生的地方，但我这些年来绝大部分日子都是在这里度过的，现在要离开，总是有些舍不得。

车到了检查站。我在白线外停下车，忧郁地看着手里的皮箱。我们的努力都已经白费了，可是付出的代价却实在太大。尽管我对自己半途而废还有些痛苦，更大的痛苦却是因为她。

检查站门口聚集着一群军人和几个穿白大褂的人，还有三辆很大的卡车。当我向他们走去时，边上几个卫兵如临大敌，同时举起枪来，喝道："干什么的？"

我举了举皮箱，以示手里并没武器，叫道："我是来接受检查的。"

"为什么这么晚才来检查？已经截止了。"

"什么？"

我大吃一惊，根本想不到居然会有这等事，这时一个军官脸上露出笑意道："放心，已经研制成功了食尸鬼疫苗，所以不必担心了。"

我不知这个消息让我欣慰还是痛苦。如果说以前的痛苦中还有些死得其所的自豪，那现在只是觉得茫然。我们的一切努力，非但是白费，而且是可笑了。我问："是真的吗？"

那军官道："你难道不信吗？你既然来了，就先进那辆卡车吧。等载满了就开，你们将是第一批被治好的人。"

"可我并没有感染啊。"

我有点着急，想找出证明来，可是我的探测器被砸碎了，而她的我又已经给她陪葬了，偏偏这检查站又已撤掉，以前的仪器都不在了。

那军官道："没关系，无非打一针，有病治病，没病防病，你一个大男人总不会怕痛吧？上车坐好吧。"

我道："可我是没感染啊……"

我还没说完，一个士兵已举起枪对准了我。那军官止住他的动作，道："由于我们已没有有效的检测手段了，请你配合一下，反正只是打一针。"

这是他第二次说"只是打一针"了。我说："为什么要坐到车里？打一针不是很方便的吗？"

他说："嗨，对于你个人来说只是打一针，可对我们来说却要管理，要保证你治好，不能让你没好就到处跑，是吧？要是没有管理，来一个打一针的话，那怎么分清打过和没打过的？我们把你们集中起来，治好一批就放走一批。"

他说得也不是没道理。那军官已不再理我，说："来个人，送这位先生上车。"

我没办法，在一个卫兵的监视下爬进空荡荡的车厢。里面现在只有我一个，黑洞洞的。我把皮箱放在身前，呆呆地坐着。

两个浑身穿着防化衣的士兵爬上我坐的那辆车，站立在车尾。那卡车开动了，车头上，一个大喇叭开始发出很响亮的声音，听得出，那是国家电台播音员的声音，正说着："所有居民请注意，疫苗已经研制成功，请立刻上车，接受治疗。"

车转了一圈，陆陆续续地上来了不少人，卡车里几乎塞满了。我坐在一堆病人中，倒并没有什么不适。那些人虽然不说话，但一个个面露喜色。相比较而言，我那一脸颓唐，好像反倒是病人。

车很快转完了一个社区，载了一大批人，还有人急着要上车，后门那两个卫兵解释说："不要急，这一批好了马上有下一批。"

车晃动了一下，我看着外面。那些风景，在我向检查站出发时还以为是最后一次见到了。那两个穿得像是怪异武士的士兵坐在车尾，抱着枪，战战兢兢如临大敌，却让我觉得说不出的好笑。

车因为载的人太多了，一路上都有点颤。这种老式的卡车早就淘汰了，但疫区空中飞行器的禁行令可能依然有效，这种氢动力卡车只好再拿出来用。

卡车转了几个圈，渐渐地见到了市区边缘的电网。在市中心生活，还没有太多那种被隔离的异样感，但到了这里就觉得外面那个世界与里面完全不同。当卡车通过电网，车里的人情不自禁都发出了一声欢呼。

我只是摸着脚边的皮箱。

你也要离开这里了。

我默默地说着，好像她还能听见。在我心底，我总是无法原谅自己，尽管我不觉得自己有什么错，却还是内疚。

黑洞洞的车厢里也许挤了上百人吧，只听得见重重的喘息。每个人一定都有种劫后余生的庆幸，不那么庆幸的，也许只有我一个了。

"到了。"

车停了下来，那两个士兵跳下车，大声冲里面喊着。有个女人抑制不住激动，大声哭了起来，边上像是她丈夫模样的人拍着她的肩，喃喃地说着："好了好了，没事了。"那女人带着哭腔道："可是宝宝呢？他要能撑到今天有多好。"

也许宝宝是她的儿子或女儿吧。在城里等死时，很少有人会想着别人的，但见到了生路，女人想到的马上是儿女了。

那些人争先恐后地往车下挤，好像先出去一刻就能早一刻治愈，那两个士兵一手拿着枪，一边喊着："别挤别挤，一个个来，先排队。"

我坐在里面，等着他们下得差不多了，才站起身来。刚站起身，对面也有个人站起来，我们的头碰到了一块。我还没说什么，那人道："对不起，真抱歉。"

这声音很耳熟，我却想不起来是谁。我说："没关系，你先走吧。"

他很温和地说："你先请吧，我没关系的。"

我提着皮箱，默默地走出车厢。我们是走在最后面的，我听着他在我身后的喘气声，想对他说什么，却什么也说不出来。

我下车时，因为提着皮箱不好下，就把皮箱搁在车上，人先下来，伸手去拿皮箱时，他把皮箱递了下来。我接过来，道："谢谢。"

他却叫道："是你？"

我抬起头，看了看他。在暗地里待久了，外面的阳光让我觉得有点刺眼，可还是看清了。

他是邓宝玲的丈夫。

他毕竟还是逃不过，最终也被感染了。

我苦笑了一下，道："你也来了？"

他怔了怔，道："是啊，来了来了。"

那些平常寒暄的客套话，现在听来却好像别有一番滋味。有个士兵在一边叫道："快点，时间宝贵。"

我提着皮箱，排在那长队后面。我打不打针无所谓，可既然一定要打，让别人先打去吧。

那士兵道："男女各一队，先去更衣室消毒，然后接受疫苗注射。"

我们一排男一排女，像是劳改犯一样排着队。要去的是两幢简易房子，连窗子也没有，也许是为了给病人消毒赶着建起来的吧，没有一点装饰，只要牢固就行了。

我们这一排人要走进去时，有个士兵突然叫道："把东西放在外面，不要带进去。"

轮到我时，门口一个穿戴着全套防化衣的士兵喊着："把箱子放下。"

门口已经有一堆东西了。我看了看手中的皮箱。我实在不想与她分开，可是，看样子还是得分开一会儿了。

那个士兵有点儿不耐烦，操起枪柄向我手上打来，道："快放下，别耽误别人时间。"

我的手一松，皮箱一下掉了下来。我吃了一惊，伸手去抓，幸好在掉到地上前我抓住了。

我怒道："你叫什么？我听得见。"

那个士兵也怒道："你还有理了！"

如果他好好说，我当然不会和他争执的。但此时我心头却有种说不出的烦躁，我叫道："你这么打人难道就是有理？"

那个士兵作势又要打我，嘴里还喝道："废话少说，快点进去！"

我怒了："你有胆子就往这里打！"

身后，邓宝玲的丈夫慢慢地说："别争了吧，我们进去。"

我让开了："你先进去吧，我本来就用不着打针，硬让我打还把我当犯人，我咽不下这口气。"

那个士兵虽然全身防化衣，看不到样子，但我想他一定气得满面通红。他冲着邓宝玲的丈夫道："你先进去。"

等他进去了，这个士兵对我道："你进不进？"

我瞪了他一眼："你差点把我最珍贵的东西打碎了，还敢对我这种态度？"

他把枪对准了我，道："我接到命令，可以对不听命令的人开枪！"

我心底有点怕，但要我这样子就服软，却也不愿意。我道："我要你道歉！"

正僵持着，边上一间小屋里走出一个军官，远远地问道："出什么事了？"

那士兵打了个立正："报告少校，这人不愿意进去。"

"我不是不愿意进去，一来我没有被感染，二来他还对我那种态度，他必须先向我道歉。"

那士兵在防化面具后大约冷笑了一下，我听得到他鼻子里发出哼的一声，"你一个感染者还要扯什么态度不态度……"

我心头升腾起一股怒意，大声道："感染者又怎么了？别说我没被感染，就算我被食尸鬼感染了，难道你就可以那种态度吗？"

那士兵还想说什么，那个军官却叫了起来："是你！"

他快步走过来，我扭头看了看，也叫了起来："朱铁江！"

朱铁江是以前市政府高官的儿子，小时候和我是同学。中学毕业后，他考取了军校，后来一直没见过，听说在军中很得意。他是我在那个大院里少有的几个好友之一。那些官宦子弟，就算我是局长的亲生儿子，他们也看不起我的，别说我只是局长的义子了。可朱铁江自小就很宽厚，所以我们一直都很谈得来，不过中学毕业后也就分手了，一开始还不时通电话，后来就音讯全无。没想到，居然在这样一个场合碰面。

他走到我身边，下意识地伸手要来拍我的肩，却又顿住了，有点尴尬地说："你被感染了？"

我苦笑了一下，"还没有。"

"那为什么不早走？"

"我太狂妄了，想要找到对抗食尸鬼的疫苗。"

"找到了？"

我看了看手里的皮箱，黯然道："找到的话，也用不着到这儿来了。"

此时，我心中更多的也许是内疚吧。她被感染虽然不能说是我的错，但如果我早些劝老计离开的话，她不会出这种事的。

手里那个皮箱像有千钧重量。

他突然拍了拍我的肩，道："别多想了，来，陪我喝一杯去。"

我抬起头，眼里不禁有点湿润。

他还是当年那个朱铁江。即使好多年兵当下来，他却没什么大变化。

那个士兵在一边道："少校……"

朱铁江笑道："他以前是特勤局行动组成员，我们不是学习过那篇社论吗？讲的就是他们的事迹。判断有没有被感染，其实他才是专家。好了，你去关门准备吧。"

那个士兵关上门。这屋子只有一扇门，这门也封闭得很严实，在里面待着一定不舒服。我正打量着那屋子，朱铁江又拍了拍我的肩道："走，走，虽然没什么好东西，部队也不准喝酒，可我这儿总还有两杯的。一块儿去，还记得小时候我们一块儿偷你爸酒喝的事吗？"

我的心底涌起一阵暖意。小时候，我还不怎么爱喝酒，朱铁江却自小就是个酒鬼，可他父亲管得很严，根本不准他喝酒。有一次他来我家，用等离子穿透仪把局长珍藏的一瓶酒不动封口偷出了半瓶，再把水加进去，以至于局长后来喝酒时很奇怪这瓶酒为什么那么淡。

这些事我虽然早就忘了，可他一提，我却马上想了起来。我笑道："你还记得啊！"

他笑："当然记得。那时我就决心，长大后一定赔给叔叔一瓶好酒。后来我弄来几瓶六百年的陈酒，那可是好东西。唉，可惜叔叔喝不到了。"

我黯然："是啊，他再喝不到了。"

朱铁江道："别再想了，人各有命。走，我们喝酒去。"

他的办公室不大，外面看也是简易房，里面却很干净。出于军人的本色吧，墙上还挂了把刀做的装饰品。

朱铁江道："来，我们喝吧，可惜肉不太敢吃，只好请你吃点酱油花生下酒了。"

他倒了两杯酒，把一杯推到我面前："干。"

那酒异香扑鼻，我一口喝了下去，只觉入喉像是一条细细的火线，有种很舒服的微微的刺痛。

我刚喝下去，却听到不远处传来一阵闷闷的哭喊。

那是很杂乱的哭喊声，声音却像是从一口枯井里传来的。我狐疑地放下酒杯，道："那是什么？"

"没什么，喝酒吧。"他给我满上，自己夹了颗花生放进嘴里。

"不对，是这附近传来的。"

他这屋子的窗子关得很严。我走到窗前向外张望，外面大多是些穿防化衣的军人，另一些人没穿，大概这些人不用和病人接触吧。极目望去，天气很好，蓝蓝的天空上，白云像一些破碎的棉絮。我打开窗，可现在却什么也听不到，只有那边消毒室里传来轰隆隆的声音，像是在放水。也许，那些人正用消毒液洗澡吧。

"你听错了吧？"朱铁江走过来关上窗。

我笑了下："这些日子以来我总是疑神疑鬼的。"

这时，有人敲了敲门，朱铁江道："进来。"

进来的是个勤务兵。他道："少校，您的衣服洗好了。"

那个人手里捧着的，是一件长长的风衣。我顺口道："你也穿风衣啊？"

朱铁江脸上，突然像是有个虫子在爬一样，很不自然地说："是……是朋友的衣服。"

我抬起头。如果朱铁江明明白白说那是他自己的衣服，我根本不会多想什么。可是我这人虽没别的本事，对这种听得太多的推诿却非常警觉，凡是说这些话的，一定有什么内情。

我扭过头，说："你把风衣给我看看。"

那勤务兵有点儿不明所以，正要把衣服给我，朱铁江道："算了，一件衣服有什么好看。"

我心头的疑云却越来越重，抢在他前面一把抓住那风衣，抖开了，却没什么异常，普普通通的一件风衣，只是厚得多。和平常不同的是，那是用拉链的，下摆里做了两只裤管，要是有人穿这衣服，从肩到脚像是套在一个口袋里一样。

我有点儿出神，朱铁江从我手里拿过风衣，道："你真有点疑神疑鬼了，一件风衣有什么好看？"

突然，我脑中像有闪电闪过。那风衣不是普通的风衣，是件改装过的防化衣！这种衣服是特制的，不会有别的什么人去穿。而刚才，朱铁江说的话表明他知道局长已经死了，但我还没向他提起过这事！

我看着他，喃喃地道："是你……是你！"

他躲闪着我的目光，道："你喝醉了吧？"

我一下抓住他的衣领，叫道："是你！是你杀了局长！"

那勤务兵有些害怕，不知所措地看着朱铁江。朱铁江向他挥挥手道："没你的事，走吧。"

那勤务兵一出门，朱铁江挣开我的手，关上门，坐了下来，在我的酒杯里重又倒满了，道："喝一杯吧。"

我端起来一饮而尽，说："为什么？你为什么要杀局长？"竟然是朱铁江杀了局长，我心里的惊愕已超过了愤怒。

他垂下头，重又抬起头时，眼里闪烁着泪光："那是任务。"

"为什么？"

我一个耳光抽在他脸上，他的半边脸上出现了五个指印，可他像没有感觉似的，只是缓缓说道："这是军政双方领导决定的。"

"胡说！为什么会做出这种莫名其妙的狗屁决定？"

"因为……"朱铁江又倒了杯酒，像下了个重大的决心，"因为他反对实施净化方案。"

"什么？"

尽管我不知他说的那个净化方案是什么，可是却隐隐地有种不祥的预感。刚才那些哭喊声，也许不是我的错觉……

朱铁江咬了咬牙，道："净化方案就是把这个城市里所有食尸鬼都消灭掉。"

"怎么消灭？"我已猜到了一些，身上也有种寒意，可还是问着。我希望朱铁江的回答不要证实我的猜测，我希望那只是我的胡思乱想。

"目前只有用火烧才可以消灭食尸鬼，你们也一直是这样做的。因此，领导决定，人道毁灭所有滞留在市里的人口。"

"那么刚才那些人……还有以前的人，他们……"我结结巴巴地说着。我依稀想到了什么，可是却不敢说出口来。朱铁江疯了一样，一把抓住我的胸口，道："对，对，你为什么不敢说？刚才一车人，还有以前通过检测的人，全都人道毁灭掉了。"

我打开了他的手，吼道："那么，以前的什么检测，现在的什么疫苗，都是骗人的？"

他颓然坐倒："是，那都是骗人的。你知道，食尸鬼变异很快，几乎和电脑病毒一样，有极强的自我复制能力，似乎可以针对检测仪做出相应的变化，人类实在跟不上。你也知道，你们研制的检测仪是最先进的，可也时常有检测不出来的情况。为了不发生全国性的悲剧，必须让这个城市做出牺牲……"

我像被子弹击中，惊愕得张口结舌。1000万人口！这1000万人口，不分青红皂白，全都被毁灭了，即使是人道的。

突然，我想到一个问题。像溺水的人抓住了一根稻草，我道："你骗人的吧？你一定是骗人的。如果全部要牺牲，那么市里的那些领导为什么能离开？你能保证他们之中没有携带食尸鬼虫卵却未被检测出来吗？这当中也包括你父亲和你的那个弟弟！"

朱铁江痛苦地低下头，道："市领导都是被隔离安置的，虽然不会进毒气室，但必须接受无限期观测。这是上级领导的安排，也是市政府会议上一致通过的。可是叔叔坚决反对这个决议，认为市民有知情权。为了不破坏这计划，就……"

我发出干干的笑声。老计，可怜的老计，如果他坚持要留在市里，那倒可能会多活一段时间。还有那个成凡，他被查出感染，反而多活了几天。

我站起身，握紧了拳头，朱铁江突然站起身，脸上又带着那种刚毅。

他的手上，拿着一把小手枪，指着我的头。

"别以为那是个好下的决心，"他慢慢地说，"我想这件事办完后，我不死也会发疯的。可是，为了未来，这样的决心也一定要下。"

我说："你和我一起喝酒，不怕被感染吗？说不定，我也早被感染了。"

他的神色很古怪，似乎夹杂着痛苦，却又坚定如磐石，"我已经决定也进入那无限期观测的行列。"

"那你为什么还要接受那种命令？"

"第一，我是军人；第二，那命令并没有错！"

"疯了，"我喃喃地说，"你疯了。"

"也许吧。"他冷冷地说，"你也可以进入那隔离区。放心吧，那里地方不小，设施也很齐全，你不会有什么不适的。"

"我不去。"

我极快地一把抓住他的手。我虽然也受过军训，但我知道与他那种正规军校毕业生比，我这点儿功底只像是玩笑，他只消动动手指就可以制伏我。可是，自幼那种桀骜不驯的性格让我绝不能接受那样的处置。

他却没有动，我的手一扳他的手腕，他的枪马上掉在了地上。我飞起一脚，正踢在他小腹上，他痛苦地蹲下身，我已拉开门冲了出去。

那些穿防化衣的士兵正从那两间简易房里抬出一具具身无寸缕的尸首，我冲出朱铁江的房间时，有两个士兵还抬头看了看我。

朱铁江捂着肚子，摇摇摆摆地走出门来，大声道："全营集合，守住出口！拦住他！"

有个士兵从背后取下枪，瞄准我，我情知不好，马上趴下，一道紫光从我刚才站的地方掠过，正射在我身后一棵树上，那树被穿了个洞。我在地上翻了两下，人闪在一栋屋后，脚下一空，却摔到了下面一块杂草丛生的荒地里。

这个地方在市区北面，而现在那些士兵都守在营房北面，是防备我逃到正常区域吧。我伏在草丛中，看了看周围。

营房用极高的电网拦着，别想能翻出去。难道，只能逃回市区吗？

朱铁江带着几个士兵转过来。"你们搜索这一带，不能让他逃到外面去。"他转身对一个军官大声下着命令，"陈上尉，如果过几天我被确认感染，这里就由你全权负责，你把我当作病人看待。"

那个陈上尉打了个立正，道："是，少校。"

我伏在草丛里，听着他们的对话。不管我心底对朱铁江产生了多么浓重的痛恨，可还是对他有着十分的敬意。

　　好在那些士兵几乎都守在北面了，那几个士兵正在房前屋后搜着，一时想不到我会躲在草丛中。我伏在草丛里，轻轻地向南面爬了一段。

　　那是入口处了。门口，有两个士兵在站岗。要把他们打翻逃出去，我自知没这个本领。我伏在草丛中看着他们，想着主意。突然，我听到了沉重的翻毛皮靴的脚步声。

　　一个高大的身影站在我伏着的草丛边上。那是朱铁江，他拎着我的那个皮箱，正看着手腕上的一块表。

　　"出来吧，我知道你在这里。"

　　我自知无法隐藏，爬出了草丛。他把皮箱放在地上，道："你回去吧，能活几天就活几天，五天后，我们将焚烧全市。不过，就算你能逃过大火，也不会有几天好活了。"

　　我看着他，道："你一定要杀我？你大概过高估计我的正义感了。再说，那些一心以为有了生路的病人，死也不会信我的。左右是个死，当然要往好里想。"

　　他苦笑了一下，道："我知道你是个有正义感的人，也知道正义感也是有限度的。不过，你真不知道，你早就被感染了吗？"

　　"什么？"

　　我这才真正地大吃一惊。我的探测仪被那些保安打碎了，后来和老计在一起时，他的探测仪也没有什么反应。只是，她被感染时，那探测仪的反应却出乎意料的强，那实际上探测到的是两个人吗？

　　他撩起袖口，露出一个小巧的探测仪，上面的两个红色发光管正在一闪一闪。他道:"我这是最新式的探测仪,上面显示,你已经是晚期了。可能孵化也就是这几天的事。"

我不语。尽管我不想相信他,可我也知道,他没理由再骗我。

他指了指皮箱道:"你走吧。只是,你只能回城里。我是军人,现在虽然已经是在渎职,可也只能做到这一步。"他顿了顿,又说,"你现在在气头上,也许不能理解。但静下心来想一想,就知道这样的决策并没有错。任何一个时代,总会有人要牺牲。这道理人人都懂,但轮到自己时,人人都不愿意。"

我不再说话,拎起皮箱默默地走出营房。走了一程,我回过头。

夕阳中,朱铁江的影子像铁柱一样,直直地站着,他的影子也一样直而长。

回到局里,打开门,一切还保持原样。

我坐在空落落的实验室里,心头一阵阵酸楚。那盆她种的菊花已经有一朵开了,金黄色的花瓣像一丛缎做的细丝。那是一盆梨香菊,有一股鸭梨的甜香,虽然不是名贵的品种,却是种很可爱的花。

就像她。

我像机器人一样打开皮箱,取出她的骨灰,走出了门。

天已经黑了,我站在桥上,从怀里摸出香烟盒,里面只剩了最后一支烟,我点着了。撕开花盆的封口,抓出了她的骨灰。

她的骨灰细腻而温柔,像是她的手指。我一把把撒进河水,那些灰白色的灰漂在水面上,蒙蒙地,像下了一场细雨。

也只有这时,我才发现自己心底,实际上有太多对人世的绝望。

有个拎了个大包的人走过我身边，大声唱着歌。他看见我，大声笑道："扔什么哪，明天都可以走了。"

我擦了擦泪水，转过头笑道："是啊，我们运气真好。"

"是啊，现在倒有点儿舍不得这地方了，哈哈，出去可不能喝不要钱的酒了。"

他笑着，走过我。走过一段，又回过头大声道："明天早点出来，他们那卡车只能坐一百多人，今天我都没赶上。"

我没说什么，只是想笑。他又走了一段，突然转过头向我走来，远远地道："喂，你总不会有什么事吧？"

我看了看他，道："没什么事。"

"去狂欢吧。今天我们要在广场里乐一晚上，等明天车一来大家一块儿走。"

我摇了摇头，道："算了，我不去了。"

"别那么不高兴，过去的事都过去了，死者不能复生，活下来的人总得向前看吧。"

他拉开包，摸出一小瓶酒来递给我，道："走吧走吧，我弄到了一堆酒呢，不喝白不喝。"

我有点木然地接过酒，跟着他向前走去。他在前面五音不全地唱着什么，要是他到那些娱乐场所去唱的话，准会被轰下台来，可是现在他却唱得陶醉至极，似乎不如此不足以表现内心的狂喜。

那个广场就在不远处，是个街心公园，以前有个喷水池，现在水早干了，弄了些木柴堆成一堆，点了堆篝火，远远就能听到那边有一群人在大声唱着。走到广场边上，他大声叫着："哈，你们已经开始了！"

人群中有人大声叫着："老马，你现在才来啊。"

他笑道："我弄来了不少酒，想喝的快来喝吧！"

那些人发出一阵欢呼，一帮人呼啸着冲过来，老马大声叫着："别抢别抢，人人都有！"可是哪里挡得住。混乱中，有个人抢了两瓶，见我在一边，笑着道："你是老马的朋友吧，来，喝吧。"

我道："我有我有。"

那人道："来，来，今天大家好好乐一乐。"

这时，有几个人围着火堆打着转，嘴里胡乱唱着什么，活像上古野人的庆典一样。那人也跳进人群中，大呼小叫地乱唱着。

我看着那堆火。火舌像温柔的手臂，不住伸向空中，一些火星冲上半空，又飘散开来，那些人欣喜若狂，好像在庆祝一个盛大的节日。

天空是带着点紫色的蔚蓝色，星光闪烁，点缀在每一个角落。我看着天空，这时，有一颗流星划破天际，却转瞬即逝。好久，我眼里似乎还看得到那一瞬间的美丽。

微笑着，我打开酒瓶的瓶盖，喝了一口。火热的酒倒入喉咙，像是火，也像泪水。

坐在那群人中，听着他们的欢声笑语，我垂下头。即使是黑黑的车厢里，他们也似乎还沉浸在昨夜那种狂欢中。

两个站在车后的士兵跳下车，有个道："男女各一队，先去更衣室消毒，然后接受疫苗注射。"

我跳下车，外面过于强烈的阳光让我的眼几乎都睁不开。我有点儿留恋地看了看四周，却发现朱铁江站在那两幢围着铁网的简易房外面，有点惊愕地看着我。我笑了笑，朝他挥了挥手。

后面那人有点着急地说："快走啊，磨蹭什么。"

我回过头道："好，好。"

我在走进那建造得像个碉堡一样牢固的简易房时，又回头看了看外面。

阳光普照，草木还没有全部凋零，仍然还蕴藏着无尽的生机。我想做一个英雄，但我从来就不是个英雄，可我至少兑现了当初的一句话：尽管我不是英雄，但死也要死得像个英雄。

我笑了笑，不知道是该高兴还是该忧郁，转过身，走进门。

燕垒生 ——————● 瘟疫
焚尸炉内灵魂的尖叫

我知道我疯了，一定是。没有一个人会自愿做这种事的。

每天我穿好从头到脚的防护衣，在我心中并没有一点对此的厌恶和不安，相反，很平静。一个正常的人不会如此平静，即使注定你会死，也没人肯干这事。可是我每天把一车车的尸体像垃圾一样扔进焚化炉里，却像这事有种趣味。

我知道我准是个疯子。

瘟疫不知从什么时候开始流行的。

当第一个病例被披露时，人们还没有想到这事的严重性，有一些愚蠢的生物学家甚至欢呼终于找到了另一种生命形式，因为引起这场瘟疫的那种病毒的分子链中是硅和氢、氧结合而不是碳。

感染这种病毒的初期，除了全身关节稍有点不灵便，并没有什么不适。然而到了两周后，病人却突然不会动了，全身皮肤首先成为二氧化硅，也就是石头。但此时人并没有死，眼睛还能眨动。这时的人如果想强行运动，是可以动的，只是皮肤会像蜡制的一样碎裂。我看到过好几具石化了的尸体，身上凹凸不平，全是血迹。随后内脏也开始石化，直到第六周，全身彻底石化。换句话说，到第四十天左右，一个活人就成为一座石像。

没有人知道这种病毒是如何产生的。现有的抗生素也只能对蛋白质构成的病毒起作用，对这种病毒毫无用处。

更可怕的是，这种病毒的传染性极大，甚至可以通过呼吸传染。而初起阶段，正因为没有症状，极难发现。你可能在人群中走过，就已经被感染了。

唯一的特效药是酒精。

酒精可以延缓这种病毒的活动，但充其量不过是让病毒的代谢延缓一周。即使你浸在酒精里，也不过多活一个星期。据科学家说，人体的石化，是因为病毒的代谢物堆积在细胞里。酒精其实不是杀死病毒，而是让病毒保持活性。所以，酒精不是药，而更像一剂毒品。通俗点说，因为病毒保持活性，它们活得更长，在体内同时生存的个体数就更多，因此在它们代谢时产生的尸体也就更多，到后期人体石化得更快。

可不管从哪方面来说，人们觉得酒精还是一种灵药。酒精的消费量因此呈几何级数增长。

当然，统计局早已经撤销了。世界这时也没有国家可言。在瘟疫早期，一些侥幸没有发现这种病毒的国家还在幸灾乐祸地指责是其他国家的过失以至于造成了这场瘟疫，而传到自己国家时又气势汹汹地指责别国采取的措施不力。然而当这种瘟疫已成燎原之势时，谁也说不出多余的话了。不管意识形态如何，国体如何，在这场瘟疫面前人人平等。

在这种情况下，形成了世界大同，实在是种很奇妙的现象。

紧急应变机构建立了。而这种应变，只有一种对策：对感染的人进行隔离，未感染的人发防毒面具。好在这种病毒的个体尚通不过石墨过滤器，不然人类真的要无处可逃了。

当一个人被发现感染了病毒，会立刻被收缴面具。因为对于尚未感染的人类来说，一个带菌者无异于一头危险的猛兽。这些人立刻被抛弃在外，有钱的开始酗酒，不管会不会喝。没钱的到处抢劫。事实上也不必抢劫，已经有三分之二的住宅已经空了，随便进出，财物也随便取用。

我的任务是善后工作。说白了，就是到处收集已经变成石像的尸体，运到郊外焚烧。由于没有药，所以只能如此做，尽量把病毒消灭掉。做这事，不但感染的可能性更高，更可怕的是，我们往往收集到尚未彻底石化的尸体。而把这样的尸体投进焚尸炉，往往会从里面发出一声撕心裂肺的惨叫。我有两个同僚因为不能忍受良心的谴责而自杀了。

这不是个好工作，但总要人做。

我说我疯了是因为我不但不害怕这种惨叫，反而在投入每一个石像时，总是满心希望它发出那一声绝望的呼叫。

毕竟，不是所有的石像都是门农（古希腊人物，著名雕像）。

我驾着大卡车驶过空荡荡的街道。今天只收了七具尸体，每一具都不像还会在焚尸炉里叫唤的。

我驶过一个幼儿园时，一个没有面具的男人抱着一堆东西跑出来。

由于儿童的身体小，他们感染病毒后发作得比成人快得多，因此早就没有儿童了。然而这幼儿园门口并没有表明无人的白标牌，也没有红标牌，说明里面还有正常人。无人住宅是白标牌，病人住宅则是红标牌。

对于病人抢劫无人住宅，这并不违法。而他从这幼儿园里出来，只怕那里已没人了，不然，他是犯了抢劫罪，我可以将他就地正法。

我跳下车，拔出枪来，对他喊道："站住。"

他站住了，看着我。他的手里，是一堆女人的衣服。

我说："这不是无人住宅，你已经触犯紧急状态法第八条，必须接受死刑。"

那个男人的脸挤作一堆。能做这种表情的人，至少还可以到处跑上一个礼拜。他道："我不知道，我是新来的。"

"不必解释了，你必须接受处罚。"

他的脸扭曲，变形，嘴里开始不干不净地骂着。我开了枪。在枪声中，他的脑袋像是一堆腐烂的烂肉，四处飞溅，在墙上形成一个放射状的痕迹。而他的尸体，也是真正的尸体，向后倒去。

紧急状态法第八条，凡病人进入未感染者住宅，不论何种理由，一律就地处决。

这条不近人情的法律得到了所有未感染者的支持，因而得以通过。

我踏进那家幼儿园里。

生与死，在这个年代已不重要了。杀了一个人，我心中没有一点波动。我想的只是，他进入这里，可能原先的住民已经死了，或者这里的住民已感染。不论如何，我必须弄清楚。

"有人吗？"

我喊着。在教室里，还贴着一张张稚拙的儿童画。《我的家》。在那些夸张得可笑的人和景中，依然看得到画画的孩子的天真和可爱。尽管画笔拙劣，但至少看得出那些人没有感染。

没有一个人。黑板上还写着"一只手，一口米"这样的字，但没有一点有人迹的样子。也许这真是个无人住宅，我是错杀了那个人了。但我没有一点内疚，他无非早死几个星期而已。

我穿过几个教室。后面是一排宿舍，但没有人。

看来是个无人区了。我的车里还有几块标牌，得给这儿钉上。

我想着，正准备走出去，忽然在楼道下传来了一点响动。

楼道下，本是一间杂物间，没有人。从那里会传来什么？目前已没有老鼠了。所有的老鼠早于人石化，因为个体要小得多。现在，只有大象在感染后活得最久。

这里有个地下室！

我推了推门，门没开。我退了一步，狠踹了一脚，"砰"一声，门被我踢开了。

下面，简直是个玩具工场。

我说那像个玩具工场，因为足足有三十个小孩的石像。有各种姿态，甚至有坐在痰盂上的。但那确实都早已石化了。

我苦笑了一下。每个小孩，也有近六十斤，三十多个，一共一千八百多斤。这可是个体力活。我搬起一个手里还抓着玩具汽车的小男孩，扛在肩上，准备走出这间地下室。

"你不能带走他们。"

我看到从墙上一个隐藏得很好的门里走出一个人来。听声音，那是个女子，可身上也穿着厚重的防护服。

我站住了："还有人？你刚才为什么不出来？"

她盯着我隐藏在面具后的脸，像要看透我脸上的卑鄙和无耻。她慢慢地说："你是乌鸦？"

我不由苦笑。"乌鸦"是一般人对我们的俗称，因为我们的防护衣是黑色而不是一般的白色，而做的事也像报丧的乌鸦一样。

"算是吧！"

"你要把他们带走？"

我看看手里抱着的一个像个大玩偶一样的石像，道："这可不是工艺品。"

"你要把他们烧掉？"

"你有什么更好的办法么？请与紧急应变司联系，电话是010—8894……"

"我不是与你说这些，"她有点恼怒地说，"你不能带走他们。"

"小姐，请你不要感情用事。古人说壮士断腕，也是这个道理。他们已经没有生命，就如同一个定时炸弹一样危险，你把他们藏在这儿，能够保证你自己不会染上吗？"

她愤怒地说："不对，他们没有死。"

我有点好笑。这种感情至上主义者我也碰到过不少，如果由他们乱来，人类的灭绝早就指日可待了。我说："一个人已经成为石像了，你说他没有死？"

"是。他们并没有死，只不过成为另一个形式的生命。就像我们人类的身体里，纤维素极少，但不能由此说绝大部分是纤维素构成的植物不是生命一样。"

我有点生气了。她真如此不可理喻吗？尽管政府告诉我们，如果遇上人无理取闹，可以采用极端手段，但我实在不想拔出枪来。"小姐，你说他们有生命，那他们有生命活动吗？植物不会动，可还会生长。"

"他们不会动，只不过他们成为这种形式的生命，时间观念与我们不同了。我们的一秒钟，对他们来说可能是一天，一个月，一年。但不能因为他们动得缓慢，我们就剥夺他们的生存权利。"

我笑了："小姐，科学家们早就证明了，人一旦石化，就不再有生命了，和公园里那些艺术品没什么不同。小姐，你想成为罗浮宫里的收藏品，机会多得是。"

她尖叫着："他们骗人！"她拖着我的手说："来，我给你看证据。"

透过厚厚的手套，我感到她的手柔软，却又坚硬。我吃了一惊，说："你已经感染了？"

她苦笑了一下："是，已经两天了。根据一般人的感染速度，我大概还能活上五天，所以我一定要你来看看。"

她给我看的是那个坐在痰盂上的小女孩。这小女孩脸上带着一种奇怪的表情，我对此并不陌生。每一个人大便后都是这样的，不论年纪大小。然而她的手提着裙子，屁股却不是坐在痰盂上的。

她说："这个孩子已经石化两年了。两年前，在她还没完全石化时，是坐在痰盂上的，可今天她却成了这个样子。你说她想干什么？"

我说："天啊，她想站起来！"

她没有看我，只是说："是。她知道自己拉完了，该站起来了。只不过时间对于她来说慢得很多，在她的思想中，可能这两年不过是她坐在痰盂上的一小会儿，她甚至不知道到底发生了什么事。我们的动作对于她来说太快了，快得什么也看不清。你把她扔到焚尸炉里，她被焚烧时的痛苦甚至还来不及从神经末梢传到大脑就已经成为沙子了。你说，你是不是在杀人？"

我觉得头有点晕。根据统计，我一天大约焚烧二百个人。照这样计算，两年来，七百多天，我已杀了十四万个人了？

也许她在说谎？然而我不太相信。因为石化不是快如闪电，从能运动到不能运动的临界时间，大约是三十分钟。我见过不少人在这三十分钟里强行运动而使本来的皮肤皱裂的例子。也就是说，这小女孩不可能在三十分钟里保持撅着屁股的姿势一动不动的，不然她的皮肤一定会裂开。然而现在她的皮肤光滑无暇，几乎可以当镜子照。

然而，要我相信一个变成石头的人还能动，还能思想，而思想比血肉之躯时慢上千百万倍，这很难想象。我不是知识分子，不会相信别人口头上的话，即使那非常可怕，非常诱人。我只相信我看到的。

我的手摸向枪套。对于不想理解的事，枪声是最好的回答。

然而我没有开枪。

我看到了她的眼睛。她的眼睛在防护面具后面是一种怜悯和不屈，仿佛我只是一个肮脏的爬虫。

我移开了目光："把你的防护衣脱下来，你已经没有资格穿了。"

第二天上午，我在一个兵营里收到了一大队士兵。在回去时，我到那个幼儿园里转了转。

她正在晾晒衣服。我把车停在门口，抓了一包食物，向她走去。

她的目光还是不太友好："你来做什么？"

"你没有粮食配给，我给你拿来一些。"

粮食配给也是紧急应变司的一项措施。由于植物与动物一样，也石化了，因此食物极为稀少，每个正常人每月只有十八千克的食品。像我们这一类乌鸦，由于没人肯干，因此每月要多十千克。而感染者立即停止配给食物，让他们自生自灭。

她看着我："是怜悯？"

我也看了看她，但很快不敢面对她的目光："是尊重。"

她道："如果你真这么想，我只希望你答应我一件事。"

"什么？"

"当我石化以后，不要把那些孩子烧掉。"

我抬起眼，看着她眼里的期待，实在不忍心告诉她真话。我垂下眼睑，道："好的，我答应你。"

我无法告诉她，我的任务就是收集已经石化的人体，然后烧掉，不论他们是不是成为另一种生命形式，是不是还有感觉。然而我只能说些这种话，让她在剩下的时间里得到一点不切实际的安慰吧。

我不知道我在做什么，把自己宝贵的食物给她，那也许太蠢了。可是我总觉得我应该这么做。不能要求我成为殉道者，那么我只能做一个旁观者。

过了几天，我又去了一次那个幼儿园里。她的衣服还晾在外面，大概她已不能运动了。我走到楼下，她正站在门口，张开了手，像不让我进去。但她已经是个石像，就算她有意识，她也不知道我做了什么。也许当她意识到我违背了诺言时，她早成了灰尘了。

我把她搬到一边，从里面把那些小石像一个个搬出来。当我最后去抱她时，看到她眼里，尽是对我的痛恨与不屑。我不敢去面对她，只是把她小心抱上卡车。以前我可是动作很粗野，不时有人在被我搬动时弄断了手臂和脚，然而这一回我像搬一件一碰就碎的细瓷器一样，先在地上放了几件她的旧衣服，让她小心地躺在上面，然后，我在幼儿园门口钉上了一块白色的牌子。

　　回到我的住处，我把那些小孩卸下车后，没有把她们烧掉，只是有点羞愧吧。我把她竖在我住处的门口。

　　在满地从焚尸炉里飞出来的白灰中，她伸开了双手，站在我门口，那张开的臂弯仿佛在期待，但更像在遮挡什么。她的外表光滑至极，衣服有点破了，然而并不给人不庄重的感觉。然而她的目光，那目光里充满了厌恶。

　　眼睛石化得很晚，人石化后，即使无法动弹了，但眼睛有时还能转动。不过，她再过一两天就完全石化了。我有点羞愧，觉得自己实在不是个好人，在她成为石像后，我还要把她变成一件装饰品。那些小孩，还是等她完全石化后再烧吧。

　　我把收来的另外十几个石像拖到焚尸炉旁。在我把他们扔进炉膛，听到一声凄惨的呼叫时，我没有像以前那样感到快慰，而是心头一阵抽搐。

　　即使石化后没有生命，但此时他们总还活着，只是身体不如尚未感染者那么柔软。我们有什么权力剥夺他们生存的权利？

　　我心情沉重地回到住处。地上，那些孩子横七竖八地躺了一地，我小心地绕开他们，走到屋内。

　　第二天，我又出去拉了一车。

　　在路上遇上安检员，他十分赞许地给我的积分卡上加了一颗星。我现在是四星级，再加一颗星，就可以进入紧急应变司，成为安检员了。安检员告诉我，目前全球未感染人数只剩下五十几万，但由于措施得力，有几个地区已不再发现感染者。看来，彻底扑灭这场瘟疫不是不可能。

好消息如此，但他也告诉了我一个坏消息，全球做我这种乌鸦的，一共有一万多人，平均每月有十几个自杀。

好消息和坏消息都让我心情沉重。

我把收回来的几十个人扔进焚尸炉。也许，她对我说，他们仍有生命，我口头上虽不信，但心底，却也有点动摇了吧？在把那些石像扔进去时，我只觉得自己好像是个刽子手。

回到住处，进门时，我看到她的目光。她的目光已经改变。

也许是我的错觉，但我发现她眼里不再是那种厌恶和受欺骗的眼神——如果石像也有眼神的话。

是因为我没有把那些小孩烧掉吗？

我看看地上一堆横七竖八的小石像，那个小女孩提着裙子，但人却躺在地上，十分可笑。我把那些石像一个个放好，按我记忆中的样子，把他们一个个恢复原来的样子。尽管没有痰盂，但由于重心的缘故，这小女孩也能撅着屁股站着。

我放好孩子，走到她面前，慢慢地说："如果你还能听到的话，你也该知道，我遵守了诺言。"

她当然没有反应。

我进了屋，在消毒室里让强烈的紫外线照射到我身上。

生命是什么？那么脆弱。石头比我这种血肉之躯坚固多了，然而如果他们还有生命，他们却只是一堆可以让我随意消灭的沉重的垃圾而已。

218

可是，我有权力这么做吗？

现在能收到的石像越来越少，我每天只能收上十几个了。如果我是在杀人，那每天杀一个和每天杀两百个也没什么本质的不同。

再一次遇上安检员，是在三十天后。他这一次是特意等我的。奇怪的是，他不敢来我的住所找我。也许，他也是从乌鸦做上来的。

"恭喜你。"他一见我，便向我伸出手。隔着厚厚的手套，我能感到他肌肉的柔软。

"恭喜你，经过讨论，一致同意你成为安检员。你做得很好，这一块已经大致扑灭了瘟疫。"

如果是一个月前听到这消息，我会很高兴。然而此时我并不怎么兴奋。

"是吗？谢谢。"

"明天，我带你去紧急应变司总部。"

紧急应变司总部位于北方一个城市。本来有上千万人口的大城市，现在只剩了不到几千人。

总部大楼被一个巨大的透明罩子罩住，与外界彻底隔开。那是层离子化的空气。要维持这个罩子，每天都要消耗以前储存下来的大量能源。我和安检员经过严密的消毒，终于进入内部。

总部占地大约有两百万平方米，相当于一个小镇了。里面不需要穿防护衣，因此每个人都带着一种优越感。也难怪，那些人本来就都是国家上层机构的人物。

我被带到几个地方看了看。人们安居乐业，食物充足，和没有发生瘟疫时没什么不同。

"目前，这里周围两百平方千米内已没有再发现过那种病毒。预计，再过五个月，就可以撤除防护罩了。"

我看见在大道街心的广场上竖着一个女子的石像。那是几年前红极一时的影星，但她早就石化了，而且是第一批。据说就是她从国外染回的病毒。现在这石像却雕得极其精细，栩栩如生。

"这里也有她的影迷？"我有点好奇地问。

"是，司长很喜欢她的电影。"

我走上前，仔细地看了看："怎么不把衣服雕出来，却要给石像穿衣服？多浪费，为了更有真实感？"

我有些吃惊："那不会有病毒吗？"

"没关系，据严格检查，石化后七个月，体内就不存在病毒了。她放在这儿足有一年了。"

我有点讪讪地一笑："看样子，我们做的事，其实都是无用功？只需隔离，也可以消灭病毒。"

"那可不一样，你们把刚石化的都焚烧掉，在很大程度上控制了病毒的扩散，你们为人类做出了很大的贡献。好，我带你去参观这里的食品加工基地。"

我跟着他去看食品加工基地。那是紧急应变司的中心，因为外面的食品不免会被污染，只有这里，与外界完全隔离，可以放心。目前，所有正常人的食品配给都产自这里，然后通过无重力通道发送到各地。

走马观花地看了一圈，他和我又来到广场上。坐在喷水池边，他小声说："下午司长要接见你，和你面谈，你要顺着他的意思说话。"

"为什么？"

"目前，司长具有至高无上的权力，我们谁也不能违背他的意愿。"

"他会说什么？"

"他说的话，你可能会无法接受，但你一定要忍耐。你能有这个机会很不容易，你要珍惜。"

我脑中一闪，道："你是不是说，那些石化了的人，仍然有生命？"

他的脸变了："谁告诉你的？"

我的脸色也一定变了："这难道是真的？"

他没有回答我："是谁告诉你的？这是一级机密。"

我的声音有点响："那是真的了？"

他看着我，我注视着他，他不敢再面对我，垂下眼，道："是。你说话轻一点，这儿有不少人。"

我站起来，指着那个竖着的女明星说："事实上，她也仍然是活的，只是动作、思想远比我们慢而已？"

他也站了起来："是的，"他慢慢地，小声地说，"一年前我见她的手还是举过肩的，现在却已在肩头以下了，脚的位置也发生了变化。"

"所以说，我这两年来，是在杀人？"

"不用说得这么难听，"他说，"老鼠也是生命，可你以前抓到老鼠会毫不犹豫地浸死它们。"

"它们不是老鼠，是人！"

他突然坚毅地说："不对，他们不再是人了。他们既然成为另一种形式的生命，那就是一种异类，当他们威胁到我们时，我们有权消灭他们。"

"有权？"我的喉咙里发出了干笑。我想起那个女子的话。权力是什么？无非是无耻的代名词。在权力中，我只是这部绞肉机中的一个小螺丝而已。即使我反抗，只能是让机器的所有者换掉一个小小的、微不足道的零件而已。

我说："我要求放弃成为安检员的资格。"

他吃惊地看着我："你疯了？你知不知道，乌鸦尽管感染的机会少一些，可每年还会有近一百个感染者。只有安检员……"

"谢谢你的好意，只是我想我还有一点多余的，叫作'良心'的东西吧。"

他看着我，把手搭在我肩上，说："我知道，我也是从乌鸦做上来的。只是，看问题的角度可能每个人都会不同，你再考虑一下吧！"

我把他的手拿下来，说："不必了，我想过了许多。"

"不，你还是很感情用事。下一批的安检员资格申请是三个月后，希望你到时能回心转意。"他离开了我，走了几步，他又回头说："你知道吧，鸡蛋去碰石头，毫无意义。你再想想吧！"

我看着他缓缓走向消毒室，心头有点冲动地想叫住他，告诉他我是有点意气用事了。然而我没有。

回到住处，天色晚了。我走进房时，看到她的目光已经显得很温柔，我不由苦笑。我是为了一个不值钱的信念放弃了一次好机会吗？没那么高尚。我到此时，才明白我那些自杀的同僚才是真正的伟大。

在这个时代，我们无法让自己做到对一切都无愧于心。

第二天，我把车开出去。绕过一个街口，我突然听到在一家废弃的商店里有人在哭喊。我停住，跳下车向里走去。

有两个不穿防护衣的大汉在地上压住了一个穿防护衣的人。这人听声音是个女人。

我拔出枪，说："住手！"

一个大汉抬起头，呵呵地干笑了几声，道："是个乌鸦啊，没你的事，快走开吧。哥们没几天活头了，你就让哥们乐一乐。"

我看着地上那个人。那是个三十多岁的女子，在这种时候，她头上还戴着首饰。我把枪扬了扬，说："快走开。你既然知道没多久可以活了，就更不应该害人。"

他从腰上拔出了一把刀，冷笑道："臭乌鸦还会说大道理。要是信你这一套，老子也不会变成今天这样子了。让开，你要有种的话就朝老子身上开枪。"

我拉下保险。如果前几个月，我会毫不犹豫地开枪，但此时我却没有。我犹豫了，他却猛地把刀掷了过来，我一闪，刀擦着我的手臂飞过，扎在身后的墙上。

我开枪了。他的身体跳了跳，姿势十分优美地倒了下来，血像一条小蛇，流在地上。

另一个也跳起来。他的眼神却没那么狂妄，带着乞怜和忧郁。我扬了扬枪，说："快走，走得越远越好。"

那女人从地上爬起来，毫无用处地掩上已经破损的防护衣，在那人身上踢打着，一边哭叫："快开枪，杀了他！杀了他！"

我拉开她，对那男子说："你快走，真要我开枪吗？"

他转身跑了。那女人开始踢打我："你为什么放了他？你知道我爸以前是省长吗？"我推开她，说："小姐，把你的防护衣脱下来，你已没有资格穿它了。"

她哭喊道："我没资格，你有资格吗？"

这时我才意识到，刚才那一刀，划破了我的防护衣。我的手臂上，有条血痕。尽管这点伤根本无关紧要，然而我知道成千上万个病毒已经涌入了伤口。我开始脱下防护衣，说："是，你说得对。"

她几乎吓傻了。我脱下防护衣，恍惚觉得轻松了不少，说："快把你的防护衣脱下来。"

回到住处，我没有再进房里。现在，里面那种严格的消毒设施对我已毫无意义。由于是从伤口进入，感染速度很快，我的伤口附近已经有些坚硬了。我和衣躺在地上，看着星空。

许久没有见过星空了，闪烁的繁星是那么美丽。从远古以来，它们就存在着，也许，也有星球上有过生命，也曾有过种种悲欢离合吧？

我苦笑。也只有这时，我才能看一眼星空。人的一生能有多少这样的日子？在沧海中，一粒粟米与须弥山都没什么不同，而在无垠的宇宙里，沧海又算什么？夜郎自大。哈哈，夜郎不大，但就有权利取笑别人吗？

我睡在温暖的灰中。那些灰，仿佛也还有着生命，在空气中浮动，落下，像大片的萤火。

月光温柔，她的眼波也似流动。然而我没有做梦。

安检员来的时候，我还没醒，并不知道。他给我留下一大包食物，足够我吃两个月了。

每天，我仍然四处收集石像，把他们烧掉。生命总是不同的。然而我已经决心，绝不烧掉她。

之后，我无法移动了。那病毒已经大规模代谢，使得我的身体迅速石化。尽管我的眼睛还保留着视觉，但我不知道如果我全身彻底石化，还能不能看到？

如果我强行移动，是可以移动的。在石化的皮肤下，肌肉还保持了一定的活力与弹性，足以移动身体。但如此一来，势必要造成皮肤皲裂。当然，这并不疼痛，尽管会惨不忍睹，因为神经末梢早已经石化，无法传送痛觉了。不，还是能传送痛觉的，但那可能要很久很久，一年，两年，或者，一百年、一千年之久吧？

我不想让我的身体千疮百孔，我只是努力而又小心地挪动我的双脚，努力把我的身体向前移动，每一天能移动多少？一微米？一纳米？这一米多的距离对我来说，恍若天涯，然而在一千年，抑或两千年后，我会揽住她的腰，我的嘴唇也会接触到她的嘴唇的。

我静静地等候。

"同学们，"教授在台上说，"你们大约也在前几节课上读到过，六千年前是人类文明的萌芽时期。以前一直认为这个时期人类的文明还是很初级的，可能只会用火，但最近发掘出来的两个雕塑可能会颠覆我们所有的陈旧观念。"

他拉开了讲台前一块白布，两个雕塑出现在学生们面前。

"你们也看到了，这两个雕塑栩栩如生，尽管有过于写实的毛病，表情的刻画也有点错误，这男子过于炽烈而女子过于冷漠，但大家可以看到，人体的比例掌握得相当好，几乎可以写生用。"

他开了句玩笑后，说："艺术上的问题不是我们要研究的，这堂课我要讲的是当时的工艺水平。以前我们认为当时不可能产生铁器，但有一点可能证明我们错了，因为没有铁器是做不到这一点的。请看，"他从讲台上拿起一张纸，放在两个人像的脸之间，道："请注意，他们嘴唇间的距离，大约只有两毫米！"

凌晨 ──● 干杯吧，朋友
2000 年后重回地球

■ 未来 ———•

篝火熊熊燃烧起来，围坐着的人群脸上都被蹿起的焰舌熏炙了一下。他们笑着跳起来往后退，挤作一团。有人打开了音乐播放器，有人散发软包装的果汁饮料，有人站起来模仿滑稽明星唱歌。因为太高兴、太激动，他们还没来得及擦去脸上熏出的眼泪，新的泪水又流出来了。

"在地球的星空下！"一个人挥舞外套大叫道，"在地球的星空下……"他哽咽着，无法说下去。

"为新年干杯！"他身边那位有着金紫头发的女孩接过他的话，高举饮料包，"耶！"

"为新年干杯！耶！为我们能在地球上相聚干杯！耶！"所有人都附和着女孩的呼喊齐声嚷起来。声音在半空中回旋，久久不散。

这时候，人群中出现一阵骚动。就像水中的涟漪一样，骚动迅速传递、扩大了。原来，速递局又送来了很多节日用品，其中居然还有一桶酒！那深栗色的、箍了白铁圈的酒桶通体闪亮，黄色的铜制龙头让人爱不释手。虽然酒是星际邮递违禁品，但是这酒桶比酒更令众人诧异。他们从未见过酒被这样艺术地包装。

"法国红葡萄酒，2279 年产于维斯托尔。"好奇者发现酒桶上的铭牌，大声念道。"天啊，1700 多年前的酒！""法国在哪里？"众人议论纷纷。"酒龙头上拴了一封信，让我来读。哦，这些是什么？"那好奇者将一张卡片举高展开。卡片平整光滑，柠檬绿色，散发着一种植物纤维的清淡香气。卡片上没有文字，只有许多凸凹不平的圆点。在光洁的卡片上，这些圆点十分醒目。

"那是给我的信。"从人群深处走出一个围着鲜艳毛毯的高个子天狼星人。他左耳佩带的刀状碧玉和眉心的绿痣在红色的火光下显现出一种怪异的色彩。人们在低声絮语中让开道路，目光全部集中在他身上。

天狼星人接过卡片，没有看，只是用手抚摸。他的脸上浮现出满意的表情："这是一个朋友用盲文写的信。她在梅隆高地那边地下找到了一桶酒，特地送给我做新年礼物。"

絮语变成了喧哗，没有人相信天狼星人的话。"这是真的，那片废墟里还藏了不少好东西，"天狼星人笑道，"我知道。"但是笑容忽然凝固在了他的脸上，"你们太年轻了，也太快乐了。"

"不应该吗？"金紫头发的女孩问。天狼星人摇头道："应该，生命本就是拿来挥霍欢笑的。不过……"他感慨，"有些生命是永远也笑不出来的。"他说着，拧开龙头接了一大杯酒。暗红的酒液在他透明的杯中浮动，酒香四溢。他向火堆走去，啜饮着那千年的酒浆。直到篝火的边缘，他才停住脚步。他就像在火里燃烧着一样。然后，他回过头望着众人，用一种梦幻般的声音吟诵道：

> 不要惧怕，因为你将征服，
>
> 你的门将要开启，你的枷锁破裂。

你常在睡梦中忘了自己，

但是还必须一再地找回

你的天地。

"我要讲一个故事。"天狼星人说，"在新年的曙光来临前，我们要做些事情打发时间。而且，我一直想把这故事讲出来。"

天狼星人的故事

我的名字诸位不必去记，和群星相比，我实在太微不足道了。我是搭乘最后一艘移民船离开地球的，那是 1000 个地球年前的事情了。那时我还很小。我站在飞船的舷窗边眺望黄褐色的大地和赤红的海洋，对已经重污染的地球毫无留恋之情。后来我慢慢长大，有1200 岁的生命可以什么事情都从容为之。我花了 200 年时间学习弹弦乐器，用了同样长的时间学习唱 3/4 节拍的歌曲，用了 400 年时间周游各个移民星球，还用我的三弦琴和歌声与姑娘们谈情说爱。我飘荡了许多年后，就在天狼星定居下来，决定做一个民间诗歌研究者。

200 年前，当我要登上大学讲台做老师的时候，社会兴起了去地球搞研究的风气。地球经过 1500 年左右的休养生息，已经恢复了元气，尽管数万年前的原始情趣再难呈现，但人工加以维持的自然风貌依旧别具特色——总之一群群学者偷偷买通了地球环境监委会（简称"地环监"），通过太阳系边缘松散的关卡去地球猎奇。这种时髦的学术风气当然影响到了我。只用了 60 年的短暂时间，我就站到了地球上。我和几个搞生物学的人在地环监月球站认识，然后搭乘同一艘飞船到了地球的中纬度地区。

往日焦黄的土地重又被葱郁的绿色覆盖，浑浊的江湖海水也恢复了往日的清澈。一切就和地环监印制的宣传材料上写的一样。但是学者们告诉我，地球绝不可能和原先一样了，就像人不可能两次踏进同一条河里，时空状态是不可重复的。我自己当然看不出地球的改变，得等学者们来讲解：地震、洪水、海啸以及其他自然灾难改变了大地面貌，人类炸毁的建筑物也影响了自然的变化。所有看似不相干的事物之间都有千丝万缕的关联。

交代完背景，就该说到故事的正题上来了。我和学者们走进了一座山。在山里，泥石流将我们的陆地车推进一道深沟并将它永远埋在了那里。我们一筹莫展，走回地月飞船那儿根本不可能——我们完全依靠陆地车的自动导航系统，从不记路。好在生活训练出我们极好的耐性，大家不慌不忙地在山里转悠，欣赏美丽的风景，给新品种的动物照全真彩照片。我们越来越偏离山口，深入到山中央了。

这时候天色已暗，我们正准备搭帐篷过夜。突然，远远地传来半人类的歌声。那声音不像是人类所能发出的，它温润光滑，清脆婉转，仿佛午夜荷塘上流动的月光，或是春天第一条解冻的小溪。那声音的甜美是我从来没有感受过的，我全身的细胞都在这声音中颤抖了。

但那声音确实像是人类的，因为我们分明听到声音中的诗句：

世界由七种金属造成。

宇宙啊，她赋予我们——

铜铁银，锡铅金。

> *各种金属之父是硫黄，*
>
> *水银则是他们的母亲。*

可怜的生物学家们脸色顿时煞白。因为地环监明确告诉过我们，只有我们这一条船开往地球。当年地球大移民，将 21.47931 亿的地球人统统搬离地球，并制定了严格得近乎苛刻的法律禁止地球人登上地球。所以，理论上说，我们真的不该在森林中碰到同类。

声音在我们耳边飘荡着，像一块磁石，牢牢吸引我们往前走。我们想停住脚步，但我们的身体根本不由神经控制。我们在那宛如天国而来的声音里沉醉，完全不顾可能发生的危险。

我们几个人在山路上快步走着，一个个都迫不及待要投入到那声音的可怕诱惑之中去。

我被石头绊了一跤，跌清醒了，赶紧撕下衬衫堵住耳朵。同行的科学家们大都拒绝了我的好意，只有一个肯让我给他堵耳朵。

"还能有什么可怕的事情？"一位研究鸟类的学者挺身而出，"我一定要去看个究竟。"

很快，我们大家就都能看个究竟了，因为一群洞穴出现在我们前方。那些洞穴就像葡萄串似的一个挨着一个，密密麻麻，又仿佛无数个镶嵌在山石上的、联结起来的蜂巢。中间一个洞最大，最黑最深，似乎永无尽头，看样子是主洞。歌声就从洞里传来，音色单纯晶莹得如同碧玉一般。

"可能有人陷在里面了。"鸟类学者义愤填膺道，"地环监很难清点真正到地球上的人数。"

"洞里可能有巨大的野兽。"动物学家说。其实我们都清楚洞里必定有野兽，因为洞里发出的浓重腥臭和腐烂气味，好几千米外就闻到了。那是只有食肉动物的住处才会发出的味道!

优美的歌声还在继续。这一次,那不知名的歌手唱道:

> 夜降临到我身上,
>
> 我终日游荡的愿望又回到心中。
>
> 带我走吧,我在这里
>
> 点一盏孤灯等着你。

大家都凝神听着。那么美丽的歌声,一定来自一位清秀无比的青年女子之口。我们携带的武器足够杀死一群猛犸象,所以,自然而然要英雄救美一番。我们用手巾和外套包住脸,摆开阵势,进入主洞。主洞里很凉,有股子阴风到处乱窜。地面坑洼不平,泥泞难行。我们走了约 10 分钟,歌声越来越近,似乎歌唱者知道有人前来搭救。洞中的黑暗是那样浓重,我们带的照明设备只能照亮一步远的地方。

歌声突然消失了,道路张大了口子,我们猝不及防地滚落其中。众人惊叫着四下逃窜,有什么东西尖锐地刺在我脚上。学者们大叫起来,回答他们的是愤怒的咆哮。在那样一片混乱中,我摸索着打开照明灯,并且将亮度调到最大。

我看见一只巨大的怪兽,正撕扯着鸟类研究者的身体。那野兽有着甲虫般的头和长长的腿,近似于泥的颜色使人不易分辨。另一边,两只略小一点的怪兽围住了动物学者。其他人摔在沼泽地里,不知道他们能不能活下来。

斜刺里忽然跳出一只怪兽来,拦在我前面。我只得往洞上方爬。怪兽细长的腿无法顺利跟上我,它在地上干吼,扑打,狂嘶。我爬呀爬,洞壁凸出一块岩石,那里坐着一个人。

我想都不想就冲到那人面前,大叫:"快救我!快!"

那人转过身了，照明灯的光一下子笼住她的全身。她大约在 900 岁左右，女性，灰色的头发蓬松地披在肩膀上，两只小怪兽像猫一样在她肩头嬉戏。她的相貌很普通，一双核桃般大的眼睛中毫无神采，看来她是个瞎子。

"救我呀！"我喊，躲到她背后去。怪兽已经开始往上爬了。尽管它的步子笨拙，但是每一步都很坚定。我简直吓坏了，整个人都战栗不止。她打量我，那不是视力的打量，而是心灵的打量。我在她面前忽然惊慌失措得像个小孩子。

她张开嘴。那令我们心摇神动的天籁之音从她口中吐出。我离她咫尺之遥，更觉得她声音的清冽悠远，有崩金断玉的刚硬，却又带丝绸的柔软。那些怪兽在她的歌声中平静下来，拖着半残的人体回它们自己的洞里去了。我不忍心再看。追我的怪兽也没有了踪影。

我兴奋地拉住她的手说："你的歌声可以控制那些怪兽！你救了我一命。"

她惊惧地收回手。"你是谁？"她的发音腔调很怪，不过我还是听懂了。

我简单讲述了一下自己的经历。她仔细倾听着，脸上半是怀疑半是惊奇。那两只小兽在她身上爬来爬去，不时舔舐她裸露在灰色衣服外的皮肤。我不知道她是如何跟这些怪兽相处的。它们虽然小，可若是长大了真的会很麻烦。

"你从哪儿来？什么时候陷在这里的？"

我的问题似乎给了她极大的困惑，她抓住怪兽的长腿，纤长的手指抖动了一下。"我就在这儿。"她强调，"从来。"

经过很长时间的询问，我才弄明白她的名字叫锡，是塞壬族人。

那灰色的怪兽叫风生兽。锡怀里的两只风生兽，分别叫作费利娜和珊朵。锡和风生兽都是天生的瞎子。

我从不曾听说过塞壬族和风生兽，很怀疑他们是不是地球上的"原产"。塞壬族人都有一副天生的好嗓子。每天傍晚时分，锡会唱起歌来。受她歌声诱惑的不只是人，还有动物和鸟类。我第一次知道，地球的山林丘壑中，依然生活着许多人。这些人以部落或村庄的原始形式组织在一起，过着极贫困的生活。听从锡召唤的人和动物成了风生兽的食物。风生兽背甲上生长的菌类是锡的食物。锡只有食用那种菌类，喝风生兽从岩洞顶部吸取的水，才可以保持优美的嗓音。锡和风生兽有着奇怪的共生关系。

"你怎么能将人送给风生兽做食物呢？他们是你的同类呀！"我颇有责备之意。锡空洞的眼睛中掠过一丝苦涩："我不知道什么叫同类。外面的人从来不是。""可我们都是人啊，你这样做不是太残忍了吗！"

大约锡的字典里从没有"残忍"这个词。她只在洞壁当中那块岩石上活动，从不曾理会过岩石下沼泽地里的厮杀。她不记得自己的年龄，在这个漆黑的深洞里，年龄是无法感知的。她也不记得是从哪里学到的语言和文字，那些事情可能非常久远了。

但是我无法在那十几平方米的岩石上生活，这种感觉一日甚过一日。同行的科学家们的尸体就在离我不远的地方腐烂变质，那刺鼻的味道常常要把我逼到神经崩溃。我必须离开这里。

"你也和我一起走吧！停止你为虎作伥的游戏。"我实在不忍心看她在岩石上化为枯骨。

"外面？"锡懒洋洋地问，并不热心。

　　"对，外面。能把你的眼睛治好，你可以看到光，看到宇宙，看到海洋，看到你想都想不到的所有新鲜、好玩的东西。"我说。接下来的几天，我使出浑身解数来向锡说明兽窟之外的世界有多么精彩。锡虽然没有视力，但是她的其他感觉器官却很敏感。就算她的眼睛治不好，她也一样可以过正常人的生活。

　　"最初我的祖先并没有和风生兽合作。她天生没有视力。那时大地上到处野兽出没，危机四伏，人类都已移居外星——除了被淘汰的、像我祖先那样的残疾人和体弱多病者。我的祖先有相当灵敏的嗅觉、触觉和听觉，她常用她惊人的歌喉警告人们危险和不幸，但是却被当成带来不幸的巫女，被人追捕。"锡忽然说起久远前的事情，"塞壬是她的名字。我们家族一度繁荣过，但是后来衰败了。因为传说吃了塞壬的肉，就可以有预测未来的能力。所以，"她垂下头，灰发覆盖了她的面颊，"所以，塞壬家族只好选择风生兽为伙伴了。"

　　我抱住她，让她的头倚靠着我的肩膀。我想告诉她，待在这里同样充满了危险，但是，那一刻我说不出这话来。我只能轻拍她的背，像哄小孩样哄她。

　　有一天风生兽飞上石岩。成年风生兽的两肋生长有薄而韧的滑翼。我想我真的要走了。锡用一根很粗的风生兽皮条将我绑在那野兽的背上。我给了她最后的拥抱："我希望你走出去。忘掉过去。"

　　风生兽开始拍动它的翼翅。我踢了那畜生一脚，由它带着自己向远方奔去。

　　60年后我再次回到地球，特地去找锡和她的风生兽们。那些洞穴已经被附近的居民挖平了，因为他们在洞穴里发现了航天燃料中所需的某种稀有矿物。居民们给我讲述了他们围剿风生兽的激烈战斗，以及在沼泽里挖出多具尸骨的恐怖过程。我提心吊胆地问到锡，但是谁也没有看到这个失明的女人。风生兽的骨骼被制成标本陈列在博物馆里。仅仅过了60年，森林里已经成了一个什么设施都齐全的城市了。

离开森林之城的那夜，我找了位于城市最边缘的旅馆居住。我的房间外有一座阳台，坐在阳台上仰望星空，我忽然对生命充满了深深的敬畏之情。这时候，我听到了熟悉的优美的歌声，那是锡！我激动得连鞋子都没穿好就跑出了旅馆。那歌声来自森林里的湖畔，我很快就找到了那个地方。我看见两头高大的风生兽站立在草丛中，神色机警。"费利娜、珊朵，"我试着唤它们，那两头庞然大物立刻面向我。我确定是它们，便走上前道："锡呢？她在哪里？"

珊朵"哼哼"起来，它在我面前半蹲下，让它翼膜里的东西滑到我手上。

那是一个3岁左右的女婴，灰黑的头发，大大的眼睛。她很像锡。

天狼星人讲到这里，才发现周围的人七扭八歪，早就醉倒了一地。那酒桶已经见了底。"现在的年轻人是多么无忧无虑。"他自言自语，"所有星球的青年可以在一起聚会。青年团结，世界也就团结了。"他想到锡的女儿塞壬，那是个不会唱歌却醉心于考古挖掘的孩子，应该叫她也来。

"你找到了很好的酒。"他向远方眺望，说道，"塞壬，祝你新年快乐。"

天狼星人弯腰向火堆里扔了几块木炭。火焰瞬间就将乌黑的木炭吞没。这时，4000世纪的曙光慢慢从地平线上升起来了。

礼物
在崇高与卑微之间

燕垒生

▎未来 _____●

她就是我的所有，安妮·洛丽，

为了她我愿将一切放弃。

——苏格兰民歌《安妮·洛丽》

"妈妈，我还可以再看一会儿卡通片么？"

听到安妮的声音，斯坦芬妮的手抖了一下，那只杯子差点摔在地上。她连忙把杯子握得紧了些，回过头。安妮穿着睡衣，正站在卧室门口看着她。她说："不可以，马上就要灯火管制了，快睡觉吧。"

"可是爸爸还没回来。"安妮显然有点不高兴。

斯坦芬妮把杯子放到柜子里，尽量用平静的语调说道："爸爸马上就要回来。如果他回来时你还没有睡觉，他会很生气的。"

听到爸爸会生气，安妮不再坚持了，低着头道："是。"

斯坦芬妮走过去抱起她，柔声道："小乖乖，早点睡吧。"

安妮在斯坦芬妮的脸上亲了一下，让妈妈把她抱上了床。当斯坦芬妮给她盖好被子要出去时,她突然小声道:"妈妈,明天爸爸会给我礼物么?"

"会的。"斯坦芬妮没有回头,拉灭了灯走了出去。掩上门时,她突然觉得浑身都失去了力量,只能靠在门框上才让自己不坐倒在地。

应该不是人造器官老化的缘故。斯坦芬妮想着。虽然她全身有百分之六十二都是人造的,但人造肺和人造肾的技术十分完善,完全可以使用三年以上;左腿的腿骨和右臂的腕骨虽然换上的不是钛合金之类的高级材料,但制造商也一再保证高强度塑料骨骼可以无障使用五年以上,而且这一年来自己也没有什么超负荷的体力活动,那段人造骨骼起码总还有四年寿命。然而斯坦芬妮还是觉得身上发冷,身体就像一只破了的袋子一样,力量在一点一滴地流走。她看了看柜子里的杯子,又喘息了两下,这才过去要把电视机关掉。

"国事委员会提醒全国公民:根据狄奥皮鲁将军第三号指令,最后申报期限为2132年12月31日。请无机成分超过百分之五十的公民于2133年1月1日前在就近登记点登记立案……"

电视里的怀旧卡通片突然被切换成一个端庄而俏丽的黑人女播音员,她正面带微笑地播送着这条通知。这条通知每到整点就会播出一次,几乎无处不在,超市、加油站、停车场,凡是有人的地方都会有,她已经听了不下于几百遍,完全可以不差一个单词地背出来,可是现在这几句话却像一股熔化的铅水一样灌入她的耳朵,沉重而灼热。她张了张口,喃喃地跟着黑人女播音员念着:"……否则将纳入失踪人口,您的社会福利卡号也将被删除,并将受到法律制裁。"

删除社会福利卡号的后果就是无法领取救济面包,以后只能在黑市上去购买粮食了。更可怕的,安妮会因为自己的缘故,得不到义务教育,无法享受医疗保险,直到她成年后也无法找到一份体面的工作。斯坦芬妮不由打了个寒战，不敢再去想象这样可怕的前景。至于自己要受法律制裁，她倒没有想过。这个多灾多难的南半球国家，原本是个富裕而安宁的地方。十几年前，由于当时的总统在大选中涉嫌舞弊，结果闹得全国动荡不安。开始是在野党组织示威游行，结果很快情绪激动的游行者与前来弹压的军警发生了激烈冲突，造成流血事件后引起了更大的骚乱……事情越闹越大，没出几个月，打着各种旗号的地方武装相继出现，内战愈演愈烈。

诸如此类，与当初在中学历史课本里学到的并无二致，只不过这一场内战一打就是十年……斯坦芬妮叹了口气，关掉了电视，站到窗前看着外面的街。已经到了灯火管制时间，街灯正一盏盏熄灭，空荡荡的长街上也见不到几个行人。用不了半小时，这里就会变得死寂一片，一如沙漠。

她叹了口气。汤姆说过他会很快回来的，看来又成了一句空话。只是她也习惯了，在这个时代还能相信谁？能信的也只有小安妮了吧。可即使是安妮，她也不知道能相信她多久。等安妮渐渐长大，胸脯像花苞一样膨胀起来时，一样也不能相信了吧。其实不要说某个个人，就是现在这个政府，可信度还剩下多少？当狄奥西鲁将军还是上校的时候，他提出的口号就是"一切权力归于广大百姓"，"造福人民"这几个字喊得比谁都响。可是当他夺取了政权后仅仅几年，那些话就如同雨中的布告一样，已经渐渐消失了痕迹。

斯坦芬妮不禁苦笑起来。她拉上窗帘，从抽屉里摸出一支蜡烛点燃了。烛火跳动着，屋子里却显然越发阴冷。再过两个多月，自己连"人民"这个称号都要失去了吧……

持续了十年的战争使得这个国家千疮百孔，但人造器官的发明却又使死亡率一直维持在一个相对较低的水平线上。不过，即使是体现了现代医疗最高水平的最高级的人造器官，仍然不能与真正的人体器官相提并论，所以器官买卖在黑市中一直屡禁不止，而人造器官的应用更显得泛滥。三号令的颁布，据说是专家鉴于国内领取救济金的人员过多——因为身体中有超过百分之二十的人造器官后，就基本上失去了劳动能力。按照旧时法律，这些人可以获得救济金。狄奥西鲁将军的政府成立以来，一直为这笔越来越庞大的开支而苦恼，专家不失时机地进言说正是这条法律助长了器官黑市交易，使得出卖器官成了一桩有利可图的生意，所以必须对全国人口进行一次彻底清查，杜绝此项弊端。除了因功获得荣誉芯片者，其余身体组成部分超过百分之六十者都将被取消公民权，这样那些刁民就不会再钻法律的空子，一方面出卖器官以助长非法黑市交易，另一方面又不劳而获，享受救济补贴了。这条建议立刻得到了苦于国家开支过大的狄奥西鲁将军的赞同，并以极高的效率付诸实施。

看着烛火，斯坦芬妮的嘴角爬上一丝苦涩的笑意。

门铃突然响了。斯坦芬妮走到门边，可视门铃里映出的是一个披着大衣的男人身影。

是汤姆回来了。她一直都在等着，可是真的看到汤姆的身影时，她又不禁犹豫了一下。

"快开门啊，"汤姆在楼下跺着脚，"外面好冷。"

她打开了门。楼道上响起"砰砰"的脚步声，汤姆的身影出现在了门口。他还没进门，就从怀里摸出一个大大的纸盒，向斯坦芬妮扬了扬，笑着说："斯坦芬妮，看我带了什么回来？这是给安妮的生日礼物。"

那是个很大的芭比娃娃，包装得十分精美。可是斯坦芬妮一下子停住了呼吸，这个昂贵的玩具几乎抵得上她一家几周的家用！一想到这，便又激起了她的怒火，斯坦芬妮儿乎要控制不住自己。她深深吸了口气，让自己尽量平静下来，不至于失态。

"这个娃娃可真是贵，小安妮一定喜欢。"他掩上门，把大衣脱下小心地挂在椅背上，翻来覆去地看着手中这个玩具。盒子里，芭比正带着甜美的笑容，隔着一层玻璃纸看着他。斯坦芬妮定定神，从橱里拿出那个杯子，平静地说："是的，她一定会很喜欢的。"

"怎么了？你好像不太高兴。"

她哼了一声："你这样花钱，明天该怎么办？"

他仍然笑眯眯地看着那个娃娃："你和小安妮两个人的生日一年也就这一次么，明天的事，明天再说吧。"

他还记得自己的生日！斯坦芬妮正拿出酒瓶，这句话让她不由怔了怔。她倒了大半杯酒，道："是啊，明天就没事了。"

汤姆看到她手里的酒瓶，把那个芭比娃娃放在一边，乐呵呵地道："哈，你还准备了威士忌，那种番薯酒可真喝得够呛。斯坦芬妮，别想那么多，你也喝一杯吧。"

她像被针刺了一下，道："不，我不喝，你喝吧。"

他把那杯威士忌一饮而尽，在椅子上伸长了身体道："斯坦芬妮，别怪我，为了给你们准备礼物，我都好几个月没喝酒了。不过你也不用急，存款撑过这个月还有得多，怕什么。"

还有得多？她想要苦笑。存款已经没有了，不过这件事当然不能告诉他，否则自己一定又要挨一顿揍。

也许是喝到了好酒后心情也好了许多，汤姆将身体靠在椅背上，轻轻哼唱起来："在马克设威尔顿的山坡上，……"

他的声音并不如何动听，有些沙哑。但斯坦芬妮像被毒蛇咬了一样，伸手在桌上重重一拍，厉声道："别唱了！"

汤姆停住了哼唱，惊愕地看着她："怎么了？"

斯坦芬妮这才省悟到自己的失态。她掩饰地说："没什么。来，再喝一杯吧。"

他想了想，伸出杯子道："好吧，再来一杯。这酒劲头可真不小，我都有点晕了，嘿嘿。那支歌，《安妮·洛丽》，你忘了么？"

> "在马克设威尔顿的山坡上，
>
> 清晨的露水流淌。
>
> 那里住着安妮·洛丽
>
> 她给我真诚的诺言。
>
> 她给我真诚的诺言，
>
> 我永远都不会忘记。
>
> 她就是我的所有，安妮·洛丽，
>
> 为了她我愿将一切放弃。"

怎么会忘？这支苏格兰民歌是当初她最喜爱的歌。那是她十七岁生日的那天，在树林里，汤姆羞怯地拿出一个非常精美的八音盒。八音盒里发出的就是这支歌，也正是在歌声里，她给了汤姆自己的初吻。

想到那个八音盒，斯坦芬妮觉得自己的眼眶又有些湿润，许久没有的泪水仿佛又会流出来。为了掩饰，她低下头，又在汤姆面前的杯子里倒满了酒，道："早忘了。"

汤姆没再说什么。他把酒放到嘴边，刚要喝时突然又放下了，道："斯坦芬妮，其实我给你也准备了一个礼物。"他顿了顿，叹道："我也没什么送给你……"

　　大概是一瓶酒吧。她有些厌恶地想着，打断他的话道："明天再给我吧，明天才是我的生日。"

　　"对，对，"他又把酒一饮而尽。放下杯子，打了个酒嗝，他有点迷糊地说道："斯坦芬妮，我想过了，这些年我对你也真不太好。"

　　这个暴躁的男人难得的温情仿佛触动了她心里最柔软的一块，斯坦芬妮差点要落下泪来。她长长地吸了口气，道："还要说这些干什么，也没几年。"

　　"是啊，"他的眼睛已经快要睁不开了，"其实……"

　　还没来得及说出其实什么，他一下趴在了桌上，杯子也被震得"砰"地跳了一下。

　　"汤姆。"

　　斯坦芬妮试探着叫了他一下，他趴在桌上纹丝不动。她试了试汤姆的鼻息，这才舒了口气，站起身来走到门边拿起了电话。

　　在将要拨号时，她又犹豫了一下，回头看了看睡死过去的汤姆。这个男人看上去虽然块头不大，其实浑身上下有百分之八十三的机械部分，而且全部是那些笨重然而质量优异的军用人造器官，除了大脑、胆囊和皮肤，他就和一个机器人没什么两样。本来她还有点担心涂在杯子里的麻醉药不足以让汤姆失去知觉，但显然自己是过虑了，当麻醉药随着酒精进入他的血液后，对脑神经的影响却和拥有百分之百肉体的人完全一样。她不再多想，伸手拨通了那个号码。

　　电话很快就有人接了。老化的屏幕上出现了一个穿着过于讲究的矮个子秃顶男人，他坐在办公桌前，两脚搁在桌面上懒洋洋地说着："哈罗。"

那是桑德斯，一个黑市医生。斯坦芬妮又深吸一口气，道："桑德斯医生么？我是跟您预约过的斯坦芬妮。"

桑德斯一下来了精神，坐端正了说道："在下正是桑德斯。您就是预约九点的那位尊贵的斯坦芬妮·泰勒女士么？"

这个称呼几乎从来没有听到过。斯坦芬妮定了定神，道："是我。现在您可以过来么？"

桑德斯取出一个记事本翻了翻，道："佛朗门哥大街7幢903，是吧？我立刻过来。"

斯坦芬妮看了看伏在桌上的汤姆，放低了声音道："已经晚了，你能够尽快赶来么？"

"OK，当然可以，十分钟之内赶到。"

桑德斯没有吹牛。仅仅过了五分钟，斯坦芬妮就在可视门铃上看到一辆车无声地停在了楼前。又过了一分钟，穿了一件黑色外套，戴着一个颇不合时宜的大礼帽的桑德斯拎着一个皮箱出现在了门口。

一进门，桑德斯就摘下礼帽，近乎夸张地行了个礼，小声道："尊贵的斯坦芬妮·泰勒女士，在下桑德斯为您效劳。"他看了看靠在桌上的汤姆，问道："这位就是尊夫托马斯·汉姆里克先生吧？"

"是的。"斯坦芬妮小声说道。

桑德斯没有多问。桑德斯是一个相当有名的黑市医生，当然他的名气只是流传在那些有求于他的底层人物之间。他的业务无所不包，从给枪战中受伤的黑社会头目治疗创伤到器官交易，他几乎没有不做的。而作为一个游走在法律边缘的人物，桑德斯可以为顾客绝对地保守秘密，即使那笔业务足以让他被判处绞刑。而这也是他最大的卖点。他打开皮箱，先取出一支注射器，在汤姆的后颈打了一针，又取出一辆折叠式拖车，有点费力地把汤姆放在上面，用皮带固定住，道："走吧。"

斯坦芬妮拿起围巾，又走到卧室门口。小心推开门，小安妮正静静地躺在床上，睡得很香，被子有一角被蹬开了。斯坦芬妮走过去掖了掖被角，这才回到门边，吹灭了蜡烛，小声道："走吧。"

桑德斯已经在那辆小拖车上罩了一个布套，现在看起来也完全是一件寻常的行李而已。其实这根本没什么必要，这幢大楼住的全是些每天都要担忧衣食的人，这个时候都已经睡熟了。不过桑德斯还是探出头去看了看，确定外面没有了人，才拖着拖车下楼。那辆拖车可以在台阶上拖动，不过要搬下九楼仍然不是件容易的事，桑德斯个子虽然矮小，力气却不小，搬得并不那么吃力。

斯坦芬妮跟在他后面，在黑暗中听着拖车的轮子在台阶上发出的轻微的撞击声，她突然感到了一阵刺骨的寒意，耳边仿佛又听到了那首《安妮·洛丽》。不是现在的汤姆那种沙哑的嗓音，而是很久以前那种既浑厚又不失清脆的少年的声音。那是她和汤姆最喜爱的歌，虽然她并不叫安妮，也不姓洛丽。

斯坦芬妮把围巾裹得紧了些，可是这阵寒风却是无孔不入，还是让她冷得发抖。她觉得自己的步子越来越沉重，几乎要迈不动步子了。还想这些做什么？她想。一切都已经消逝了，消逝得无影无踪。她不再是那个常常感到害羞的少女斯坦芬妮·泰勒，而汤姆也早就不再是那个名叫托马斯·汉姆里克的温柔少年了。然而即使她再用这样的话来安慰自己，那阵温柔的歌声却仿佛穿过悠远的时空，依然回响在她耳边。

正当斯坦芬妮觉得自己没有勇气走完这条长长的楼道时，桑德斯回过头来道："尊贵的女士，请您帮我一把。"

已经来到了大门口。由于大门口的台阶要比楼道里的高一些，小拖车不太好搬。斯坦芬妮怔了怔，一时还没回过神来，她差点就要叫道："不，让汤姆回去吧。"可是这话到了嘴边还是咽了下去。她抓住拖车，看着桑德斯把这辆拖车塞进那辆小车的后备箱里。

"好了，尊贵的女士。"桑德斯锁上后备箱，"上车吧，得快点干完。"

小车无声无息地开动了。在小巷子里拐了不知多少个弯，驶进一个小院子里。那里有个车库，桑德斯的车子一进来时，车库的门就无声地开启了，小车停到了里面。桑德斯等车库门关上，扭过头来笑道："欢迎来到我的王国。"

这个车库出乎意料地大。左角上，用玻璃隔出了一个小间，里面是一个手术台。斯坦芬妮做梦一样看着桑德斯把汤姆放到手术台上，一声不吭。

"对了，您知道尊夫的荣誉芯片植在哪个部位？"桑德斯问。

斯坦斯妮摇了摇头，道："我不知道。"

荣誉芯片是颁发给那些机械部分超过百分之五十的退伍残疾军人或阵亡者直系家属的，有了这个，就可以按月领取一笔救济金，直系子女也可以在升学、工作上得到一定的优惠。这种芯片是军方专用，号称"不可破解"的密码编程，事实上也的确没有人能够破解。不过由于战争持续得太久了，而荣誉芯片又是不断发放的，留底资料大多在战争中流失，因此管理相当混乱。原则上仅限一次性使用，可现实中却往往是父亲死了，儿子不去报告，找个黑市医生移植到自己身上。不过等三号令正式生效，这一切都不再可能了，所以现在在黑市里荣誉芯片的价位越炒越高。

"那得麻烦一些了。"桑德斯开始除去汤姆的衣服。衣服都很旧了，不太干净，每一件都有补丁。看着那些补丁，斯坦芬妮就想起自己在给汤姆补衣服时的情景。在补那件衬衫时，汤姆因为找不到能做的工作而在家里大发雷霆；而补肘下那个破口时，他的心情又很不错，抱着牙牙学语的安妮跟她说着些笨拙的笑话。看着桑德斯近乎粗野地撕扯着，斯坦芬妮突然有种心痛，说："你轻一点吧。"

桑德斯愕然地抬起头，眼里闪着一丝嘲弄："尊贵的女士，我以为您应该很恨尊夫。难道您后悔了么？"

恨么？斯坦芬妮的心里只有茫然。在桑德斯这样的局外人看来，自己这种黑寡妇一样的妻子一定会极端痛恨丈夫的，可是斯坦芬妮自己也说不上自己是不是恨汤姆。应该恨吧，汤姆的脾气很坏，喝醉了酒以后就更坏，自己的一条腿也是他打断的，人工肾也被他打坏过一次。可是她仍然发现不了自己对汤姆的恨意，想到更多的倒是他那些难得的温情。正因为难得，所以更难忘，只有那时她才从汤姆身上发现许多年前那个温柔而羞涩的少年的影子。

可是……

她低下头，低低地说："不，我不后悔。"

桑德斯把一个探头拉过来，在汤姆身上移动着，道："虽然与我无关，不过我倒是对您与尊夫的故事很感兴趣。可以跟我说说么？反正还有点时间。"

要说么？斯坦芬妮的喉咙里像是堵上了什么。她从来没有和人说过，但这些话一直在心里，憋得太久了，总盼望着能一吐为快。她喃喃地说道："那时……"

那时，汤姆和她刚订婚。正当他们满心喜悦地勾画着未来的轮廓时，内战开始了，汤姆走上了战场。

"等着我，我马上就会回来。"

斯坦芬妮还记得汤姆走时的那句话。可是这个"马上"却延长到了十年。城市屡次易手，主人和口号也三番五次地变化，百业萧条，毒品和黑市却异样地兴盛起来。在那个痛苦的十年里，她的父母、汤姆的父母都死去了。失去了家人的斯坦芬妮在这个城市里流浪，被强暴、被敲诈，被驱逐，无奈之下只得进入了胡安夫人开的那家"男人天国"。即使在"男人天国"里，她也没能待上几年，就因为怀孕被赶了出来。

幸好，即使是在那段最黑暗的时间里，上帝也没有抛弃自己，他给了自己小安妮。

斯坦芬妮想着，嘴角的笑意里透出了几分慈爱。因为发现怀孕时已经太晚，所以当她要去做堕胎手术时，那个黑市医生建议她不如生下来，这样胎儿的器官就可以卖出好价。安妮出生那天正好是她的生日，可是没有生日蜡烛和蛋糕，也没有礼物，她躺在阴暗寒冷的阁楼里，同样是站街女的罗莎蒙德手忙脚乱地为自己接生，血像泉水一样止不住地流淌，她以为自己一定活不下来了。可是，当听到黑暗中传来了那个八音盒里发出的音乐，她又不知从哪里来了勇气。这个八音盒她一直带在身边，即使是在走投无路的时候也没有拿去卖掉。当这个红通通的小东西在撕裂一般的阵痛中离开她的身体时，斯坦芬妮发现宁愿自己死也不会把这个孩子当成一件可以出卖的商品。在这个孩子身上，她看到了久远以前的自己。

一定要让她有一个美好的未来。

在那个阴暗的阁楼里，坐在一片被血浸透了的破布上，从罗莎蒙德手里接过小安妮时，斯坦芬妮就这样发誓。为了这个渺茫的未来，她什么都做，洗衣，卖淫，偷窃，甚至有一次还杀过一个玩弄了她的身体后还想要抢夺她身上仅有几块钱的流氓。而她的眼睛、右肺、心脏和左肾，就是那段时间里在黑市上换成了面包、黄油和奶粉的。和这几年相比，在"男人天国"的那几年也许真的可以称得上是在天国里，可她还是坚持下来了。为了安妮。为了汤姆。这两个念头苦苦地支撑着她，让她踉跄地走着，一步步地走下去。

直到战争快要结束的那一年，重新遇到了汤姆。

斯坦芬妮的笑容消失了。

那时她正在街上拉客。作为一个浑身有百分之五十多的机械成份的卖淫女，要拉到客也不是一件容易的事。当她拉住一个喝得醉醺醺的男人，听到他突然大叫着"斯坦芬妮"时，她几乎要晕过去。

汤姆也变了。

"我们是无畏的钢铁战士，

为了人民，奋勇向前。"

汤姆是唱着这支军歌走上前线的。现在的他不再是战士，却真的几乎成了钢铁。在战争中，他陆陆续续地失去身上的一切。左手、右手、左脚、心、肺、脾、肾。现在的汤姆除了大脑和胆囊，其他部分全部都换成了人造器官。是为了人民么？那也成了一句笑话。唯一值得庆幸的是汤姆加入的是狄奥西鲁将军的阵营，否则他连这种钢铁战士都做不成。

那天他们在阁楼里抱头痛哭。汤姆一边哭，一边喝着酒，一边用拳头狠狠揍着她，直到她的腿骨和腕骨后来也换成了合成塑料的。汤姆一边打她，一边骂她是一个下贱的婊子，为什么不去死，即使死了也比现在这样好，至少还让他有一个可以回忆的梦。斯坦芬妮什么也没有说，只是默默地流泪，仿佛把一生的泪水都在那一天流干了。

那天，直到小安妮睡醒了哭叫起来。

当汤姆听到孩子的哭叫，想要把她从小床上揪起来时，斯坦芬妮疯了一样扑到孩子身上，任由汤姆沉重的拳头打在她的背后和头上。当汤姆酒醒后发现斯坦芬妮奄奄一息地躺在地上，又痛苦地抓着自己的头发，打着自己的耳光。好在汤姆还有一笔退役金，靠着这笔钱，斯坦芬妮身上的机械组成部分又增加了近十个百分点后，才重新活了下来。

从那一天起，斯坦芬妮就不再上街。她养伤的那几个月里，汤姆对她关心得无微不至，甚至斯坦芬妮决定要原谅他了。只是在她伤势好后，汤姆的脾气又变得极其暴躁，有时喝醉了酒后为了一点点微不足道的小事就动手打人。虽然事后又会对斯坦芬妮关怀体贴，为她调换老化受损的人造器官，可是这笔开支使得他那并不丰厚的退役金更加缩水，日子过得更为拮据，而汤姆的脾气也更坏了。幸好汤姆退役时得到了荣誉芯片，每月能领到一笔勉强糊口的救济金，而斯坦芬妮时常接一些诸如缝补和裁剪的工作回来做，尽管报酬极为微薄，日子总还过得下去。甚至，在斯坦芬妮的精心安排下，他们每月还能有一点节余，可以应付小安妮生病之类的急用。

直到狄奥西鲁将军颁下了三号令。

三号令还规定，荣誉芯片只能归个人拥有，不得继承，不得转让。斯坦芬妮第一次听到三号令的内容时，是在超市里买打折蔬菜。当她听清了内容后，差点晕了过去。根据第三号令，自己这种机械成份超过百分之六十的人将要被剥夺公民权。假如隐瞒不报被查出后，连汤姆的荣誉芯片也将被剥夺。她不相信自己仅剩的这个梦在一瞬间被毁掉了，可是等她清醒过来，却不得不承认这个梦已经到了尽头。

她不敢去诅咒狄奥西鲁将军，也不敢质疑这种措施的合理性。事实上，对此她也完全无能为力，只能接受，况且如果是狄奥西鲁将军的对手获胜的话，她连现在这一切都得不到。她所竭力要做的，就是不让这个梦彻底破灭。

她曾经去黑市上打听过荣誉芯片的价钱。虽然它本身只能给主人带来一点微薄的救济金，现在却可以让人逃过三号令，使得人造器官超过百分之六十也能拥有公民权，这使得以前对此不屑一顾的富翁垂涎三尺。由于管理混乱，荣誉芯片本来就是黑市上的抢手货，三号令颁布后，身价更是扶摇直上。以斯坦芬妮和汤姆这几年那一点微不足道的积蓄，想要买荣誉芯片实在是一个让人笑不出来的笑话。

这时那个嗡嗡作响的探头忽然沉寂下来。桑德斯拍了两下，把那个探头一扔，吹了下口哨道："真是个悲哀的故事，尊贵的女士，我的心都在颤抖。算了，这东西老掉牙了，女士，您确认他身体里确实有荣誉芯片么？"

他的心当然不会颤抖，这个轻佻的男人根本不知道这样的悲哀。被打断了的斯坦芬妮有些恼怒，但她还想再说下去。这些话一直憋在心里，太久了，也许将来不会再有一个倾诉的机会，尽管对象只是这样一个轻佻丑恶的男人。

"是的。"话没能说完，总还说出了一些，斯坦芬妮心里多少好受一些了。汤姆躺在手术台上，张着嘴，嘴里那些金属牙齿映着灯光，泛出铅灰色的光。

什么时候自己有了这样的念头？她想着。其实，她第一次有这个念头是因为另一个城市发生的一件新闻：某个相当体面的绅士，杀了一个身无分文的残疾士兵。因为那个绅士有个儿子，自幼体弱多病，有百分之六十三的器官不得不换成了人造的。那个绅士爱子心切，用的人造器官都是最为昂贵先进的，结果三号令颁布时，连他都买不起荣誉芯片了。绝望之下，他不顾一切杀了那个穷困潦倒的退役士兵，想从那人体内得到一块荣誉芯片。正当他在那些残肢碎体里拼命翻捡的时候，被过路的巡警发现。更不幸的是，后来他才知道那个士兵当初属于狄奥西鲁将军敌对派系的，他体内由那个敌对派系植入的荣誉芯片其实只是一块废物。

这个既血腥又可笑的新闻被人们当成茶余饭后的谈资，却提醒了斯坦芬妮。她不相信当自己不在人世后汤姆还会对安妮有多好。也许……不，肯定，在安妮还没有发育成熟的时候，就会被这个整天喝醉醺醺的继父卖到"男人天国"去做雏妓吧。现在的汤姆也已经是一个废物，什么事都做不了，每天只靠一点救济金度日，顶多把一点剩余的钱交给她，让她去超市买一点因不新鲜而打折的蔬菜和肉。没有了自己，他会这样关心这个与他毫无血缘关系的女儿么？

不会的。眼前这个由一堆笨重的军用人造器官堆砌起来的怪物，已经不是汤姆了！斯坦芬妮这样想着。在斯坦芬妮发现了那个一直都没有丢掉的八音盒被汤姆偷偷拿出去时，这个念头越发坚定。他一定是拿去换酒喝了。连这个凝固了最美好的一段记忆的信物他都能卖掉，那么这个人就已经不是汤姆！她终于下定了决心，偷偷去打听能做这一类手术的黑市医生，既要靠得住，又要能够不留痕迹。这样的人并不好找，所以当斯坦芬妮找到桑德斯时，觉得上帝再一次眷顾了自己。桑德斯的要价不低，正好是她手头那笔存款的两倍，但斯坦芬妮不再犹豫，卖掉了自己的右肾后凑足这笔钱。可是，当一时的冲动过去后，她听得心里总像有个人在对自己说："这是汤姆。他是汤姆啊。"

不，决不能后悔。斯坦芬妮想着。安妮，这一切都是为了你。她就是我的所有，安妮·洛丽，为了她我愿将一切放弃。在斯坦芬妮的耳边，仿佛又回响起这两句歌来，却是汤姆那种沙哑的声音。

"好了，我们开始吧。"

桑德斯洗了洗手，戴上手套，又取出一个盒子。正当他要去拿手术刀时，斯坦芬妮忽然道："等一下！"

桑德斯的手停住了。他看着斯坦芬妮，有点不耐烦地道："尊贵的女士，我要提醒您，即使您取消委托，我也只能退还您百分之五十的手术费，另外百分之五十可是作为违约金的。"

斯坦芬妮深深地吸了口气。她觉得喉咙口像堵了块什么东西，快要喘不过气来了，只是她也知道那并不是人造肺的故障。她小声道："他会觉得疼么？"

桑德斯干笑了两声。这个笑话虽然冷了点，却让他真的感到好笑。他道："尊贵的女士，他已经完全失去知觉了。如果您还不放心，那首先切断他的脊髓吧，什么疼痛都感觉不到了。"

桑德斯的手术刀一下插入了汤姆的脊柱。斯坦芬妮觉得这把刀像是插在自己的身上一样，感到了一阵难忍的刺痛。她一把抓住了围巾，指甲也深深掐入了皮肉里，一下闭住了眼。等她再睁开时，桑德斯正以极其纯熟的手法割开汤姆的胸腔。由于汤姆体内的器官大部分都换成了人造器官，血流得并不多。只是看到那些殷红的血迹，斯坦芬就觉得一阵晕眩。

桑德斯已经把汤姆的胸部全部切开了。像打开车前盖一样，他打开了汤姆的胸腔，那种熟练却又粗野的动作使得汤姆的脸不时抽搐一下。这当然不是疼痛，只是解剖时的神经自然反应吧。斯坦芬妮想着。甚至，在她的眼里，那仿佛是种古怪的笑容。

不，他不是汤姆，只是个怪物！斯坦芬妮无力地想。可是百分之八十三机械成分的汤姆是怪物的话，现在百分之六十四机械成分的自己也同样是一个怪物了。她不敢再去看，扭过了头。

"啊，真了不起！"

桑德斯的声音突然响了起来。斯坦芬妮猛地转过头，道："找到了？"

"不是。"桑德斯眼里带着些亮光，"尊夫使用的，全部是军用货啊。虽说使用时间长了一点，但真的还很不错呢。尊贵的夫人，假如您愿意的话，我可以向您高价收购这些军用品！"

桑德斯这时说话的口气，仿佛是在说着几把扳手或螺丝刀。斯坦芬妮沉下了眼，道："桑德斯医生，请您快点将荣誉芯片取出来，我可是相信您的信用才雇用您的。"

"当然当然。"桑德斯小心地取出汤姆的人工心脏，冲洗了一下放到一边。人工心脏的小泵还在"噗噗"地抽动，上面还沾着些血痕。他咂了两下嘴，摇着头道："军用品的性价比果然不错，以后应该多收点。"

"桑德斯医生。"斯坦芬妮的声音大了一些。桑德斯马上也醒悟到自己的失态，低头又去一件件拿出来。人造肺、人造肝脏、人造胃。每一样都冲洗后小心地放到一边，只是他的眼里却越来越黯淡，抬起头道："尊贵的夫人，胸腔里没有啊。"

"不可能！"斯坦芬妮的声音又大了一些，"另外地方呢？肯定有的，每个月他都去领救济金。"

桑德斯嘴角浮起一丝笑容："也许，尊夫在一直骗着您呢？"

骗我？斯坦芬妮怔了怔，但马上又坚定地道："不可能。他什么事都做不了，除了救济金，根本赚不到钱。"

桑德斯点了点头，道："的确。一个人有那么高的机械组成部分，确实已经做不成什么事了。奇怪，到底放在哪里？"

荣誉芯片是那些退役残疾军人赖以生存的唯一依靠，植入得也非常深，不过不外乎是胸腔、手臂或大腿这几个地方。桑德斯的额头渗出了一些汗水。作为一个黑市医生，同样具有职业上的自豪，可是他也想不通为什么会一直找不到。小小的柳叶刀在他手中舞动如飞，没有多久，手术台上就堆了一摊七零八落的人造器官中间的肌肉和骨骼。当检查过最后一片趾甲时，桑德斯这才颓然道："尊贵的女士，很抱歉，尊夫体内并没有荣誉芯片啊。"

"不可能！"因为绝望，斯坦芬妮的声音也有点异样，"你再看一下吧，说不定你漏掉了。"

"那才是不可能的事。"桑德斯有点不耐烦，"荣誉芯片的体积有五厘米长，两厘米宽，我是不可能漏掉的。何况，尊夫的每一个部分都已拆下来了，包括肉体部分和机器部分，你自己一直在边上看着，以我个人的名誉，我没有，也不会做什么手脚。"

桑德斯说得有些委屈。他拿起几张纸巾擦了擦手上的血污，斯坦芬妮忽然抢上前去，一把抓住那把手术刀对准了他。

刀子就握在斯坦芬妮的手上。小小的柳叶刀上还沾着血迹，闪着锋利的光芒。桑德斯并没有惊慌，他的嘴角反倒浮起了一丝笑意："尊贵的女士，您是想动武么？"

斯坦芬妮的眼里已带着绝望，她握着手术刀尖声叫道："芯片肯定在他身体里，一定是你藏起来了！快给我，你不给我的话……"

"不给你的话，你会杀了我？"桑德斯的笑容像钢一样冷漠，他突然伸手抓住了斯坦芬妮的手腕。这个矮小的已经谢顶了的男人动作却快得异乎寻常，力量也大得出乎意料，就像一把铁钳一样拧着。斯坦芬妮听得手腕里发出一丝脆响，那是塑料骨骼被拧断了。虽然这只廉价材料组成的人造手并没有让她感到多少疼痛，可她还是本能地惊叫起来，人也被桑德斯推倒在地。

手术刀被夺走了，桑德斯向空中抛了抛，又灵巧地接住。他的脸上，仍然带着那种冷冷的笑意："女士，我桑德斯不是一个说话不算数的人。做我这一行，要是没有一点本事，是活不到今天的。"

他弯下腰，放低了声音道："虽然我做的是一项法律之外的业务，不过职业道德我还是有的。在下还想真诚地告诉您一件事，这也是在您所要求的服务范围以内。"

斯坦芬妮抬起头。她不知道这个男人还要说什么。桑德斯直起身，把手术刀小心放在手术台上，道："虽然愈合得不错，不过您丈夫的头部近期曾经被打开过。我认为，那块芯片近期已被您丈夫自己取出来了。"

"不可能！"斯坦芬妮叫着，"你还要来骗我，他为什么要把芯片取出来！"

桑德斯耸了耸肩，道："这我哪儿知道，也许是他厌倦了这样的生命，把芯片卖了吧。现在黑市上这样一块芯片的价钱可不低，不过等过了三号令的期限恐怕就一文不值了。这样的事我见过了好几起。对了，我还有一笔为您装配芯片的业务，假如您不需要退还两百元的话，我建议您换上您丈夫的人造手吧，那倒是军用配件，质量很不错，起码还可以用五到六年，比您现在用的那种便宜货要好得多。"他见斯坦芬妮还是一脸不信的样子，又耸了耸肩道："尊贵的女士，如果我真要欺骗您的话，现在把您杀了岂不更好？请您相信一下一位医生的职业道德吧。"

斯坦芬妮根本没有再听桑德斯的话。她看着手术台上那一摊血污。人造心脏、人造肺、人造手，这些配件七零八落地堆放着，仅仅是几个小时前，它们还曾经是一个机械成分占百分之八十三的人的组成部分，现在却只是一些二手配件了。他真的已经把芯片卖了？斯坦芬妮不愿意相信，可是又不得不信。即使桑德斯骗了她，她还能有什么办法？桑德斯说得也没错，现在把自己杀了，谁也不知道，他还能多得几件二手人造器官，尽管那些卖不出什么好价。

她不知道自己是怎么回到家里的。直到她打开门，走进昏暗的屋内，仍然觉得自己是走在一个噩梦之中，无法自拔。点着了蜡烛，先进屋看了看。小安妮躺在床上睡得很香，嘴角还带了一丝笑意。斯坦芬妮退了出来，关上门，坐到桌前。桌上还放着的那半瓶威士忌，黑得几乎要发出光来，她看着挂在椅背上的大衣，呆呆地站了半晌。仅仅几个小时前，这件大衣还穿在一个男人身上，这个男人说要送给她生日礼物。她忽然抓起了那瓶威士忌，对着嘴灌了下去。辛辣的酒液从她的喉咙口流入胃里，可是她感觉不到身上有丝毫暖意，身体仿佛浸在了冰水里，没有温度，也没有生机。

喝完了酒，她颓然坐了下来。

什么都完了，可夜还很长，长得像是永远不会天亮。

过两天，她就该去报警了，而警察局的失踪人口册里也该多一条记录了，不过更有可能的结果是那个官僚机构根本不理睬这样一件微不足道的失踪案。她伸手拿起桌上那个大纸盒，里面的芭比娃娃依然带着甜美的笑容，隔着一层玻璃纸看着她。小安妮醒来的时候一定会开心半天吧，只是当她问起爸爸时，她不知道该怎么回答。

她把芭比娃娃放在桌上，又深深吸了口气，鼓足勇气，这才拎起那件大衣。大衣似乎比平常更沉重，她几乎无法挂到衣橱里。当她正要关上橱门时，突然觉得口袋里有个什么东西。

那是一个小盒子。她伸进口袋里，把那个东西掏了出来。是一个十分粗糙的纸盒，一定是他自己包的。她撕开了包装，里面是一个八音盒。

八音盒很旧了，和她十七岁时收到的那个一模一样。她打开了盒盖，熟悉的献给《安妮·洛丽》的曲调在黑暗中响了起来。看着盒子里的东西，斯坦芬妮的心像被雷电猛然击中，一下碎成了粉末，泪水终于涌出了眼眶。

"仿佛枝头的清露

滴落盛开的雏菊。

夏天的风一样轻轻吹过，

她的声音温柔甜蜜。

她的声音温柔甜蜜，

她就是我的所有，安妮·洛丽，

为了她我愿将一切放弃。"

清脆而优美的曲调，像一道冰冷的溪水在流淌，他那低沉沙哑，却又带着无限深情的歌声仿佛又在她耳边响起。站在凄冷的黑暗中，斯坦芬妮无声地抽泣着，任由泪水淌下来，打湿了八音盒里的那块闪亮的荣誉芯片。

补记

二十多年前，当我还是个中学生的时候，有一次买了一本科幻小说，读过之后，非常喜欢。时至今日，我依然认为，这才是中国原创科幻中的巅峰之作。这本书就是郑文光先生的《大洋深处》。庚家姐弟寻父的历程以及女主角安妮·洛丽那苦涩无望的爱情，悲剧性的结尾，让我看到了真正属于"文学"的力量。

一转眼，二十多年过去了。郑文光先生也已成为古人，大概已渐渐被遗忘。我只能以这个不成熟的故事向这位天才的科幻作家致敬，因为除此以外，我也没有别的什么事好做了。

图书在版编目（CIP）数据

末世浩劫/ 刘慈欣等著.—北京: 北京理工大学出版社, 2017.6（2021.10重印）
（虫·科幻中国）
ISBN 978-7-5682-3941-7

Ⅰ.①末… Ⅱ.①刘… Ⅲ.①科学幻想小说-中国-当代 Ⅳ.①I247.5

中国版本图书馆CIP数据核字(2017)第079976号

出版发行／北京理工大学出版社有限责任公司
社　　址／北京市海淀区中关村南大街5号
邮　　编／100081
电　　话／（010）68914775（总编室）
　　　　　（010）82562903（教材售后服务热线）
　　　　　（010）68948351（其他图书服务热线）
网　　址／http://www.bitpress.com.cn
经　　销／全国各地新华书店
印　　刷／北京欣睿虹彩印刷有限公司
开　　本／880毫米×1230毫米　1／32
印　　张／8.5　　　　　　　　　　　　　　　　责任编辑／田家珍
字　　数／173千字　　　　　　　　　　　　　　文案编辑／田家珍
版　　次／2017年6月第1版　2021年10月第6次印刷　责任校对／孟祥敬
定　　价／39.80元　　　　　　　　　　　　　　责任印制／李志强

图书出现印装质量问题，请拨打售后服务热线，本社负责调换